W0380331

THE VAN

La Trilogie de Barrytown

PAR

RODDY DOYLE

Traduit de l'anglais
par Isabelle PY BALIBAR

10|18

« Domaine étranger »
dirigé par Jean-Claude Zylberstein

ÉDITIONS ROBERT LAFFONT

Titre original :
The Van

© Roddy Doyle, 1991
© Éditions Robert Laffont S.A., 1996
pour la traduction française

ISBN 2-264-02656-1

Ce livre est dédié à John Sutton

Merci à
Brian McGinn et Will Moore
pour leur aide, leurs conseils et
la recette de la pâte à beignets

Merci à

D[illegible]an McC[illegible] et Will W[illegible]

pour leur aide, leurs conseils et

la recette de la pâte à beignets.

Jimmy Rabbitte Senior avait la cuisine pour lui tout seul. Il sentit un courant d'air et leva les yeux : Darren, l'un de ses fils, était à la porte, cherchant un endroit pour faire ses devoirs.

– Oh !

Il s'apprêta à regagner l'entrée.

– T'as besoin de la table, Darren ?

– Euh...

– Non, allez, dis-le, viens !

Jimmy Sr se leva. Il avait le cul engourdi.

– Nom de Dieu !

Il se redressa et sourit à Darren.

– J'vais aller ailleurs.

– Merci.

– De rien.

Jimmy Sr laissa Darren dans la cuisine et sortit s'asseoir sur le perron. Bon Dieu, que la marche était froide ! il finirait par attraper des hémorroïdes ou la grippe ou Dieu sait quoi. Mais il n'avait pas d'autre endroit où aller d'ici à la fin du dîner. Toutes les pièces de la maison étaient occupées. Il se frotta les mains. Ce n'était pas trop grave. Il essaya de finir l'article de journal qu'il était en train de lire, sur ce que les gens subissaient à leur sortie de prison, le tout assorti de photos des quatre de Guildford.

Une voiture passa. Jimmy Sr ne connaissait pas le

conducteur. Le soleil était au bas de la rue et allait disparaître derrière le gymnase de l'école. Il posa le journal à côté de lui sur la marche puis rentra les mains dans les manches de son chandail.

Il eut envie de faire un peu de jardinage, mais il n'y avait presque plus d'herbe, il l'avait coupée tellement souvent. On l'aurait pris pour un vrai connard, à promener la tondeuse, en plein mois de novembre, dans un jardin déplumé. Il y avait des mauvaises herbes sous la haie, mais elles pouvaient bien y rester. De toute façon, il aimait ça. Ça faisait plus naturel. Quelques mois plus tôt, il avait peint le portail et les grilles en rouge avec un peu de blanc, aux couleurs de Liverpool, mais Darren n'avait plus l'air de s'intéresser à ce genre de choses.

– Regarde, Darren. Tes couleurs !

– Ah ouais.

Jimmy Sr remarqua des petits emplacements où la poussière et des saletés s'étaient collées à la peinture fraîche. Il ferait des retouches, mais pas aujourd'hui. Il était un peu tard.

La voiture repassa, dans l'autre sens, cette fois. Jimmy Sr observa mieux le conducteur mais ne le reconnut pas davantage. Il avait l'air de chercher une maison qu'il ne connaissait pas. Il ne regardait que les nombres pairs de l'autre côté de la rue. Il aurait pu être de la police. Ça aurait été drôle de voir les flics entrer chez Frano Traynor pour l'arrêter de nouveau. Qu'est-ce qu'on s'était marré la dernière fois, surtout quand Chrissie, la meuf de Frano, s'était mise à les bombarder de jouets par la fenêtre de la chambre, et qu'elle avait touché Frano avec la Ferrari de Barbie !

– Oh merde ! désolée, chéri !

– C'est pas grave ! avait répondu Frano en se passant la main dans les cheveux pour voir s'il y avait du sang.

Ça aurait tué le temps jusqu'au dîner.

Mais la voiture avait disparu.

Il n'y avait plus un chat. Même pas un gamin dehors. Il en entendait pourtant, au coin de la rue, ainsi qu'un van Whippy, mais il semblait assez éloigné, peut-être même pas à Barrytown. Il sortit sa monnaie de sa poche et compta : une livre et sept pence. Il regarda sa montre : le dîner serait bientôt prêt.

Darren lut le sujet qu'il venait d'écrire en haut de la page :

La complexité de la pensée et l'innovation dans la pratique de la langue créent parfois une obscurité apparente dans la poésie de Gerard Manley Hopkins. Discutez cette opinion, en étayant vos arguments à l'aide de citations ou de références aux poèmes de Hopkins au programme.

Il arracha la page et réécrivit le sujet, en rouge. Il le relut.

Le plus dur, c'était de commencer. Il rapprocha le recueil de poèmes. Il écrivit dans la marge : Complexité, Langue et Obscurité.

Il ne savait jamais comment aborder le sujet, même pendant les examens. Il restait là jusqu'à ce que le professeur dise : plus que dix minutes ! Alors il se lançait. Et il s'en sortait toujours bien. Mais commencer, quelle corvée, putain !

Il relut le sujet.

Sa mère allait venir préparer le dîner dans une minute et il devrait alors trouver un autre endroit.

Il lut un des poèmes : *De la Nature comme feu héraclitéen.*

Darren ne savait pas quand on avait inventé le Tippex mais Gerard Manley Hopkins avait sniffé quelque chose, c'était clair. Il ne pouvait tout de même pas écrire ça dans sa copie.

Au boulot.

– Bon, allez. *Complexité.*

Il commença.

À mon avis, l'œuvre du poète et prêtre...

Il barra « et prêtre ».

... Gerard Manley Hopkins est...

Puis il s'arrêta.

– Fait chier !

Il venait de se rappeler qu'il n'aurait pas dû écrire « À mon avis ». C'était proscrit. Crosbie, leur professeur d'anglais, ne laisserait jamais passer ça.

Il arracha la page.

En haut dans sa chambre, Veronica, la mère de Darren, faisait elle aussi ses devoirs.

La porte était fermée à clef.

– Tu sais même pas avaler la fumée, dit Linda.

– Si ! Va te faire foutre !

Tracy tira une nouvelle bouffée, garda un instant la fumée dans la bouche, puis la recracha derrière le canapé. Elle ne pouvait pas l'envoyer par la fenêtre, vu que son père était assis dehors sur le perron. Linda lui prit la Major, en tira une bouffée, une vraie, qu'elle garda plus longtemps que Tracy. Elle s'en débarrassa quand elles entendirent craquer l'escalier. Elle jeta la clope dans sa boîte en fer et faillit s'écorcher les doigts en la fermant. Elles chassèrent la fumée en agitant leurs cahiers.

Elles attendirent, les yeux fixés sur la porte.

Mais elle ne s'ouvrit pas.

– Reprends-la avant qu'elle s'éteigne, murmura Tracy.

Linda gloussa, Tracy aussi. Elles se firent « chut » l'une à l'autre. Linda ouvrit la boîte.

– De Dieu, je l'ai écrasée.

– Fais voir.

C'était leur dernière.

– Oh, putain ! gémit Linda, j'étouffe !
– Moi aussi.
– C'est pas possible ! T'avales même pas la fumée !
– Si !
– C'est pas vrai. Tu fais de trop grosses bouffées.
– Moi, c'est comme ça que je fais, Linda. Oh merde, j'étouffe !
– Ouais... Ça ressemble à l'écriture de maman ?
Tracy examina l'écriture sur le revers de la couverture d'un des cahiers de Linda.
– Ouais... un peu...
– Regarde !
Linda prit le cahier des mains de Tracy et lui montra l'autre revers de couverture.
– Ça ressemblait à ça quand j'ai commencé. (Elle se reporta au premier revers.) C'est bien mieux, non ?
– Ouais.
Tracy était sincère.
Elle lut « Veuillez excuser »... écrit une dizaine de fois le long de la page, de plus en plus petit et serré. L'écriture ne ressemblait pas encore à celle de leur mère, mais pas non plus à celle de Linda : beaucoup plus petite, presque pas de blancs à l'intérieur des lettres.
– Elle va te tuer, dit Tracy à Linda.
– Pourquoi ?... J'ai rien fait ! C'est juste un essai.
Elle écrivit « Veuillez ».
– Ça ressemble ?
– Ouais.
Elles avaient oublié qu'elles étouffaient. Tracy raya « Histoire » de son cahier de textes. Elle venait de finir. Cinq questions sur les pyramides.
– Bordel ! dit-elle en lisant la fin de la liste. Qu'est-ce que tu fais, comme histoire de l'Irlande, Linda ?
– J'en fais pas.

Elle montra à Tracy un autre « Veuillez » et un nouveau « excuser ».

– Comme ça, c'est bien ?

– Non.

– Ah, mais maman...

– J'ai dit non.

– Papa ?

– T'as entendu ta maman, déclara Jimmy Sr.

– Mais...

– Y a pas de mais.

Les jumelles – c'était Linda qui s'était chargée de la corvée – venaient de demander si elles pourraient avoir un nouveau magnétoscope pour Noël. Il n'y en avait plus à la maison depuis que Jimmy Junior, l'aîné, avait emporté le sien quand il avait déménagé quelques mois plus tôt.

– Y a pas de mais, répéta Jimmy Sr. On peut pas s'en payer un, point. Et on a pas d'endroit où le mettre...

– Avec la télé...

– Ne m'interromps pas, compris !

Il s'était vraiment mis en colère, avant même de s'en rendre compte. Il était presque hors de lui. Ça lui arrivait souvent ces temps-ci. Il allait devoir faire attention. Il cessa de menacer Linda du doigt.

– On en achète pas. Terminé. Maintenant j'ai envie de manger en paix. Pour changer.

Linda leva les yeux au ciel et se tortilla un peu sur sa chaise. Elle pensa quitter la cuisine en signe de protestation, mais finalement resta. Elle avait faim.

Gina aussi, la petite de Sharon.

– Tais-toi, lui dit sa mère. Attends.

Elle posa les frites devant Gina, puis fit mine de les reprendre.

– Et puis, si t'en mets partout, je te les enlève, t'entends ?

Gina hurla.

– Et papy mangera ta part. Hein, papy ?

– Quoi ? C'est des frites ? Donne, je vais les manger tout de suite.

Jimmy Sr se pencha vers la chaise de Gina.

– Allez, je les prends. Mmm !

Gina poussa des cris et empoigna l'assiette. Sharon réussit à empêcher que les frites tombent, mais se prit du ketchup sur la main.

– Ah, sacré...

– Saké, répéta Gina.

Sharon s'essuya la main sur la serviette de Gina.

Les Rabbitte attaquèrent sérieusement leur dîner.

– Fameux, dit Jimmy Sr.

Tracy fit une annonce :

– Y a une feuille de papier au mur des toilettes et il faut tous la cocher quand vous tirez la chasse.

– Quoi ! s'exclama son père.

Darren entra.

– Bravo, Darren. Tu regardais le Mur de Berlin à la télé ?

– Ouais, grommela Darren en s'asseyant.

– Incroyable, non ?

– Ouais.

Jimmy Sr se demanda, une fois de plus, pourquoi Darren ne voulait plus lui parler vraiment.

– Darren, expliqua Tracy, chaque fois que tu tires la chasse, tu dois cocher le papier qui est accroché au mur.

– À quoi ça rime ?

Jimmy Sr ne comprenait toujours pas.

– Y a un stylo-bille pour ça dans le verre à dents.

– Okay, dit Darren.

– Attends, reprit Jimmy Sr, qu'est-ce qu'on doit faire, au juste ?

Tracy leva les yeux en direction de Linda.

– Merde !

– Ne me parle pas sur ce ton, toi, dit Jimmy Sr. D'abord, c'est un gros mot. À l'amende !

– C'est pas un gros mot, c'est un mot comme un autre.

– Ça dépend.

Il prit le pot de confiture au couvercle fendu et le secoua sous son nez. La tirelire à gros mots était une idée à lui, pour se forcer à se discipliner devant le bébé.

– Allez !

– J'ai pas d'sous, mentit Tracy.

– T'en as, dit Linda.

– Lâche-moi...

– Ah ah ! ricana Jimmy Sr, double amende.

Veronica prit les choses en main.

– C'est la dernière fois que tu emploies un langage pareil dans cette maison, tu m'entends ? Et toi aussi, là !

– J'ai rien dit ! se défendit Linda.

– Tu sais ce que je veux dire. C'est une honte. Je n'admets pas ça. Devant Gina, en plus.

Gina se concentrait sur ses frites.

– C'est vrai, ajouta Jimmy Sr. Tu sais comme elle pige vite.

– J'ai juste dit « Lâche-moi », dit Tracy, très calme, défendant ses droits.

– Moi, j'ai rien dit.

– Vous êtes en train de devenir une vraie paire de...

Veronica n'acheva pas sa phrase. Elle les dévisagea avec insistance, puis détourna les yeux.

– ... garces, compléta Sharon. Si Gina se met à dire des gros mots, je vous tue !

– J'ai rien dit, insista Linda, le nez dans son assiette.

Jimmy Sr contemplait le morceau de hamburger piqué sur sa fourchette.

– Dis donc, c'est normal, cette couleur ?
– Oui ! répondit Veronica.
– Ah bon, je posais simplement la question.
Il mâcha et avala.
– Deuxième fois de la semaine qu'on a ces trucs, maugréa-t-il.
Veronica laissa bruyamment tomber son couteau et sa fourchette de son assiette. Jimmy Sr ne leva pas les yeux vers elle.
– Au fait, demanda-t-il à Tracy, pourquoi est-ce que je dois cocher ce papier quand je vais aux chiottes ?
– C'est pour l'école, expliqua Tracy, comme s'il était un peu borné. En géographie.
– Qu'est-ce que ça a à voir avec la géographie, d'aller aux chiottes ?
– J'en sais rien. Quelque chose avec l'eau. Miss Eliot dit qu'on doit faire ça.
– Pourquoi Miss Eliot veut savoir combien de fois je vais... ?
– Tirelire à gros mots ! claironna Linda.
– Tili à gomo ! répéta Gina.
– Je l'ai pas dit, eh !
Jimmy Sr se tourna vers Tracy.
– Pourquoi est-ce qu'elle veut savoir combien de fois j'utilise les toilettes ?
– Pas rien que toi, précisa Tracy. On doit tous le faire.
– Pourquoi ?
– Géographie.
– C'est pour voir combien d'eau toute la classe utilise, ajouta Linda.
– Pourquoi ? demanda Darren.
– J'en sais rien ! C'est tarte. Elle est nulle. Tracy doit le faire pour les toilettes et moi pour l'évier et la machine à laver, mais je vais pas le faire. C'est tarte.
– C'est ça vos devoirs ? demanda Veronica.

– Ouais.
– Alors, faites-les.
Linda ne répondit pas.
Jimmy Sr insista :
– J'aimerais quand même bien savoir ce que Miss Eliot veut faire de tous ces renseignements. Elle pourrait nous faire chanter, pas vrai, Darren ?
– Ouais... Ouais.
– Genre, les Rabbitte vont aux chiottes deux fois plus que tous les autres. Après, elle voudra savoir combien de fois par semaine on change de sous-vêtements, tu vas voir.
– Ça suffit, déclara Veronica, c'est leurs devoirs.
Darren commençait à sourire, alors Jimmy Sr continua.
– Et après ça, on va trouver des bouts de papier à la tête du lit, non ?
– Arrête !
Darren riait franchement. Jimmy Sr aussi. Il s'adressa à Gina.
– On serait à court de papier s'il fallait cocher chaque fois qu'on va aux chiottes, hein, ma chérie ?
Gina lança une frite dans sa direction : pile poil ! Il fit semblant de mourir. Sharon ramassa la frite avant que Larrygogan, le chien, s'en empare, et la fit manger à Gina.
– Tiens.
Gina, elle, n'en était pas à ça près.
– Vous ne faites pas des cartes et des trucs comme ça ? demanda Veronica à Linda et Tracy.
– Non, dit Linda. Seulement de temps en temps.
– Presque jamais, renchérit Tracy.
Veronica haussa les épaules, Jimmy Sr rota.
– Fameux, ton dîner, Veronica.
– T'as aimé ces trucs, hein ?
– Super ! Bien meilleurs que ceux que t'achètes chez le marchand de frites ou dans les magasins.

– Ma foi... Quand je gagnerai à nouveau un peu d'argent, tu ne les verras pas si souvent.

– Non non, je t'assure, c'était super.

Ils se regardèrent.

Puis Gina laissa tomber son assiette sur Larrygogan.

– Ah, putain ! gémit Sharon.

– Tili à gomo ! répondit Gina du tac au tac.

Jimmy Sr marcha sur des frites en essayant d'enlever le ketchup du dos de Larrygogan.

– Ah, nom de Dieu...

– Tili à gomo !

Alors Sharon lui donna une claque.

– Oh, laisse-la, laisse-la, dit Jimmy Sr, c'est que des frites.

– Elle le fait exprès.

Gina se mit à hurler pour de bon. L'espace d'une seconde, pas plus, Sharon eut envie de la tuer. Elle la souleva de sa chaise et la secoua. Mais Gina ne fut pas impressionnée.

– On danse le swing, Gina, proposa Jimmy Sr. R'garde !

– Oh.

Il se mit à twister.

– T'as vu papy, Gina ! dit Sharon.

– *Let's twist again*
Like we did last... de Dieu !

Il dérapa sur une frite et, sans la table, il serait tombé sur le cul. Gina cessa de hurler, pour voir ça. Jimmy Sr, rétablissant son équilibre et ôtant sa chaussure, regarda Gina et sentit qu'il avait gagné. Mais elle allait se remettre à brailler. Il s'en rendait compte à la façon dont ses joues se contractaient.

– Bon, lança-t-il aux autres, Hawaï 5-0 [1].

---

1. Référence à un polar télévisuel dont le détective (américain) porte des chemises style Hawaï *(NdT)*.

Il mima une trompette avec ses poings et entonna :

– *Deh deh deh deh*
Dehhh deh...

Linda, Tracy, Darren et même Veronica firent la trompette pour l'accompagner. Gina dansait dans les bras de Sharon et en oubliait de crier. Larrygogan fit disparaître les frites du plancher et nettoya également l'assiette.

Jimmy Sr était assis devant la télévision. Le son était coupé. Les trois types qui la regardaient portaient tous des écouteurs mais Jimmy Sr n'arrivait pas à en trouver une autre paire. Il aurait pu demander à la jeune fille assise au bureau ce qu'il fallait faire pour s'en procurer mais il n'en avait pas envie. Elle avait l'air occupée. De toute façon, il n'y en avait peut-être plus de disponibles. D'ailleurs, le programme ne semblait pas si bien que ça. Rien que des mecs en toge qui parlaient : une pièce de théâtre, genre.

Jimmy Sr était à la bibliothèque de l'ILAC [1], en ville.

C'était super ici, carrément super.

Il n'y était jamais venu auparavant. C'était dément. Il y avait des tas de choses en plus des livres. On pouvait emprunter des cassettes ou des disques ou même ces fameux CD, ou se contenter de les écouter sur place. Il irait au secteur musique, après la télé. Il y avait un centre de documentation linguistique, une salle où on pouvait apprendre plus

1. ILAC (Irish Life Assurance Company) : centre commercial dans la partie nord (populaire) du centre de Dublin, derrière O'Connell Street ; par opposition à Powerscourt, le centre commercial chic, installé dans un hôtel particulier rénové. *(NdT).*

de soixante langues dans une cabine. Ou bien, on pouvait utiliser l'ordinateur – il regarda à nouveau le dépliant – pour améliorer ses connaissances en informatique. Il y avait même un lecteur de textes si on avait des problèmes de vue. Ç'aurait été très pratique d'en avoir un au chevet de son lit quand on rentrait le soir, vanné.

Il ne buvait plus beaucoup. Juste quelques bières deux fois par semaine.

Il irait jeter un coup d'œil à la machine dans un instant.

C'était décidé : il allait s'inscrire. Il avait sa demande d'adhésion. C'était sympa, ici. On pouvait y passer des heures sans jamais s'ennuyer. On pouvait même emprunter des affiches et les emporter chez soi.

C'était carrément dingue quand on y pense : on mettait une affiche au mur chez soi pendant quinze jours puis il fallait la rendre. Dans un bus ou dans le DART [1], assis là comme un con avec une grande affiche sur les genoux, qui représentait une femme à poil ou un truc du genre.

Et pourtant.

C'était marrant de regarder les bonshommes devant la télé, sans rien entendre. L'un d'eux avait gloussé une minute plus tôt, en essayant de se retenir, mais les types de la télé avaient l'air sérieux, c'est le moins qu'on puisse dire. Il avait demandé comment on adhérait. Elle, elle lui avait demandé – la fille au bureau – s'il était propriétaire.

Il ne savait pas.

Il lui avait dit que ce n'était pas pour lui qu'il demandait, alors elle lui avait donné les formulaires

---

1. Dublin Area Rapid Transit, équivalent aérien du métro. *(NdT)*.

et expliqué qu'il faudrait trouver quelqu'un qui soit propriétaire pour les signer au dos.

Il était plus ou moins au courant. Mais le problème, c'était qu'il ne savait pas – pas exactement – si on devait vraiment être propriétaire ou s'il suffisait d'être locataire. Et il louait sa maison, si bien que s'il avait dit « Ouais, je suis propriétaire » et qu'il se soit aperçu qu'il ne l'était pas en remplissant le formulaire au bureau, il se serait vraiment senti comme un abruti complet, là, devant la fille. Elle avait l'air plus jeune que Sharon.

Bimbo, l'un de ses copains, était propriétaire. Jimmy Sr lui demanderait de signer le formulaire, pour être tranquille.

Il avait vu quelque chose en bas, dans le centre commercial de l'ILAC, en montant ici. Un studio, un petit, où, moyennant six livres, on s'installait pour enregistrer une chanson. Les jumelles auraient adoré ça.

Peut-être pas, après tout. Peut-être plus maintenant. Elles auraient été trop mal à l'aise. Il y avait aussi une liste des chansons qu'on pouvait chanter. *New York New York* entre autres. Sa chanson préférée. Il la chantait toujours dans les mariages, et les lundis fériés au Hikers.

Six livres. Veronica se foutrait de sa gueule s'il rentrait à la maison avec la cassette d'une chanson enregistrée par lui et qu'elle apprenait combien ça avait coûté.

Il se leva. Il allait jeter un coup d'œil aux livres. Quand il se serait inscrit, il pourrait en sortir trois à la fois et les garder trois semaines. Mais il n'en sortirait qu'un, peut-être deux. Il ne lisait pas si vite que ça. N'importe comment, il aurait envie de venir plus d'une fois toutes les trois semaines, alors s'il prenait un livre à la fois, il pourrait revenir plus souvent.

Sur le bureau, il y avait une note – rédigée à la

main – qui disait qu'on pouvait se procurer un paquet de brochures pour les chômeurs, mais où, au juste ? Il fallait en réclamer.

Il se demandait ce qu'il pouvait y avoir à l'intérieur. Un paquet de brochures. Que des prospectus, probablement.

Plus une boussole, une saloperie de grenade à main et une de ces ampoules de cyanure, des fois qu'on serait pris dans les lignes ennemies.

Il en demanderait un la prochaine fois. L'employée était occupée avec des gens et l'un d'eux semblait prêt à faire le malin avec elle.

C'était une belle fille, plutôt canon. Pas le genre qu'on aurait attendu. Le haut du corsage pas boutonné, grand bien lui fasse.

Il alla vers les livres. Il voulait trouver le rayon des sports. Il pensait acheter deux lévriers.

Veronica et Jimmy Sr étaient seuls, assis sur leur lit. Jimmy Sr regardait Veronica enfiler ses socquettes et ses bottines.

– On pourrait toujours demander quelques shillings à un prêteur..., suggéra-t-il.

– Non !

– Rien que quelques shillings...

– Non !

– T'as raison, t'as raison, bien sûr, Veronica. On ferait que se mettre dans le pétr...

– Je mourrais plutôt que d'aller demander de l'aide à l'un de ces escrocs.

– T'as entièrement raison, ouais. Je pensais seulement... Leslie va venir, tu crois ?

Veronica ne voulait pas répondre à cette question. Mais elle le fit quand même.

– J'en doute.

– Ouais.

Leslie était quelque part en Angleterre. C'est ce qu'ils pensaient, du moins.

– Et Jimmy ? demanda Jimmy Sr.

– Ah oui.

Elle étudiait la semelle de ses bottines.

– Où il pourrait bien aller, sinon ? poursuivit-elle. Regarde, si j'appuyais un peu plus fort, mes doigts passeraient au travers.

Alors n'appuie pas, faillit dire Jimmy Sr, mais il se retint.

– Il irait pas plutôt... euh, chez les parents d'Aoife ?

Aoife et Jimmy Jr vivaient dans une chambre meublée à Clontarf.

– Il n'a pas intérêt. S'il le fait, inutile qu'il revienne à la maison le dimanche.

Elle se leva.

– Avec son linge à laver, ajouta-t-elle.

– Ouais. Du moins, on aura pas à lui acheter un cadeau.

– Un petit truc, quand même.

– Très petit, alors. Comme ça, y a que les jumelles et Gina à qui on aura à acheter des cadeaux, en fait. Et Darren. Et un petit quelque chose pour Sharon aussi. C'est pas trop mal.

Veronica n'était pas convaincue.

– Ma foi...

À présent, elle était devant le miroir de la coiffeuse.

– Et la nourriture et la boisson ? Il y a des tas de choses, en plus des cadeaux. Sans compter les autres cadeaux, aussi, tu sais. Les enfants de Gerry et...

– Je vais dire à Gerry, Thelma et Pat de pas envoyer de cadeaux aux nôtres, comme ça on en enverra pas aux leurs.

– Ça alors ! Jamais je...

– Mais si, ils peuvent pas plus que nous.

Il ne voulait pas que Veronica achève sa phrase.

Ça ne servait à rien. Il savait ce qu'elle allait dire. Ça ne faisait que le mettre en colère. Il finirait par hurler. Ce n'était pas juste.

– D'ailleurs, personne peut.

Veronica se taisait.

– On a toujours été fauchés à Noël.

– Après ton..., du moins, rectifia Veronica.

– Ah lâ lââ... !

Ce n'était pas juste, putain.

– Oh pardon, s'excusa Veronica.

Elle se retourna pour bien le regarder.

– Je ne voulais rien dire de particulier.

– Oh, je sais. Je t'en veux pas. Simplement...

Il la regarda le regarder.

– On se débrouillera, va.

– Oui, dit Veronica.

– De toute façon, je vais gagner la dinde au mini-golf.

– Tu la gagnes toujours.

– Et peut-être aussi un panier de victuailles, pourquoi pas.

– Ça serait génial.

Aucun des deux ne tenait à parler davantage de Noël. C'était encore dans des mois, n'importe comment. Des semaines. Veronica devait partir. Elle vérifia son classeur.

– Dis, comment ça se passe, tes cours, Veronica ?

– Super !

Elle suivait des cours du soir, dans deux matières du Leaving Cert [1].

– T'es la plus vieille ?

– Non !

– Les maths, ça doit être dur, hein ?

– Je m'en sors à peu près...

---

1. Leaving School Certificate : diplôme de fin d'études secondaires en Irlande équivalent de notre baccalauréat. *(NdT).*

C'était un mensonge, mais un tout petit, parce que ça devenait plus facile. Elle commençait à s'habituer à être dans la salle de cours et à avoir le prof, un jeune gars de l'âge de Jimmy Jr, toujours penché sur son épaule. Et Darren allait lui donner un coup de main.

– Je me disais que moi aussi je devrais suivre quelques cours, déclara Jimmy Sr.

– Tu t'y prends trop tard. Va falloir que tu attendes l'an prochain.

Elle n'était pas sûre de ce qu'elle avançait, malgré tout, mais bon, elle voulait préparer cet examen toute seule, y compris aller aux cours et en revenir à pied toute seule. Tout, quoi.

Il fallait qu'elle parte.

– Salut, alors. Tu restes ici, en haut ?

– Ouais. J'vais lire un de mes bouquins.

Les jumelles étaient dans le salon, il les entendait. Darren devait être dans la cuisine. Ça ne lui faisait rien de rester en haut. Il s'allongerait pour lire. Il ne faisait pas si froid que ça, juste bien.

– J'ai sorti trois bouquins, dit-il à Veronica. R'garde.

Mais elle était déjà descendue.

– À tout à l'heure, cria-t-elle depuis l'entrée.

– Okay, ma chérie. Bonne chance. T'as fini tous tes exos au fait ?

Mais elle ne répondit pas. Elle était partie. Il entendit la porte claquer.

Bravo.

Il prit un de ses livres. L'homme au masque de fer, d'Alexandre Dumas. Une couverture dégueu. Il aurait pu en dessiner une plus belle lui-même.

Un souvenir lui revint. Il racla l'ongle du pouce sur la couverture en plastique. Ça marchait, ça laissait une ligne de petits creux en travers du plastique. Il recommença. Le bruit, aussi, était le même que quand il était gamin.

Marrant...

Il se leva.

Il allait se préparer une tasse de thé – il faisait un tout petit peu frais là-haut – après quoi, il s'y mettrait. Cinquante pages d'ici le retour de Veronica.

– Faites gaffe à vos cages !

Voilà ce qu'il vociférait, depuis le début du match, cette espèce de branleur là-bas. Il ne savait sans doute même pas ce que ça voulait dire, le pauvre couillon. Pour la première fois, ou tout comme, depuis le début de la deuxième mi-temps, le ballon était devant le but de Barrytown. C'était samedi après-midi à St. Anne's Park : Jimmy Sr regardait les juniors de Barrytown United. Il regardait Darren.

Le score était de 5-0 pour Barrytown. L'adversaire était nul. Jimmy Sr ne pouvait même pas se rappeler le nom de l'équipe adverse. Darren n'hésitait pas à se replier pour défendre, et il avait raison, bordel. La dernière fois que cette bande de crétins avait vu le filet bouger, c'était quand le gardien avait pété.

Le ballon remontait maintenant. Darren y alla. Personne d'autre.

– Bravo, Darren ! Vas-y, fonce !

Darren intercepta le ballon. Normalement il aurait déjà dû avoir deux ou trois types sur le dos ou, avec un terrain détrempé comme ça, quelqu'un essayant de le tacler par-derrière. Deux joueurs défenseurs remontaient bien vers lui au pas de course, mais comme s'ils ne voulaient surtout pas déranger... Alors Darren garda le ballon, tourna et franchit la ligne centrale, ou ce qu'il en restait.

– Allez, Darren ! Montre un coup de quoi t'es cap, mec !

C'était Bébé Harrison, le gardien de Barrytown.

Le libero attendait Darren. C'était ainsi qu'il se

désignait, le libero. On joue avec trois défenseurs au centre, avait-il dit à Darren dans la première mi-temps. Comme Arsenal [1]. Il attendait Darren de l'autre côté d'une flaque, dans la position du type prêt à plonger. Kenny Smith était à la gauche de Darren, hurlant pour avoir le ballon. Darren loba le libero, le contourna (Bravo, Darren !) et, du bout du pied, dégagea le ballon de la boue, avant de le passer à Kenny de toutes ses forces, pour qu'il ne reste pas à nouveau collé au sol.

– Beau travail, dit leur libero.

Jimmy Sr l'entendit.

Darren savait qu'on le féliciterait après le match pour son jeu pas perso (c'est la technique de Liverpool, les gars), mais la vérité, c'est qu'il avait passé le ballon à Kenny parce qu'il ne voulait pas se donner le mal de l'amener vers le but. Il entendit l'acclamation ironique. Ils avaient encore marqué. Une tête plongeante d'Anton Brennan – qui n'avait même pas eu besoin de plonger.

Darren franchit à nouveau la ligne sans se presser. Il avait horreur de ce genre de match : quand ils gagnaient sans effort. La semaine prochaine, ils seraient battus. C'était toujours comme ça.

– Allez, maintenant, secouez-vous ! cria le type sur le côté. Allez, faites un score honorable !

– T'entends ça ! dit Kenny.

– Ouais, répondit Darren. Putain, c'est lamentable.

La plupart d'entre eux ne se pointeraient pas à l'entraînement mardi soir à cause de cette victoire – leur triomphe écrasant.

Le ballon était dans le rond central. L'arbitre le ramassa et siffla. Match terminé avec dix minutes d'avance.

---

1. Arsenal : l'un des plus célèbres clubs de football anglais *(NdT)*.

– Pas trop tôt, bordel ! dit Pat Conlon. On se les caille !

– J'allais faire un *hat-trick* [1], se plaignit Kenny.

– Oh, merde, arrête tes jérémiades, balança Pat. De toute façon, t'en aurais jamais marqué deux autres.

– Avec ces cons ! Les doigts dans le nez !

Le libero attendait Darren sur la ligne de touche, la main tendue.

– Beau match.

– Ouais, merci.

– La meilleure équipe a gagné.

– Impossible de jouer sur ce terrain.

Son père aussi l'attendait.

– Bien joué, Darren.

– Merci, p'pa.

Il courait le long de l'allée de gravier jusqu'aux portes du stade quand Kenny interpella le libero :

– Viens avec ta mère la prochaine fois !

Darren entendit son père se marrer.

Il monta à l'arrière de l'une des trois voitures de Barrytown.

– Eh là, pousse-toi ! grogna-t-il.

– Aïe ! attends, ma jambe !

– Bravo, Darren, le félicita Mr Reeves – Bimbo, l'ami de son père. Tout le monde est là ?

– Non. Manque Kenny.

– Kenny ! rugit Darren. Grouille-toi.

– Ils étaient nuls, non ? dit Mr Reeves.

– Lamentables.

Il n'avait qu'une envie : leur crier « Magnez-vous ! Magnez-vous » !

Kenny monta à l'arrière par-dessus les trois garçons qui s'y trouvaient déjà. Il y en avait deux autres à l'avant, sans compter Bimbo.

---

1. Coup du chapeau : lorsqu'un joueur marque trois buts en un match *(NdT)*.

Darren ferma la portière.

– Nom de Dieu ! s'exclama Bimbo. On racle presque par terre. Vous avez bouffé à la mi-temps, ou quoi ?

Ils rigolèrent. La voiture s'ébranla. Ils applaudirent.

Mais Bimbo freina.

Le père de Darren apparut à la vitre du passager avant.

– Vous voulez pas aller avec Billy, les gars ? demanda-t-il à Muggah McCarthy et à Pat Conlon.

– Okay.

Une fois que les deux autres en furent sortis, le père de Darren monta dans la voiture.

– C'est parti ! lança-t-il à Bimbo.

Kenny se pencha (Oh, Kenny, fais gaffe !) pour baisser la vitre de Darren. Il vociféra contre l'autre équipe au moment où elle grimpait dans son minibus.

– Hé, les mecs ! Vous savez ce que vous êtes ? Des enfoirés !

Bimbo écrasa la pédale de frein.

– Eh là, pas de ça ici ! Tu peux descendre tout de suite si tu commences comme ça.

– Comportement scandaleux ! déclara le père de Darren en se retournant pour leur faire un clin d'œil.

– Pardon, dit Kenny.

Ils se poussèrent mutuellement du coude. Bimbo fit repartir la voiture.

– Vous avez récupéré cet engin au mont-de-piété, mister Reeves ? demanda Bébé.

Ils rigolèrent.

– Ouais, dit Kenny. Lamentable, non, Darrah ?

– Va chier ! dit Darren.

Son père s'esclaffa.

– Z'allez être bouclés, ce soir, les gars ? ironisa Anto.

– Putain, c'est sûr, répondit Kenny.
Il se mit à chanter :
– *Here we go*
Here we...
– Silence, derrière ! gueula Bimbo.
Les vitres étaient embuées. Darren frotta la sienne et observa les gens qui se promenaient sur le front de mer, guettant des filles.
– Tu la vois ? demanda Kenny. Nom de Dieu !
Il se retourna pour regarder par la vitre arrière et donna à Anto un coup de pied en pleine bouche.
– T'es mort, dit Anto.
Il tâta sa bouche pour voir si ça saignait. Non.
– Comportement lamentable ! commenta Bébé. Pas vrai, Darren ?
Darren l'envoya balader.
– Je t'emmerde.
Bébé était assis sur les genoux d'Anto, son oreille droite presque écrasée contre le plafond.
– Dépêchez-vous, mister Reeves, s'il vous plaît. J'ai le cou en compote.
– Eh bien, les gars, continua Anto. Où on va, ce soir ?
– Au Nep, dit Bébé.
– Pas question. De Dieu, ce que t'es hippy !
– Y a rien à lui reprocher, au Nep, pinailla Anto. C'est mieux que le terrain vague où vous picolez.
– Ouais, mec.
– Parfaitement, Anto.
– Tu vas mettre tes pattes d'eph', Bébé ?
– Il est lamentable.
– Vous en savez que dalle, leur rétorqua Bébé.
– Où c'est, le Nep ? demanda Bimbo.
– En ville.
– Bon Dieu ! Vous voulez aller jusque là-bas pour boire un verre ?
– Je t'en foutrais, tiens, des cinglés pareils ! ajouta Jimmy Sr.

– C'est parce qu'ils ont peur de se faire piquer par leurs vieux s'ils vont au Hikers, cafta Anto.

– Fais gaffe, toi, dit Bébé. Ma mère sait que je bois.

– Ouais, du lait !

– Enculé !

– Elle sait que tu fumes du hasch aussi, Bébé ?

Kenny reçut deux coups de poing de Darren, pour le faire taire.

– Et vous, les autres, vous allez où ?

Bimbo n'était pas fouineur.

– Au Beachcomber, répondit Anto.

– Pas toi, dit Bébé. Tu charries. Ils te laisseront pas entrer.

– Ah bon ? C'est la meilleure, ça !

– Alors, comment c'est à l'intérieur ? insista Bébé. T'y as été, non ? Dis-nous, vas-y !

– C'est mieux que cette saloperie de Nep, en tout cas.

– Tu y as jamais été, je l'savais.

– Va te faire foutre, toi.

– Va te faire foutre toi-même. Dans quel état tu serais ! bourré au premier pet du barman !

– Va te faire foutre.

– Votre langage, les gars ! Y a personne parmi vous qui va au Hikers ?

– Si, moi ! dit Kenny.

– Arrête ton char ! ricana Anto. Il t'a demandé si tu vas boire au Hikers, pas si tu t'assois sur le mur dehors [1].

– Ta gueule ! J'y vais, moi, là-bas.

– Quand ça ?

– Ouais, accouche.

– Avec mon père.

---

1. Allusion aux « corner boys », loubards qui restent à l'extérieur du pub, dehors, au coin de la rue *(NdT)*.

– Ouais, le jour où t'as fait ta confirmation !

– Va te faire foutre.

– Ouais, Kenny. Ton vieux a bu ton argent à ta santé.

Darren aimait bien ça, même en présence de son père, les copains qui s'engueulaient. Il frotta la vitre. Il ne pouvait pas l'ouvrir parce que les pieds de Kenny le gênaient. La voiture s'éloignait du front de mer. Mais c'était carrément infantile quand même. Pas le fait de s'engueuler, mais le sujet de l'engueulade. Le thème.

– N'importe comment, reprit Kenny, se bourrer la gueule dans la rue avec des copains, c'est mieux que de boire au pub. Surtout si t'as une maison où les parents sont pas là.

– Ben alors, c'est pas se bourrer la gueule dans la rue ! railla Anto.

La plupart de ceux qui étaient dans la voiture ne se rasaient même pas encore. Darren, oui, qui était plus jeune que certains d'entre eux. Il était allé au Beachcomber. Et au Hikers. Il n'y avait pas de quoi en faire un plat. Il allait travailler ce soir au Hikers – mais il y était aussi allé pour boire quand il n'y travaillait pas – et après, il irait au Grove, un endroit sordide. Avant, ce n'était pas aussi moche, mais maintenant il n'y avait que des gamins et la musique était lamentable. Avant, c'était super. Mais comme il y rencontrait Miranda après le travail, c'était bien, pas de problème.

– Dis donc, Darren. Où tu vas ce soir ?

– Je travaille.

Elle avait quinze ans, mais elle en paraissait beaucoup plus. Elle n'était pas maigrichonne. Elle avait passé son Inter [1]. Six modules avec mention, deux de

---

1. Inter Cert : diplôme intermédiaire qu'on passe vers quinze ans, et au terme duquel on peut choisir ou non d'arrêter ses études *(NdT)*.

moins que Darren. Elle avait des cheveux superbes, noirs, longs et gonflants, de grands yeux et pas de boutons – pas dans l'éclairage du Grove, en tout cas. Jusque-là, il ne l'avait vue qu'au Grove. Il ne sortait pas vraiment avec elle.

– On est arrivés, les gars.

Ils étaient devant le foyer municipal.

– Merci, mister Reeves. Vous êtes un conducteur merdique.

Darren ouvrit la portière et Kenny se laissa dégringoler sur la route, exprès. Il faisait toujours ça. Darren descendit.

– De Dieu, mes jambes !

– Ouais. On devrait avoir un bus.

– Tu nous en achèteras un pour Noël ? suggéra Bimbo.

– Écoutez, mister Reeves, dit Pat. On volera pour vous le 17A.

Les deux autres cargaisons étaient arrivées. Leur entraîneur, Billy O'Leary, sortit de sa voiture.

– Bon. Vous écoutez ?

Il remonta la fermeture Éclair de son bomber et se frotta les mains. Bimbo et Jimmy Sr le rejoignirent.

– Vous écoutez ? Bon, on a gagné, ça fait pas un pli, mais regardons les choses en face, les gars. Ils étaient nuls.

Il les laissa rigoler, puis fronça les sourcils.

– La semaine prochaine, ça va être une autre paire de manches. Cromcastle, c'est une bonne équipe, alors on peut pas se permettre de s'endormir sur nos lauriers.

– Quoi ? dit Kenny.

– On doit pas se comporter comme des nœuds, lui expliqua Muggah.

Miranda était un peu accro à Cure.

Billy s'adressa à Darren :

– T'as super bien joué, fiston.

– Je croyais qu'il avait été lamentable, murmura Pat.

Ils ricanèrent.

– Va te faire foutre, toi, dit Darren.

– Écoutez, les gars ! intervint Bimbo.

– Super ! Un seul contrôle, précisa Billy à l'équipe. Vous récupérez le ballon et vous le passez à quelqu'un qui peut en faire quelque chose.

– C'est la technique de Liverpool, risqua Muggah.

– C'est ce que j'ai entendu dire, dit Billy. T'as raison, c'est vrai.

– Et moi, Billy ? demanda Bébé. J'ai pas super bien joué, moi aussi ?

– Ouais, se moqua Kenny. T'as été aidé.

– Vous la fermez une seconde ! cria l'entraîneur. Écoutez bien, je veux que vous soyez tous à l'entraînement mardi, okay ? Pas d'excuses. Y a quelqu'un qui pourra pas venir ?

Aucune main ne se leva.

– Bien. Et à l'heure, en plus, okay ? Je veux qu'on travaille quelques combinaisons pour samedi.

– Ouai-ais ! ! ! !

– Arrêtez de foutre la merde une minute. Y a entraînement même s'il pleut, okay ?

– Ça baigne.

– Okay.

– Okay, chef.

– Bon, rentrez chez vous, et bravo ! Vous avez été très bons aujourd'hui. J'étais fier de vous.

– Nous aussi, on est fier de toi, Billy, déclara Pat.

– Approche, Gueule de Con.

Hurlements de rire.

– Qu'est-ce qui est arrivé à tes touches longues, mon vieux ? demanda Billy. Le chat de ma mère pourrait lancer ce putain de ballon plus loin que toi tout à l'heure.

Hurlements de rire.

– Trop de branlettes, fiston. Voilà ton problème.

Billy fonça sur Pat.

– Montre-nous tes pattes. Allez ! tes mains !

Darren regarda Pat sauter par-dessus le muret donnant sur le parking du centre commercial. Billy ne put pas le suivre.

– Salut ! dit Darren tranquillement.

Il se dirigea vers la maison, toujours en tenue et en chaussures de sport. Il espérait qu'il y aurait de l'eau chaude. Souvent, ces temps-ci, il n'y en avait pas.

Elle était un peu accro à Cure, mais en moins pire : elle avait de la personnalité. C'était juste leur genre, leur style qu'elle imitait : la coiffure et les Doc. Elle était à fond dans Cure, mais pas que Cure.

Il marchait sur le Green, pour éviter le béton.

Elle était dans...

– Tiens, voilà Darren Rabbitte et ses jambes.

C'était Anita Healy, une fille de la classe de Darren, et sa copine, Mandy Lawless.

Darren sourit et fit semblant de tirer son maillot de football sur ses jambes.

– Ça va ?

– Elles sont plus belles que les tiennes, Mandy ! gloussa Anita.

– C'est vrai, admit Darren. En tout cas, Mandy, les tiennes, elles sont plus poilues.

Anita éclata de rire.

– Mon cul, Rabbitte !

Mandy fit semblant de lui envoyer un coup de pied et Darren l'empoigna. Elle cria : « Lâche-moi ! » Pour rire, on aurait dit. Alors il la lâcha. Ils restèrent là un instant.

Il vit arriver son père.

– Salut.

– Salut, Darren.

Anita lui lança :

– Mandy prétend que t'es sexy, Darren !

– C'est pas vrai, Anita. Va te faire foutre !

Darren poursuivit son chemin.

Nom de Dieu. Mandy n'était pas mal, comme fille – comme femme. Elle ressemblait un peu à Kylie [1], mais elle avait de longues jambes, de vraies jambes de femme. Et des nibards, j'te raconte pas. Elle enlevait souvent son pull à l'école et se l'attachait autour de la taille, même quand il ne faisait pas très chaud. Darren aimait bien ça, encore que ça l'agaçait aussi parfois.

Il se mit à courir.

C'était lundi. Jimmy Sr lisait une histoire à Gina. Il la gardait tout l'après-midi parce que Sharon avait décidé d'aller en ville, au moment où il s'apprêtait à aller faire une partie de minigolf.

– Pourquoi tu l'emmènes pas avec toi dans la poussette ? D'un trou à l'autre.

– Tu te fous de moi, Sharon ? Ils me laisseraient pas entrer. Et puis elle m'empêcherait de me concentrer. Elle pourrait être touchée par une balle. Tu verrais les branleurs là-bas, y en a qui louchent !

– Tu peux pas jouer demain à la place ?

– Je jouerai demain, okay, Sharon, bien obligé. Il va falloir que je gagne une dinde entre maintenant et Noël et il ne reste pas tant de week-ends que ça, quand tu fais le total. J'ai besoin d'un maximum d'entraînement... Bon, bon. Laisse-la-moi.

Veronica ne voulait pas la garder. Elle avait à lire et à résumer six chapitres de *Sa Majesté des mouches*. Un prétexte.

– Elle va pas t'empêcher de lire, Veronica, nom de Dieu de merde !

---

1. Kylie Minogue, chanteuse australienne d'origine irlandaise, look « nénette », style Vanessa Paradis, star dans *Neighbours*, un soap opera des années 80 *(NdT)*.

– Emmène-la avec toi ou reste à la maison. Moi, j'ai d'autres choses à faire.

Alors il était coincé avec Gina. Ça ne lui faisait rien, enfin pas grand-chose. Ça ferait du bien à Sharon d'avoir un après-midi de libre. Elle n'avait pas l'air bien dans sa peau ces temps-ci, plutôt pâle et stressée. Quelques heures à faire les boutiques, et elle serait en super forme.

Gina, assise sur ses genoux, essayait d'attraper le livre.

Il lut :

– *Le roi est un galant homme, mon ami. Et toi aussi, quoi que...* Ah ah, écoute bien... *quoi que tu en penses. Porthos eut un sourire de triomphe. Allons chez le tailleur du roi, dit-il...* Je te donne une claque si tu recommences, Gina.

– Claque !

– Ouais... Bon... *Et puisqu'il prend les mesures du roi, je crois, par ma foi ! que je puis lui permettre de prendre les miennes.*

Il referma le livre.

– Je crois, par ma foi, que c'est un tas de conneries... Allez.

Il mit Gina par terre, se leva – Nom de Dieu ! – et la prit dans ses bras.

– Debout ! T'es un vrai petit casse-pieds, pas vrai ?

– Papy.

– C'est bien moi. On va faire un petit tour, tu veux ? Histoire de trouver quelqu'un à embêter.

Il ramassa le livre. Seulement trente-neuf pages de lues, encore plus de quatre cents, et c'était de la merde. Il était sûr que c'était bien, génial même – un classique, quoi – mais il le détestait carrément. Ce n'était pas difficile, non, ce n'était pas ça. Simplement, c'était de la merde. Ennuyeux, de la merde, quoi : c'était le mot qu'il cherchait, rien à faire. Et il fallait qu'il le finisse parce qu'il avait dit à Veronica qu'il était en train de le lire, il lui en avait parlé, il le lui avait montré. Pauvre cinglé.

– Vaut mieux qu'on prenne ton anorak, dit-il à Gina.

Elle essaya de se dégager et il la mit par terre. Elle courut vers l'entrée – ils étaient dans le salon –, atteignit la poignée et ouvrit la porte.

Jimmy Sr remarqua le tas de cassettes vidéo qu'elle avait sur l'étagère. « Postman Pat », « The Magic Roundabout » [1] – ça c'était extraordinaire –, cinq d'entre elles étaient des cadeaux. Et pas de magnétoscope pour les passer ! La pauvre gosse !

Il se donna un coup sur la jambe avec le livre.

– L'Enculé au masque de fer.

Et s'il disait à Veronica qu'il l'avait terminé ? (Il s'est évadé, Veronica.) S'il commençait un des autres livres qu'il avait sortis de la bibliothèque ? Il était nul. Même pas capable de lire un livre convenablement. Il alla à la cuisine. On sonna à la porte.

– Quoi encore ?

Il retourna dans l'entrée. Veronica n'avait pas de problème pour lire ses livres jusqu'au bout. Il distingua la silhouette de Jimmy Jr à travers la vitre. Qu'est-ce qu'il fait ici, lui ?

Il ne venait que le dimanche depuis qu'il était parti de la maison pour se maquer avec Aoife, une belle fille, trop belle pour ce bon à rien.

Il ouvrit la porte d'entrée.

– Ça boume ? dit Jimmy Jr.

Il passa devant Jimmy Sr.

– J'ai oublié mon linge hier. Pas de calcifs. Rien à me mettre.

---

1. Émissions pour enfants. « Postman Pat » : marionnettes. « The Magic Roundabout » : émission très célèbre, animée depuis une quarantaine d'années par Eric Thompson (père d'Emma) et diffusée avant le journal télévisé de dix-huit heures. *(NdT).*

Jimmy Sr le suivit dans la cuisine. Il n'y avait personne. Veronica potassait ses cours dans la chambre de Sharon et les autres étaient encore à l'école. Jimmy Jr souleva le sac contenant son linge. Il y avait Ibiza imprimé sur le côté avec une petite carte.

– Voilà.

– Aoife ne pourrait pas laver ton linge ?

– Que dalle !

– Vous vous partagez les tâches ?

– Non. Elle m'a dit d'aller me faire foutre et de laver mon linge moi-même.

Ils rigolèrent.

– Elle a bien raison.

– C'est quand, toi, la dernière fois que t'as lavé tes fringues ? lui demanda Jimmy Jr.

– Commence pas, hein. Je fais ma part.

– Ouais, ouais. Tu parles... Faut que je m'en aille. J'ai le putain de dîner à préparer.

– Nom de Dieu, cette fille t'a déjà couillonné.

Il suivit Jimmy Jr jusqu'à la porte.

– Viens voir, dit Jimmy Jr. Ça pourrait te servir ?

C'était un billet de cinq livres.

– Euh...

– Allez...

Il le fourra dans la poche du chandail de son père.

– Quelques bières.

– Merci.

– Pas de problème. Salut.

– Merci.

– Tu dis rien, hein ? Salut.

– Okay... Bonne chance, fiston.

Sharon finit par le trouver.

– Tu m'as pas entendue ?

Jimmy Sr était debout face à la porte quand elle pénétra dans la chambre. Il n'avait pas bougé depuis le départ de Jimmy Jr.

– Quoi ? Tu me cherchais, ma chérie ?

– Je t'appelais, je hurlais, à la limite. Depuis en bas. Tu m'as pas entendue ?

– J'ai dû m'endormir. M'assoupir. J'étais juste...

– Ça va ?

Il avait l'air malheureux, tassé et plutôt abattu.

– Super !

Il regarda autour de lui, comme pour se trouver une raison d'être là.

– Le thé est prêt.

– Oh, génial.

– Qu'est-ce qui va pas ?

– Rien, Sharon, rien... Rien.

Il sourit, mais Sharon continua de le regarder sans mot dire.

– Il y a quelque chose, non ?

– Oh, écoute...

– Ça se voit à ton...

– Fous-moi la paix, okay ?

– Excuse-moi.

Elle tira violemment la porte en sortant.

– Je descends dans une minute.

– Comme tu veux !

Elle claqua la porte.

Elle entendit le bois craquer mais n'y prêta pas attention. Elle retourna en bas.

Dans la chambre, Jimmy Sr ouvrit la bouche le plus grand qu'il put et se massa les mâchoires. Il récupérait. Il avait cru que ses dents allaient se fêler et tomber en miettes. Il n'arrivait pas à ouvrir la bouche, comme si elle avait été verrouillée et plus tendue. Il lui avait fallu fermer brusquement les yeux, dans l'attente du craquement et de la douleur. Mais, ensuite, ça avait cessé, et il s'était remis à respirer. Il se sentait faible maintenant, un peu faible. Mais ça allait. Dans une minute il assurerait.

Il ferma la bouche. Elle fonctionnait maousse maintenant. Il demanderait pardon à Sharon de lui avoir dit des injures. Il se redressa. Il allait descendre maintenant. Il prit le billet de cinq livres sur le lit et le mit dans sa poche.

Il avait les cinq livres de Jimmy Jr et deux autres que lui avait données Veronica, alors il pouvait payer une tournée. S'il y avait seulement Bimbo et Bertie, le billet de cinq livres suffirait et il pourrait rendre son argent à Veronica, mais si Paddy était là aussi, il en aurait besoin. Il était dix heures et quart, encore assez tôt pour avaler trois ou quatre pintes et assez tard pour s'assurer que son tour pour payer la tournée ne reviendrait pas avant l'heure de fermeture.

Il quitta le Green et traversa la route. L'éclairage de la rue était à nouveau cassé à cet endroit. Il y avait du verre par terre. C'était toujours sur celui-là qu'ils s'acharnaient, rien que celui-là.

C'est drôle. Il avait été vraiment reconnaissant quand Jimmy Jr lui avait donné le billet de cinq livres, fou de joie, et en même temps, ou juste après, il avait voulu lui courir après, lui donner une sacrée raclée et lui envoyer son billet de cinq livres merdique à la figure. Il était gonflé, quand même ! Pour qui il se prenait, à distribuer des billets de cinq livres comme cet enculé de Bob Geldof [1] ?

Mais ça allait très bien maintenant. Il avait le billet de cinq livres et il était de sortie un lundi soir.

– Tiens, voilà Jimmy ! lança Malcolm, l'un des videurs du Hikers.

– La pêche, Malcolm ?

– Frisquet !

– À qui le dis-tu.

---

1. Bob Geldof : chanteur irlandais, révolutionnaire passé dans l'establishment, leader du Boomtown Rats, moteur du mouvement en faveur de l'Éthiopie Band Aid *(NdT)*.

Jimmy Sr poussa la porte du bar et entra.

– Lui-même, en personne, s'exclama Bimbo.

Il était content de le voir, lui au moins. Il arborait un sourire carrément béat. Il n'y avait que lui et Bertie au bar, attablés devant une pinte qu'on venait de leur servir. Bertie se retourna et vit Jimmy Sr.

– Ah ! Buenas noches, Jimmy.

– Salut.

Il n'y avait rien de tel que quelques échanges de nouvelles avec les copains.

– Une pinte par ici, Leo, t'es un pote ! cria Bimbo à l'autre bout du bar.

Leo avait déjà la chope sous le robinet. Jimmy Sr se frotta les mains. Il avait envie de pousser des cris de joie, mais il mit les mains dans les poches et regarda autour de lui.

Du menton, il désigna un angle du pub.

– Qui c'est, ceux-là ?

– J'sais pas, compadre. Gringos.

Ils regardaient trois couples, des jeunes l'air de la ramener.

– Une vraie bande de connards, trancha Jimmy Sr.

– Tu les connais même pas, je parie, risqua Bimbo.

Bimbo se faisait avoir à tous les coups.

– Merde alors ! Pour rien au monde je voudrais les connaître, dit Jimmy Sr à Bimbo. R'garde-les ! Ils devraient être en haut.

La grande salle était en haut.

– Je les emmerde, assena Bertie.

– Tu peux pas empêcher les gens d'entrer s'ils en ont envie, argumenta Bimbo. C'est un pub.

– Bien sûr que si que tu peux ! rétorqua Jimmy Sr.

– Il a raison, compadre.

Bimbo était scandalisé.

– Quoi ! Un pub est un pub, un établissement public.

Leo arrivait avec la pinte de Jimmy Sr.

– Tenez.

– Bravo, Leo ! De Dieu ! ça a l'air génial.

Ils acquiescèrent. C'était le cas.

La mousse débordait du verre, bombée, puis drôlement compacte. L'extérieur du verre était propre. Une vraie pub. Jimmy Sr inclina légèrement le verre mais la mousse ne bougea pas. Ils admirèrent le phénomène.

– Nom de Dieu, s'extasia Jimmy Sr. Allons-y !

Ils descendirent de leurs tabourets et se dirigèrent vers une table libre. Bimbo revint à la charge.

– En tout cas, n'importe qui doit pouvoir entrer dans un pub s'il en a envie.

– Pas question.

Ils s'installèrent, s'affalèrent sur leur siège, remontèrent leurs jambes de pantalon, posèrent les dessous de verre desséchés et déformés à côté. Ils faisaient peur.

Il n'y avait pas foule à l'intérieur.

– Allons, Bimbo, dit Jimmy Sr. Tu penses que n'importe qui devrait être autorisé à entrer ici ? N'importe qui, en ce moment ?

– Euh...

Il n'avait pas envie de répondre, mais il était bien obligé.

– Ouais.

– Alors qu'est-ce que Malcolm fait dehors ?

Il le coinçait.

– Dans ce putain de froid.

– Si, dit Bertie. Pauvre Malcolm.

– Il est payé pour ça, répondit Bimbo à Bertie.

Puis il se retourna vers Jimmy Sr.

– C'est pas la même chose, tu vois. Il est là rien que pour empêcher d'entrer des fouteurs de bordel. Il va pas les arrêter rien que parce qu'il les aime pas.

– Mes couilles ! Comment il sait que c'est des fouteurs de bordel ?

Il le coinçait une fois de plus.

– Il sait.

– Comment ?

– Si, comment ?

– Ah, écoutez, les gars. N'importe qui – bon, pas les fouteurs de bordel, ni les revendeurs de drogue ou les gens comme ça –, n'importe qui, pourvu qu'il se tienne bien et qu'il aime boire sa pinte, devrait être autorisé à entrer.

À la façon dont il parlait et les regardait, ils se rendaient bien compte qu'il voulait qu'ils soient d'accord avec lui. Il les suppliait presque.

– Pas question ! Pas question, putain !

Bertie acquiesça.

– Si.

– Ah, et pourquoi pas ?

– Écoute..., commença Jimmy Sr, encore qu'il n'eût pas la moindre idée de ce qu'il allait dire.

Bertie prit la suite :

– Compadre.

Il se redressa sur sa chaise.

– Si par exemple on allait en ville, hein ? On va en ville et on essaie d'entrer dans un de ces fameux bars disco, okay ?

– Ouais, approuva Jimmy Sr.

– Tu crois qu'on nous laissera entrer, hein ? demanda Bertie à Bimbo.

– J'aimerais pas aller dans une de ces boîtes.

– Réponds à ma question, dit Bertie.

Bimbo réfléchit.

Ce n'était pas les bières qu'aimait Jimmy Sr. Ce n'était pas ça. Il appréciait sa bière – il l'aimait sacrément, sa bière – mais ce n'était pas pour ça qu'il était là. Il pouvait s'en passer. Il lui fallait bien s'en passer. Ces derniers temps, il y venait seulement deux fois par semaine environ, depuis qu'il avait été licencié, et la boisson ne lui manquait jamais, pas vraiment. Tous les soirs vers neuf heures – quand il entendait l'indicatif des informations – ça commençait à le démanger et il fallait qu'il se concentre pour rester assis, regarder les infos et s'y intéresser, mais ce n'était pas de boire qu'il avait une envie folle. C'était de ça (il se cala dans son siège et sourit à Bimbo). Les copains, là, les plaisanteries, les rires. C'était ça qu'il aimait.

– Eh bien ? dit Bertie à Bimbo.

Le chômage, ce ne serait pas si mal si on pouvait venir ici tous les soirs, ou même tous les deux soirs, pour recharger ses batteries. Mais voilà. Il avait une famille à nourrir et ainsi de suite. Là, il n'était venu que parce qu'un de ses gosses lui avait donné un billet de cinq livres.

– Je crois pas qu'on pourrait entrer, avoua Bimbo.

– Je suis d'accord avec toi, dit Bertie. Les hombres à la porte nous diraient de foutre le camp vite fait. Et...

Il leva sa nouvelle pinte.

– ... ils auraient raison.

Il disparut derrière sa bière. Jimmy Sr et Bimbo l'attendaient.

– Bon, dit Bertie, les yeux fixés sur Bimbo, pourquoi ils auraient raison ?

Jimmy Sr adorait ça.

Bimbo leva sa bière et la reposa sur le dessous de verre.

– Je renonce. J'en sais rien.

– Si, tu sais, le cuisina Bertie. C'est parce qu'on a pas le droit d'y aller. Pas vrai que j'ai raison ?

– Ouais, renchérit Jimmy Sr.

– Les bars disco sont pas faits pour les gens comme nous, déclara Bertie à Bimbo. Ils sont réservés aux jeunes et aux signoritas. Pour aller boire un verre, pour danser et tout ce qui s'ensuit, si tu vois où j'veux en venir.

Ils se mirent à rire.
– C'est pas notre genre, dit Bertie.
Il fit un geste large de la main, de gauche à droite, leur montrant la salle.
– C'est ça notre genre.
– Putain, ça c'est sûr, opina Jimmy Sr.
Bertie s'amusait vraiment beaucoup. Il leur montrait les objets du doigt.
– Nos bières. Notre table ici avec les dessous de verre sous les pieds qui l'empêchent de branler. Nos fléchettes et nos anneaux là-bas, tu vois.
Il tapa du pied.
– Notre plancher sans tapis dessus. Nos chaises, là, avec les ressorts qui nous rentrent dans le cul. On va bien avec ce décor, Bimbo, tu piges. Et ces enculés là-bas devraient monter dans la grande salle pour laquelle ils sont faits, putain !
– Eh bien, reconnut Bimbo après avoir cessé de rire..., je crois que t'as raison.
– Un peu que j'ai raison ! Tiens donc !
– Bien sûr, dit Jimmy Sr. Mais, allez, Bertie, t'as été dans un de ces endroits avant, non ? Dans un bar disco ?
– Pour ça, oui, compadre.
– C'est vrai ? s'étonna Bimbo. Qu'est-ce que tu fichais là ?
– Tu regardais la course de lévriers, dit Jimmy Sr.
– Tu sais bien ce que j'veux dire, s'énerva Bimbo. Alors commence pas, hein !
– Tu crois qu'il faisait quoi là-bas, putain de merde ?
Bimbo l'ignora :
– Excuse-moi, Bertie. Pourquoi t'étais dans ce bar disco ?
– Y avait pas d'autre endroit.
Il attendit.
– Qu'est-ce tu veux dire ?
– Y avait pas d'autre endroit où aller parce que

toutes les autres cantinas étaient fermées, comprende ?

– Non. Pas vraiment.

– J'suis allé à Limerick après.

– À Limerick ! ?

– Si.

– Qu'est-ce tu fichais là-bas ?

– Oh, là ! C'est une longue histoire, et ça a aucune importance parce que ça a rien à voir avec le bar disco.

– Ouais, mais pourquoi t'étais à Limerick ? demanda Jimmy Sr.

– Tu commences à me courir, compadre.

– Je demandais juste..., dit Jimmy Sr. C'est ma tournée, les gars.

– Non, attends, Jim, dit Bimbo. C'est à moi.

– C'est ma tournée, j'te dis !

– Laisse tomber ! T'en fais pas.

Bimbo se leva de façon que Leo le voie.

– Non, attends, dit Jimmy Sr. Assieds-toi.

– J'ai dit non. Laisse tomber.

– Assieeeeds-toiii !

Bimbo ne savait pas quoi faire.

– Je paie ma tournée, s'entêta Jimmy Sr. Okay ?

Les gens les regardaient et auraient bien voulu que quelque chose se passe. Leo était à l'extrémité du bar, prêt à bondir pour éviter la casse.

Bimbo s'assit.

– Bien sûr, Jim. Pas de problème. C'est juste que je... Pardon.

– C'est bon.

Jimmy Sr tapota la cuisse de Bimbo.

– ... Excuse-moi de t'avoir engueulé. Mais j'tiens à payer ma tournée, d'accord ?

– T'as intérêt, dit Bertie.

Jimmy Sr sourit.

– Pardon, Jimmy. Je voulais pas...

– C'est bon.

Jimmy Sr se leva.

– Trois belles pintes par ici, Leo !

Il jeta un coup d'œil à sa montre en revenant à sa place : il était tranquille. Il n'y aurait pas assez de temps pour une troisième tournée complète.

– Qu'est-ce que tu fichais dans un foutu bar disco ? demanda Bimbo à Bertie. Un endroit pareil ?

– Il t'a expliqué !

– Non. Il a pas dit, pas vraiment. Il a seulement dit qu'il était à Limerick.

– Je rectifie, déclara Bertie. Je t'ai dit qu'il y avait pas d'autre endroit où aller.

– Pourquoi ça ?

– Bon Dieu, mais il est lourd ! dit Jimmy Sr à Bertie.

– Partout ailleurs c'était bouclé, dit Bertie à Bimbo. Le temps que je parque mon burro, que je m'asperge un peu la figure et que j'enlève la poussière de mon poncho, l'heure de fermeture était passée, comprende ?

– Ouais, admit Bimbo.

– Alors, il y avait ce bar disco dans l'hôtel.

– T'as logé à l'hôtel ? lui demanda Jimmy Sr.

– Si.

– Nom de Dieu, pas possible !

– Tout ce qu'il y a de mieux.

– C'était cher ?

– Vingt-six livres.

– Tu blagues ? dit Bimbo. Pour une seule nuit ?

– Oh si.

– Nom de Dieu ! Petit déjeuner compris ?

– Ah ouais, tu parles !

– C'était un de ces petits déjeuners continentaux, Bertie ? lui demanda Jimmy Sr.

– Putain, non ! De la friture. Il est à chier, ton petit déjeuner continental.

– Super, dit Bimbo. C'était bon ?

– Ça allait, dit Bertie.

– C'est marrant. Non ?
– Quoi ? dit Jimmy Sr.
– Bertie à l'hôtel.
– On sait toujours pas ce qu'il faisait dans cette putain de ville de Limerick, mais bon.
– Voilà ! hurla Leo depuis le bar.
– C'est ma tournée, dit Jimmy Sr.
Il se leva et gagna le bar en moins d'une seconde.
– Et c'était comment ? demanda Bimbo à Bertie.
– Quoi donc ?
– Le bar disco.
– Oh, ça. Super. Pas mal du tout.
Jimmy Sr était revenu.
– Débarrasse-nous quelques verres, par là, Bimbo, okay ? Bravo.
Il posa les bières sur la table.
– Regarde-moi ça, hein.
– Ce mec est un génie, déclara Bimbo.
– Si.
– Comment on t'a laissé rentrer ? demanda Bimbo à Bertie.
– Comment ça ? dit Jimmy Sr.
– Dans le bar disco.
– Ah ouais.
– J'étais invité, compadre. J'avais le droit.
– C'est vrai ?
– Si. J'ai fait un petit effort.
Il tint le col de sa chemise une seconde.
– ... Tu vois ce que je veux dire ?
– T'es culotté, toi alors ! dit Jimmy Sr.
– Arrête ton char. J'te dis une chose : ça marche.
– Quoi ?
– De faire l'effort. De se mettre sur son trente et un.
Jimmy Sr prit un air sceptique.
– J'veux bien croire que ça marche au poil.
– Puisque je t'le dis.
– Peut-être...

Bimbo ne suivait pas très bien.

– Il essaie de nous faire croire qu'il a levé une meuf, lui expliqua Jimmy Sr.

– Ah non, coupa Bimbo. Tu plaisantes !

– Évidemment qu'il plaisante.

– Alors, j'dis plus rien.

Bimbo regarda Bertie prudemment, pour s'assurer qu'il faisait simplement l'imbécile. Bimbo n'aimait pas ça. Bertie était marié. Mais il les faisait marcher, c'est sûr. Ça se voyait à sa tête : il regardait autour de lui mine de rien. Il leur racontait des salades, à tous les coups.

Bertie surprit Bimbo à le dévisager.

– Bien roulée, la meuf, j'vous dis pas !

– Oh, ça suffit ! dit Bimbo.

Jimmy Sr aussi observait Bertie. Il avait le même âge que lui, à quelques années près. Bertie n'était sorti avec aucune fille à Limerick. Jimmy Sr en aurait mis sa main au feu. Mais il continuait quand même à le regarder.

Jimmy Sr avait des problèmes avec un de ses lacets. Le nœud était minuscule et il n'avait pas les ongles assez longs pour le défaire. Il allait être obligé d'éclairer. Il sentait à peine le nœud tellement il était petit. Il n'avait plus d'ongles, ils étaient rongés à mort.

– Bon Dieu !

Il n'avait pas hurlé, pas du tout, mais c'était sorti tout seul. Il releva la tête parce qu'il sentait que sa nuque allait éclater. Il était assis sur le lit, plié en deux.

Ses ongles n'étaient pas comme ça, avant.

Il essaya d'enlever cette satanée chaussure. Il avait de plus en plus mal au cou. Il ferma les yeux.

– C'est toi ?

Voilà qu'il avait réveillé Veronica.

– J'arrive pas à enlever cette mocheté de godasse de merde !

Mais c'était bien qu'elle se soit réveillée. Il se laissa tomber sur le lit, s'étira et se frotta la nuque.

– Excuse-moi.

– Comment c'était ?

– Super.

– Et les petits ?

Elle disait toujours « les petits » comme si c'étaient des gamins, comme s'il était allé jouer avec eux.

– Super. Bimbo a demandé de tes nouvelles.

– Et tu lui as dit quoi ?

– Euh...

C'était difficile de répondre à ça.

– Que t'allais bien.

– Est-ce que t'as croisé les doigts quand t'as dit ça ?

– Ah, Veronica !

– Ah, Jimmy !

Ça allait. Elle ne lui tombait pas sur le poil.

– Va falloir que je me couche avec cette putain de godasse, r'garde.

Veronica s'assit et alluma sa lampe de chevet.

– Qu'est-ce qui va pas ?

– Ma chaussure. R'garde voir.

Elle regarda.

– Tu sais toujours pas attacher tes lacets correctement ?

Elle prit alors le pied de Jimmy contre elle et s'attaqua au nœud. Il faillit tomber du lit en se tournant vers elle.

– T'es nul. Franchement.

Une fraction de seconde, il faillit détendre sa jambe brusquement et lui donner un coup de pied dans le ventre, à cause de la façon dont elle lui avait parlé. Juste une fraction de seconde. Pas pour de vrai.

– Là.

Elle avait déjà fini.

C'était agréable aussi, parfois, d'être materné par Veronica.

– Merci beaucoup.

Le matin, il se levait avec les autres, même si ce n'était pas nécessaire. Il s'habillait et tout et tout. Seuls Darren et les jumelles devaient partir tôt ces temps-ci, encore que pas tant que ça parce que l'école était juste au bout de la rue, mais c'était quand même l'enfer dans la cuisine. Pourtant, il aimait ça. Il connaissait des types qui ne se seraient pas bougé le cul, des épouses aussi qui restaient au lit et laissaient leurs gosses se préparer tout seuls pour l'école. Ce n'était pas son style.

En premier, après avoir pissé, il se glissait sur la pointe des pieds dans la chambre de Sharon et prenait Gina dans son lit de bébé. Elle l'attendait. C'était bête, mais il retenait son souffle en ouvrant la porte, jusqu'à ce qu'il soit certain qu'elle était toujours en vie. Tous les matins. C'était plus fort que lui. Elle lui mettait les bras autour du cou et tous deux se faufilaient hors de la pièce parce qu'ils savaient qu'ils ne devaient pas réveiller Sharon.

Puis ils allaient frapper à la porte des jumelles. En descendant à la cuisine, Veronica passait la tête à l'intérieur de leur chambre et leur secouait les puces, et leur boulot à eux, c'était de suivre Veronica et de s'assurer qu'elles se levaient.

– Vous êtes debout, les filles ?

Question idiote : elles ne l'étaient jamais. Il posait Gina sur le lit, elle leur sautait dessus, alors elles étaient obligées de cesser de faire semblant de dormir. C'était comme d'avoir un sac de patates qui vous piétinait. Une fois, la couche de Gina avait craqué et elles s'étaient levées dare-dare. Quand il entendait Linda ou Tracy dire à Gina d'arrêter, il quittait la chambre parce qu'elles n'aimaient pas qu'il soit là quand elles se sortaient des couvertures.

Il descendait tout seul. Il jetait un œil dans le salon pour vérifier que Darren était bien debout. Il ne regardait pas vraiment à l'intérieur. Il se contentait de frapper. Darren couchait dans le salon depuis qu'ils avaient décidé que Sharon avait besoin d'une chambre à elle, à cause de Gina. C'était moche : il y avait deux personnes de moins à la maison – Jimmy Jr et Leslie – et pourtant le pauvre Darren était obligé de coucher sur le canapé. Ils avaient été sur le point de construire une pièce de plus à l'arrière. Il avait toujours l'intention de se renseigner pour savoir si la municipalité pourrait s'en charger.

Ce matin-là, Darren sortait quand Jimmy Sr arriva à la porte.

– Salut, Darren.

– Salut.

– Ça gaze ?

– Ouais.

– Bon. T'as déjà rangé les couvertures et tout le bazar ?

– Ouais.

– Bravo.

Il s'écarta pour que Darren rentre le premier dans la cuisine. Puis il déverrouilla la porte de derrière et fit entrer Larrygogan. Cet enfoiré d'animal avait presque foré un trou dans la porte, à force de gratter contre tous les matins et de gémir pour se faire ouvrir. Mais Veronica ne le laissait jamais entrer. Comme si elle ne l'entendait pas. Jimmy Sr l'avait observée quelquefois quand le chien pleurait et gémissait dehors – c'était carrément sinistre, comme un bébé qu'on torture, genre –, mais Veronica n'y faisait pas attention. Il l'avait bien observée, ça.

Quand il ouvrait la porte, le chien se jetait sur lui,

bondissant à ses côtés. Pour le remercier, se disait Jimmy Sr. Le chien n'était pas bête. Il parlait presque, vu les bruits qu'il faisait des fois, quand il voulait un biscuit ou une frite. Il ne se contentait pas de grogner. Il grognait de plein de manières différentes, ça dépendait. Ou il gémissait, ou faisait d'autres simagrées du genre. De temps en temps il vous regardait, sans plus – sans plus –, et vous ne pouviez pas vous empêcher de penser à un de ces gosses qui crèvent de faim en Afrique. C'était un brave toutou, Larrygogan, ça, c'est sûr.

– Oh, bon Dieu !

Ses sacrées pattes étaient mouillées, et sales pardessus le marché. Il sauta encore sur Jimmy Sr, qui lui attrapa les pattes juste avant qu'elles atterrissent sur son pantalon.

– Passe-moi sa serviette, Darren, s'il te plaît.

– Ça roule !

Jimmy Sr regarda par la porte ouverte tandis que Darren allait lui chercher la serviette du chien sous l'évier. Dehors, il faisait un temps pisseux et froid. Pas vraiment le froid hivernal, mais ce truc qui vous pénètre jusqu'aux os et fait paraître minables toutes les pièces de la maison, sauf la cuisine quand tout le monde y est. Le pauvre cabot était trempé comme un rat, et sa taille normale réduite de moitié parce que son poil était tout collé. Il aboya. S'ébroua. Ses pattes de derrière commencèrent à glisser sur le lino, alors Jimmy Sr lui lâcha celles de devant.

– T'attrapes ?

Darren lança la serviette à Jimmy Sr.

– Bravo.

Il déplia la serviette – elle était cradingue mais sèche – et s'apprêta à essuyer le dos du chien. Le chien adorait ce moment. Jimmy Sr lâcha la serviette et rata Larrygogan dans les grandes largeurs parce que ce zouave, dérapant et aboyant, s'était réfugié sous la table de la cuisine.

– Sors de là tant que t'es pas séché !

Larrygogan posa le museau par terre et aboya en direction de Jimmy Sr.

À chaque fois, Jimmy Sr croyait que cet aboiement super insolent signifiait « Va te faire enculer ». Et la façon dont ses oreilles se redressaient quand il le disait – pas « le disait », pas vraiment, plutôt quand il aboyait, mais on aurait dit qu'il le disait – en narguant Jimmy Sr, son maître. C'était marrant.

– Allez, viens, espèce de bandit, oui, toi !

Le chien aboya de nouveau.

– Tiens, Darren, fais le tour et pousse-le vers moi.

Jimmy Sr regardait fixement Larrygogan.

– T'es baisé maintenant, mon vieux.

– Ça suffit ! dit Veronica.

– Pardon, Veronica.

Il adorait ces échanges.

Darren était à l'autre bout de la table. Il se mit à genoux par terre, s'allongea sous la table et poussa Larrygogan – le chien avait le menton au sol, le cul en l'air –, mais Larrygogan poussa en sens inverse contre les paumes de Darren. Ses pattes dérapèrent un peu, mais il resta immobile, et Darren dut s'avancer sous la table. Il se gondolait à présent. Jimmy Sr aussi.

– Fais gaffe qu'il te pète pas à la figure !

– Oh, nom de Dieu ! dit Darren, qui n'arrivait plus à pousser correctement tellement il était écroulé de rire.

Larrygogan gagnait.

– Oh, laisse-le ! cria Jimmy Sr.

Il se leva.

– Laisse-le attraper la mort. Il a qu'à crever, putain, cet abruti de cabot !

Darren sortit de sous la table et se releva. Ils échangèrent un large sourire, puis Darren s'assit et commença à lire. Jimmy Sr ferma la porte. Larrygogan se précipita vers l'entrée.

Ces temps-ci, Jimmy Sr prenait toujours un solide petit déjeuner, bacon and eggs, des tas de toasts et un bol de cornflakes de temps à autre s'il se sentait encore un petit creux. Avant, ils prenaient des Sugar Puffs et tout le saint-frusquin. Chaque fois qu'il y avait une nouvelle pub à la télé, les jumelles réclamaient un paquet des nouvelles céréales. Mais maintenant, ils se contentaient de cornflakes. On ne faisait pas mieux. Du thé aussi, des litres. Il ne buvait du café que plus tard dans la journée, quand il n'avait pas trop la flemme. Il n'en éprouvait pas le besoin. Mais le thé, il adorait son thé. Vingt tasses. D'enfer.

Il avait un mug pour aller au travail. Il l'avait depuis des années. Il l'avait encore maintenant. Un grand mug blanc ordinaire, pas fêlé, sans inscription cucul. Il mettait deux sachets de thé dedans. Enfin, avant. Mon Dieu, il n'oublierait jamais le goût de la première tasse de thé du matin, généralement dans une pièce vide d'une maison neuve, avec des saletés et de la crasse partout, quand on pelait de froid. Putain, le rêve ! Il le buvait bouillant, ça le brûlait tout du long. Il le sentait descendre. Et le goût que ça laissait, grandiose. Carrément grandiose. Il utilisait toujours deux sachets, il les pressait à fond. Le mug était tellement grand qu'il ne lui réchauffait pas que les mains. C'était comme d'être assis devant un feu. Après quelques gorgées, il le sirotait, se retournait et contemplait son travail. Il avait toujours fini quelques murs avant de s'arrêter pour le thé. Même si les autres gus s'arrêtaient, il continuait, jusqu'à ce qu'il sente qu'il en avait besoin, qu'il le méritait. Il regardait les plâtres autour de lui. La perfection, quoi. Pas une bosse ni un creux, tellement lisse qu'on n'aurait jamais pu dire où il avait commencé. Alors, il avalait son reste de thé et retournait au boulot. Le mug était dehors dans la remise, dans un sac avec ses affaires de travail. Il l'avait enveloppé dans du papier toilette.

– Tu vas te faire rincer pour aller en classe, Darren.

– Comme qui dirait.

– Mais quand même, t'auras pas la peine de te laver, ça...

– Ouais.

Darren regarda la pluie qui fouettait la vitre.

– De Dieu !

– Ça suffit ! lança Veronica.

– C'est ben le vrai temps pourri, dit Jimmy Sr à Darren.

– J'ai gym aujourd'hui, en plus.

– Ah bon ? Bah ! ils vont pas vous envoyer dehors dans cette galère, c'est pas possible !

– Ils l'ont bien fait la dernière fois.

– Hein, quels connards !

Veronica lui glissa son assiette sous le nez puis lui flanqua un coup sur la tête.

– Pardon.

Il sortit une pièce de dix pence et la laissa tomber dans la tirelire à gros mots.

– Tu veux un mot d'excuse pour le prof ?

– Non, il ne veut pas, trancha Veronica.

– Non, dit Darren. Ça m'est égal. Peut-être que ça va s'arrêter.

– Très juste.

Darren retourna à son livre et à son petit déjeuner. Jimmy Sr prit son couteau et sa fourchette.

– Qu'est-ce qu'on mange aujourd'hui ?

Darren continua à lire. Veronica était occupée. Alors, il se contenta de couper un morceau de saucisse, le mit sur une tranche de pain grillé, replia la tranche et mordit dedans. La margarine était délicieusement chaude.

Les jumelles arrivèrent.

– Il faut que tu signes ça, dit Linda à Jimmy Sr.

– Remonte enlever ce truc, ordonna Veronica.
– Oh, maman...
– Allez hop ! Toi aussi, dit-elle à Tracy.
Tracy suivit Linda dans l'entrée.
– C'est pas juste !
Linda râlait.
– C'était quoi, le problème ? demanda Jimmy Sr.
– Elles avaient mis de l'ombre à paupières.
– Oh !
– On les a renvoyées la semaine dernière à cause de ça.
– C'est dingue, dit Darren. Lamentable.
Jimmy Sr n'en était pas sûr.
– Elles sont un peu jeunes, quand même.
– Les terminales ont pas le droit d'en mettre non plus.
– Ah bon, alors... Alors, t'as raison, Darren. C'est idiot, point.
– C'est le règlement scolaire, dit Veronica.
– C'est vrai aussi, évidemment.
Darren était debout et replaçait soigneusement son marque-pages pour qu'il ne glisse pas.
– Si tout le monde avait cette attitude, rien ne changerait jamais.
Jimmy Sr ne savait pas quoi faire. Il aimait entendre Darren parler comme ça, mais en même temps, c'était de l'insolence envers sa mère. Il y avait quelque chose dans la façon de parler de Darren, depuis que sa voix avait mué, qui embarrassait Jimmy Sr. Il l'admirait de plus en plus. C'était un garçon super. Il était vraiment fier de lui, mais il se disait qu'il en était un peu jaloux aussi parfois. Il ne savait pas bien. En tout cas, il n'allait pas laisser Darren parler sur ce ton à sa mère. C'était exclu.
Mais les jumelles étaient de retour.
– Il faut que tu signes ça.
Linda s'était adressée à lui.
– Quoi ?

– Là.

– Ouais, mais pourquoi ?

Il prit le cahier de textes des mains de Linda.

– J'sais pas. Faut juste que tu signes.

Jimmy Sr regarda la couverture. Big Fun, Wet wet wet, Brother Beyond, Tracy aime Keith. Il regarda au dos. Linda aime Keith.

– Il en a, de la chance, Keith ! Où il faut que je signe ?

Linda prit le cahier de textes et trouva la bonne page.

– Là.

Il y avait une page par semaine, divisée en sections par matières, avec les devoirs à faire et les commentaires des professeurs.

– C'est pas la peine de les lire.

– Devoirs non faits, lut Jimmy Sr. Continue à bavarder. Devoirs non faits. Insolente. A blessé un élève d'un coup de compas. Les devoirs devraient être faits à la maison.

Il leva les yeux.

– Enfer et damnation ! Tout ça rien que pour le lundi.

– Fais-moi voir, s'impatienta Veronica. Mon Dieu !

Linda désigna l'un des commentaires.

– J'ai pas été insolente. Elle a dit que je l'étais, mais c'était pas vrai. Et lui – celui-là, là – il m'a frappée avec sa règle alors il a fallu que je lui rende mais elle l'a pas vu me frapper, elle a vu rien que...

– N'a vu que, corrigea Veronica.

– Elle n'a vu que moi qui le tapais avec mon compas. Et je l'ai pas blessé d'un coup de... J'ai juste...

– La ferme ! coupa Jimmy Sr.

Il regarda Veronica.

– Donne-nous un stylo, dit-il à Linda. Où est ton

cahier de textes, que je voie un peu, demanda-t-il à Tracy.

– À l'école.

– Pourquoi ?

– Un prof l'a gardé.

– Pourquoi ?

– Comme ça.

Jimmy Sr regarda de nouveau Veronica.

– Vous êtes privées de sortie. Toutes les deux.

Il vit « Signature des parents » et il signa à l'emplacement indiqué.

– Jusqu'à quand ? risqua Tracy.

– Jusqu'à ce que je vous le permette. Qui vous a dit de me faire signer ça ?

– Miss McCluskey.

– Elephant Woman, lança Darren en sortant.

– Commence pas, toi, cria Jimmy Sr.

Il regarda fixement les jumelles en guise d'avertissement.

– Je vous préviens. Si l'une de vous se marre, je vous botte les fesses.

Tracy commença à glousser. C'était plus fort qu'elle. Du coup, Linda aussi.

– Elle est pas volée, celle-là !

Il lui retourna une beigne avec son cahier de textes, mais pas trop fort.

– Je vais vérifier vos devoirs tous les soirs, vous m'entendez. Et...

Il hurlait.

– ... si je vois d'autres commentaires catastrophiques, je...

La porte d'entrée claqua.

– ... vous démolis, bonté divine !... Toutes les deux, elles vont pousser des landaus avant d'avoir quinze ans.

– Oh, mon Dieu, soupira Veronica. Arrête.

Il regarda Veronica, longuement.

– Je vais vérifier leurs exos tous les soirs,

t'inquiète. Et on les laissera pas sortir du tout après dîner, ça leur remettra les idées en place, tu verras, Veronica. D'accord ?

– Entendu.

– Je me charge de tout. J'irai jusqu'à dormir dans le même lit qu'elles, s'il le faut.

– Mon Dieu ! On a déjà assez de soucis à la maison sans ça.

Jimmy Sr se marra.

– Ma pauvre ! R'marque, tu pourrais dormir avec Darren, qu'est-ce t'en dis ?

Il adorait les petits déjeuners. Dommage qu'ils passent si vite.

Il se leva.

Où était Gina ?

– Pas de repos pour les braves !

– C'est pas de vrais ordinateurs, de toute façon, c'est sûr.

– Mais non. C'est des jouets, c'est tout.

Jimmy Sr et Veronica faisaient quelques courses de Noël. C'était jeudi matin et, d'ici là, il restait encore plus de trois semaines. Du coup, ce n'était pas trop l'horreur, il n'y avait pas trop la meute dans le centre commercial de Donaghmede, où ils se trouvaient. Sans l'avoir vraiment dit, ils étaient à la recherche de choses belles à voir et très bon marché. Ça rappelait à Jimmy Sr l'époque où il était gosse et marchait tête baissée en priant, dur comme fer, pour trouver des sous sur son chemin : il fermait les yeux au coin des rues, les rouvrait et il n'y avait rien par terre à ses pieds.

– Sans compter que c'est très mauvais pour les yeux, ajouta Veronica.

– Ah bon ?

– Oh, oui. J'ai lu quelque chose là-dessus

quelque part, je crois. Bon, alors... Ce serait de la folie de leur en acheter un.

Ils venaient de regarder des ordinateurs dans une vitrine. Ils ne coûtaient rien, c'était carrément donné. Ils avaient l'air de bonne qualité. On les branchait sur la télé et on pouvait jouer à toutes sortes de jeux. Jimmy Sr avait joué une fois à Space Invaders, il y avait de ça des années. Une seule fois à vrai dire, alors il n'avait pas vraiment pigé, mais il s'était bien amusé. Ceux-là avaient l'air mieux. Plus de couleurs et un plus grand choix. Ç'aurait été bien d'en avoir un à la maison, marrant comme truc. Et en plus, c'était des ordinateurs, après tout. Il y avait sûrement d'autres choses qu'on pouvait faire avec, pas rien que des jeux. Simplement, ils n'avaient pas le premier sou pour se payer un de ces foutus machins. L'année dernière, à cette époque, l'année dernière, ils auraient acheté...

– Au fait, à qui on l'offrirait ? dit Veronica.

– Aux jumelles, non ?

– Ça ne les intéresserait pas. Elles te détesteraient si tu leur en donnais un. (Elle pouffa.) J'adorerais voir leur tête si elles pensaient qu'elles allaient avoir un jeu électronique pour Noël.

Jimmy Sr rigola à son tour.

– Ouais. Je pensais simplement que ce truc les intéresserait, tu vois, quoi. Et Darren ?

– Il se sentirait insulté.

Elle avait raison.

– Tu serais le seul à t'en servir.

Il se força à sourire :

– Y a des chances.

– On va t'acheter un Airfix [1] à la place.

1. Kit pour modélisme, en particulier maquettes d'avions, etc. *(NdT)*.

C'était bien des pleurs. Elle pleurait.

Jimmy Sr était devant la chambre de Sharon. Il était monté chercher son livre.

Sharon reniflait.

Jimmy Sr posa la main sur la poignée de porte. Il allait entrer.

Mais il ne pouvait pas.

Il en avait envie, mais il ne pouvait pas. Il n'aurait plus su quoi faire.

Il redescendit très précautionneusement à la cuisine en enjambant la marche qui craque.

Veronica était déjà allée voir à quoi elle ressemblait. À son tour, maintenant. Une, deux...

Il saisit la poignée et entra au salon sans hésiter.

– Pardon, Darren, de te déranger... Oh, bonjour.

– Salut.

Elle sourit. Dieu, qu'elle était jolie !

Il lui tendit la main.

– Je suis le père de Darren. Comment ça va ?

Elle rougit un peu. Adorable.

– Je te présente Miranda, dit Darren à Jimmy Sr.

– Pardon ? j'ai pas saisi...

– Miranda.

– Miranda, répéta Jimmy Sr. Comment ça va, Miranda ?

– Très bien, merci.

– Ça paraît évident.

– Tu cherchais quelque chose de particulier ? lui demanda Darren.

Il arborait un de ses petits sourires suffisants, un de ses ils-me-traitent-comme-un-gosse. Mais il était aussi sacrément content, ça se voyait.

Jimmy Sr lui tapota la tête.

– Ben oui, tu vois, fiston. Je cherche Gina.

– Elle est pas là.

– Non, tiens, j'avais remarqué. C'est Miranda qui est là, eh ! Au revoir, Miranda.

Il ferma la porte derrière lui. Elle était vraiment top. Veronica avait dit qu'elle était jolie mais les femmes disent toujours que les autres femmes sont jolies quand elles ne le sont pas. Elles en savaient que dalle. Mais Miranda, elle était...

Un bon coup, voilà ce qu'elle était. C'était bizarre de penser ça. Son fils sortait avec une meuf qui était un bon coup. Mais c'était le cas. Il aurait pu se féliciter maintenant, là dans l'entrée, rien qu'à se rappeler comme elle était, et son sourire. Pas de problème.

Il n'était jamais sorti avec une fille comme celle-là.

Il retourna à la cuisine pour annoncer à Veronica qu'elle lui plaisait bien.

Il y avait des jours où il avait tout le temps cette sensation dans les tripes, comme un pet qui monte, simplement ce n'était pas ça du tout. C'était comme si son pantalon était trop serré pour lui, pourtant il avait vérifié, non, il lui allait au poil. Mais il y avait une petite boule d'air dur à l'intérieur de lui, qui grossissait. C'était désagréable, une espèce de sensation désagréable, et il n'arrivait pas à s'en débarrasser. Comme quand il était gosse et qu'il avait fait quelque chose de mal, qu'il attendait que son père rentre du travail pour l'éreinter. Il se servait de sa ceinture, le salaud. Il ne portait pas de ceinture, il la gardait simplement pour fouetter Jimmy Sr et ses frères. Il la rangeait sous l'évier, un gros machin en cuir. Ça lui prenait des siècles de se pencher pour la chercher, de l'essayer sur le bord de l'évier en disant « Ah voilà ! » comme s'il en était satisfait. Il regardait Jimmy Sr et l'obligeait à le regarder aussi, alors Jimmy Sr sentait la douleur le long de sa jambe, une fois, deux fois, trois fois, vingt fois et c'était carrément épouvantable et pire encore s'il détournait les yeux de ceux de son père, cette brute de connard sadique, alors il fallait qu'il continue à le regarder dans les yeux. C'était l'horreur, mais ce n'était pas aussi affreux que l'attente. Attendre que ça vienne, c'était ça le pire. S'il faisait quelque chose de travers au début de la journée et que sa mère dise qu'elle allait tout raconter à son père, c'était cuit. Elle ne changeait jamais d'avis. Il passait la journée à mouiller son froc de terreur, attendant le retour de son père, priant pour qu'il aille boire d'abord une bière, qu'il soit renversé par une voiture, qu'il tombe dans une machine à l'usine ou qu'il ait une crise cardiaque, n'importe quelle saloperie d'accident.

Et c'était ainsi qu'il se sentait parfois – souvent – maintenant. Il mouillait son froc de terreur. Sans savoir pourquoi.

– T'as déjà lu *David Copperfield*, Veronica ? demanda Jimmy Sr.

– Non.

Elle lisait *Sa Majesté des mouches* à la table de la cuisine.

– Tu l'as pas lu ? Ah, c'est très bien.

La meilleure chose qu'il ait jamais faite, c'était de renoncer à cette foutrologie de L'homme au masque de fer.

– Mais regarde l'épaisseur qu'il a. Huit cents pages. Plus. Et pourtant c'est super. Y a ce con là-dedans, un certain Mr Micawber... Sans rire, tu veux le lire quand j'aurai fini ?

Veronica finit de rédiger ses notes, à propos de Piggy qui se faisait écraser la tête. Elle savait ce qu'il voulait qu'elle dise.

– D'accord.

– Vraiment ? Très bien. Je vais vite le terminer alors. Il faut que je le rapporte à la bibliothèque le 20 décembre.

Il vérifia la date.

– Ouais, c'est bien ça.

– On a tout le temps, alors.

– Bien sûr.

Il était ravi. Il ne savait pas exactement pourquoi.

– Et toi, tu veux celui-là quand je l'aurai fini ?

– D'accord. C'est une bonne idée. Un échange, quoi.

– Oui, en somme.

Il la regardait lire, s'arrêter et prendre ses notes. Il se demandait s'il devrait lui aussi prendre des notes. Il lui arrivait d'oublier ce que...

Non, ç'aurait été bête, pas autre chose. Débile.

– Je vais monter et lire encore quelques chapitres avant le thé, dit-il à Veronica.

– Parfait !

– C'est des trucs carrrément nazes de toute façon, dit Jimmy Sr.

– Oh, je sais, mais...

Veronica n'était pas convaincue.

Jimmy Sr ramassa une des cartes.

– Par exemple, r'garde celle-ci, mais r'garde donc ! Dessie et Frieda. Ils habitent juste au coin de cette putain de rue, on les voit tous les jours, merde !

Le visage de Veronica restait impassible.

– N'importe comment, ajouta Jimmy Sr, c'est toi qui dis qu'on peut pas en envoyer, pas moi.

Le visage de Veronica se durcit. Jimmy Sr intervint avant qu'elle ouvre la bouche.

– T'as dit qu'on pouvait pas se le permettre. Moi, j'm'en tamponne !

– On ne peut pas se le permettre, non.

– Et voilà ! Tu viens de le redire. On ne peut pas

se le permettre. Eh ben, on va pas en envoyer. Et alors qu'est-ce que tu viens râler ? C'est ton idée à toi !

Veronica soupira. Elle avait l'air triste à nouveau.

– C'est pas juste.

– Comment, c'est pas juste ? (Jimmy Sr ne comprenait pas.) Comment, c'est pas juste ! ?

Veronica soupira.

– Comment ! ?

– Tu m'en veux.

– Ouais. Et toi aussi tu m'en veux.

– Qu'est-ce que tu entends par là ? demanda Veronica.

– Tu m'en veux, point. T'as décidé qu'on a pas d'argent pour acheter des cartes de Noël et t'as sans doute raison. Mais ensuite tu fais la gueule... C'est pas de ma faute si on a pas de putain de fric pour tes cartes de Noël à la con !

– Je n'ai jamais dit ça.

– Non, mais t'as l'air de le penser. J'ai des yeux, imagine-toi.

Il se leva.

– Oh, Jimmy...

– Oh, mon cul ! j'en ai ras le bol ! arrête tes conneries, tiens !

Jimmy Sr tenait une bouteille de Guinness dans une main. Dans l'autre, il avait une canette de Tennents [1] et un verre vide entre les genoux, alors forcément, il avait des problèmes. C'était le pire quand on n'était pas chez soi. Rien que ça. On n'était pas chez soi, alors on ne pouvait pas faire ce qu'on voulait. Il fallait se surveiller.

---

1. La Guinness est une bière brune, la Tennents une bière blonde *(NdT)*.

Il était chez Bimbo.

S'il avait été dans sa propre piaule, il n'aurait pas été assis comme ça, comme un connard, engoncé dans un fauteuil – il ne pouvait pas se dégager de ce putain de machin parce qu'il n'avait pas les mains libres. Il ne voulait pas poser la canette ou la bouteille sur un des bras du fauteuil parce que le bois formait un angle comme un tremplin de ski et qu'il était tout brillant, ça sentait la cire. Et les gosses de Bimbo entraient et sortaient en trombe, comme font ces putains de... gosses. Et cette putain de cravate qu'il avait mise, ça le tuait. Ça lui sciait le cou, putain. C'était la chemise, une neuve que lui avait donnée Veronica. Elle disait qu'il avait grossi. C'était injuste, putain : il buvait beaucoup moins mais il devenait carrément plus gros. Elle disait que c'était comme ça de toute façon. Elle le disait probablement parce que c'était soit ça, soit admettre qu'elle s'était trompée de taille pour la chemise. En tout cas, il suffoquait à mort et il ne pouvait desserrer sa mocheté de cravate tocarde à cause que ses putains de mains n'étaient pas libres.

Nom de Dieu, quelle soirée !

C'était le matin de Noël. Ils faisaient ça tous les Noëls, ils allaient chez l'un d'entre eux et échangeaient les dernières nouvelles avant le repas. D'habitude, c'était bien. Il n'était pas sûr, mais il avait vraiment idée que c'était leur tour, à lui et à Veronica, de recevoir les autres chez eux. Enfin, il n'en était pas sûr. Bimbo s'était contenté de dire, quelques jours plus tôt, « Vous voulez venir tous chez nous prendre l'apéritif pour fêter Noël ? » et Jimmy Sr n'avait pas pris la peine de dire quoi que ce soit parce qu'à quoi bon. Ils n'avaient pas l'argent pour acheter à boire pour tout le monde.

Ils avaient juste quelques canettes de bière pour eux à la maison, et Jimmy Jr allait en apporter d'autres. Il était censé le faire, en tout cas.

Il se pencha le plus loin possible en avant et posa la Tennents par terre. Il y arriva tout juste. Ça allait mieux. Maintenant, il pouvait s'organiser un peu. Il enleva le verre qui était entre ses genoux et se prépara à y verser de la Guinness.

La belle-mère de Bimbo était encore en train de l'examiner.

Laisse-la faire, la vieille peau !

Il espérait que Bertie allait se dépêcher. Lui s'en sortait bien avec les vieux comme ça. Il leur racontait qu'ils avaient l'air de péter la forme, qu'il aurait aimé avoir quelques années de plus et ce genre de merde. Jimmy Sr n'était pas bon à ces choses-là, pas ce matin en tout cas.

Elle le regardait toujours.

Il lui sourit.

– Santé ! lança-t-il.

Elle continua à le regarder.

Nom de Dieu, il ne savait pas comment Bimbo pouvait tenir le coup. Où il était, cet enfoiré, de toute façon ? Jimmy Sr était seul là-dedans, à part la satanée mamie de Freddy Krugger à l'autre bout. Bimbo avait dit qu'il serait de retour dans une seconde. Et ça faisait des heures. Il jouait avec l'un des ordinateurs de ses gosses, voilà ce qu'il faisait, ce con, laissant Jimmy Sr en rade.

Veronica était dans la cuisine avec Maggie, la femme de Bimbo.

– Y a une super odeur qui vient de la cuisine, non ? dit Jimmy Sr à l'intention de la mamie.

Elle remua les lèvres.

– Comment ? dit-il en se penchant vers elle.

Peut-être qu'elle n'avait rien dit. Peut-être qu'elle n'y pouvait rien. Elle ne parvenait pas à contrôler ses muscles, ceux qui retroussaient les coins de la bouche. Ah, nom de Dieu, c'était carrément terrible. Bimbo, en tout cas, qu'il aille se faire enculer !

Il entendit des pas dans l'allée.

– Foutre, pas trop tôt !

C'était sorti sans qu'il s'en rende compte. Elle hocha la tête. Oui. Elle l'avait entendu. Oh, bon Dieu !

Non, ce n'était pas possible qu'elle ait hoché la tête. Elle avait simplement fait un signe de tête au même moment, c'est tout. Parce que sans doute sa nuque n'était plus dans le meilleur état, c'est tout. Enfin, il espérait.

La sonnette retentit : les premières mesures de *Strangers in the Night.*

Elle ne l'avait pas entendu, c'était clair.

Quelle connerie de truc débile, pour une sonnette, de jouer un air de chanson. De toute façon, ils n'avaient même pas besoin d'une sonnette. C'était exactement comme chez lui. On entendait frapper à la porte de n'importe quel endroit de la maison.

Bertie entra.

– Compadre !

Jimmy Sr se leva de son siège.

– Joyeux Noël, Bertie !

Ils se serrèrent la main. Celle de Bertie était énorme et sèche.

Vera, sa femme, l'accompagnait. Une belle carrosserie, avait toujours pensé Jimmy Sr. Toujours la pêche.

– Comment ça va, mon petit Jimmy ? demanda-t-elle en tendant comme qui dirait la joue, pour qu'il l'embrasse.

Il l'embrassa. Elle n'était pas recouverte de cette espèce de plâtras poudreux que des tas de meufs se mettent pour sortir. Remarque, Veronica ne se mettait pas non plus de ce truc.

La pièce s'était remplie. Jimmy Sr, Vera, Bertie, Bimbo et deux de ses gosses, et la belle-doche là-bas dans son coin. Jimmy Sr se sentait plus cool désormais.

– Qu'est-ce que tu prends, Vera ?

– Tu veux une Tennents ? demanda Jimmy Sr à Bertie.

– Oh si.

– Bimbo m'en a donné une, lui expliqua Jimmy Sr, puis il m'a demandé si je préférais une bouteille de stout et j'ai dit « Va pour la stout », alors...

Il ramassa la canette par terre.

– J'l'ai pas ouverte ni rien.

– Au poil, dit Bertie. Gracias.

– Vous voulez un petit whisky avec ? demanda Bimbo à Jimmy Sr et à Bertie.

Jimmy Sr regarda Bertie qui haussa les épaules.

– Parfait, ouais, répondit Jimmy Sr. Pourquoi pas.

Ça roulait, maintenant. Il sourit à Vera et leva son verre.

– Santé, hein !

– Qu'est-ce que le Papa Noël t'a apporté, Jimmy ? lui demanda Vera.

– Ça.

Il lui montra sa chemise neuve.

– Très jolie.

– Un peu petite.

– Oh, non, elle est jolie.

Bertie avait découvert la mère de Maggie.

– Elle a l'air en meilleure forme que l'an dernier, non ? leur dit-il.

– Absolument. (Mais il ne pouvait la regarder.) Elles sont à la cuisine, dit Jimmy Sr à Vera.

– Grand bien leur fasse.

Bimbo revint avec les whiskys et le verre de Vera, un gin ou une vodka.

– C'est Versailles ! dit Bertie. Muchas gracias, mon ami.

– Les femmes sont à la cuisine, dit Bimbo à Vera.

– Bon.

Jimmy Sr estima qu'elle avait déjà bu quelques

verres. Mais peut-être pas : elle n'était pas réellement comme les autres femmes, qui sont toujours à préparer des foutus sandwiches et du foutu thé et à parler de la famille royale ou de *Coronation Street* [1] et de ce genre de merde. Pourtant elle tenait super bien leur maison. Chaque fois que Jimmy Sr avait eu l'occasion d'y aller, en tout cas.

Bertie se pencha pour se rapprocher de Bimbo.

– Il y a une drôle d'odeur qui se dégage de ta belle-mère, lui murmura-t-il.

Bimbo parut choqué.

– Peut-être qu'elle est morte.

Jimmy Sr en chiait de rire. Le visage du malheureux Bimbo ne fit qu'empirer les choses. Vera riait également. Elle se marrait carrément. Elle ne gloussait pas comme l'auraient fait un tas de femmes, comme l'aurait fait Veronica.

– Va voir. J'te le dis, compadre, ça chlingue un max.

– Mon Dieu, dit Bimbo, mortellement calme. Est-ce qu'elle serait en train de faire ?

– Va vérifier. C'est peut-être rien qu'un pet, mais...

Bimbo regarda autour de lui, pour s'assurer qu'aucun des gosses n'était par là pour être témoin de la scène.

– Accroche-toi, renchérit Jimmy Sr, je sens d'ici, moi aussi.

– Si c'est pas sacrément affligeant ! dit Bertie.

– Oh, bon Dieu ! dit Bimbo.

– Ça pourrait ruiner ton repas de Noël, compadre.

La Guinness en bouteille remonta dans le nez de Jimmy Sr.

Il sortit dans l'entrée pour se clarifier les idées et

1. Un feuilleton qui a connu un très grand succès *(NdT)*.

se gondoler tout son soûl. C'était géant. Le genre de chose qu'on se rappelait le restant de ses jours.

– T'arriveras jamais à l'enlever du rembourrage du siège, dit Bertie.

Jimmy Sr voulait sortir dans le jardin se marrer, se fendre la gueule pour de bon.

L'un des gosses de Bimbo – Wayne, sans doute – se rua dans la pièce pour dire quelque chose à son père.

– Sors d'ici ! hurla Bimbo, avant d'ajouter : Pardon, fiston. Entre et va dire à ta mère que j'ai besoin d'elle.

– Dis-lui d'apporter quelques Sopalin, suggéra Bertie.

– Non ! Fais pas ça, Wayne, dit Bimbo. Sors d'ici.

Wayne sortit, l'air de ne plus avoir envie de pleurer, et fila au galop jusqu'à la cuisine, se tapant la hanche comme s'il était à cheval.

Quand Jimmy Sr revint dans la pièce, Bimbo était près de sa belle-mère, faisant semblant de chercher quelque chose sur l'étagère derrière elle. Vera désigna Bertie et murmura à l'intention de Jimmy Sr :

– Il a fait le même coup à son frère hier soir, dit-elle. Exactement le même.

Bimbo revint. Ils se rapprochèrent pour faire le point.

– Je sens rien, avoua Bimbo.

– Ah bon ? dit Bertie.

– T'es enrhumé ou quoi ? demanda Jimmy Sr à Bimbo. Ça s'arrange pas pourtant.

– Non, c'est vrai ? dit Bimbo. Mon Dieu, c'est épouvantable.

Maggie et Veronica arrivèrent, ainsi que la plupart des gosses de Bimbo.

– Qu'est-ce qui se passe ? dit Maggie. Ah, salut, Vera.

– Salut, Maggie. Joyeux Noël ! Joyeux Noël, Veronica !

– À toi aussi, Vera. Joyeux Noël !
– Peu importe Noël, dit Bimbo.
Il fit un signe de tête en direction du fond. Il ne voulait pas voir. Il murmura :
– On a une urgence sur les bras.
– Comment ça ? s'inquiéta Maggie.
Jimmy Sr avait vraiment des problèmes pour garder la tête claire. Vera itou. Mais Bertie, lui, ressemblait à un médecin qui vous déclare que vous avez un cancer.
– Ta mère..., commença Bimbo.
– Elle a un nom, figure-toi, dit Maggie.
– Elle a pas que ça, signora, railla Bertie.
Allons bon. La Guinness, la morve, une partie de son petit déjeuner sans doute remontaient dans la bouche et le nez de Jimmy Sr. Sans franchir les dents – il avait de la chance – mais quelque chose atterrit sur sa chemise. Il s'en fichait, pour l'instant. Ses yeux s'embuèrent.
– Oh merde. Pardon.
Il s'esclaffa.
Veronica avait sorti son mouchoir et essayait de faire partir la morve de sa chemise.
Il rigolait tout ce qu'il savait. Ça lui faisait mal mais c'était carrément super. Veronica le chatouillait en même temps et ça n'arrangeait pas les choses.
Veronica se mit à rire de le voir rire.
Tous riaient à présent, même Bimbo. Il savait qu'il s'était fait avoir mais ça lui était égal. Ça lui était toujours égal. Enfin, pas toujours.
Jimmy Sr sentit venir un pet. Il se méfiait. C'était normal, dans l'état où il était, incapable de se maîtriser à force de rire, de transpirer et j'en passe. Il aurait fini par devenir celui qui aurait ruiné le Noël de Bimbo – en chiant partout sur son nouveau tapis.
– Euh, les chiottes, demanda-t-il.
– Vas-y vite, dit Bertie.

Ça lui prit un temps fou de monter l'escalier. Il dut se traîner jusqu'en haut.

Là, il pissa et se lava les mains, comme toujours quand il était chez quelqu'un.

Un drôle de zèbre, ce Bertie. Vraiment poilant.

Nom de Dieu, l'eau était brûlante.

Il s'essuya les mains et regarda sa montre : midi et demi.

Bon. Ils allaient rester encore une heure et demie environ. On s'amuserait bien.

Vera : un beau brin de femme. Elle prenait soin d'elle-même – ça veut dire quoi au juste ? Elle avait l'air en bonne santé, voilà. Elle avait l'air en meilleure santé que Veronica. Elle était bien plus jeune que Veronica, peut-être dix ans de moins. Mais on voyait qu'elle avait été jeune il n'y avait pas si longtemps et que la pauvre Veronica ne l'avait jamais été. Ce n'était pas seulement une question d'âge, pourtant.

Bimbo avait un rasoir électrique.

Il en avait deux, de rasoirs, le sacré veinard. Un ordinaire et un petit jaune qui ne devait pas servir à grand-chose. Jimmy Sr prit le jaune : Soins Féminins. Bordel de...

Elle était un peu culottée, Vera, mais Jimmy Sr aimait ça.

C'était celui de Maggie, voilà. Pour les jambes ou – seulement pour les jambes sans doute. Il appuya sur un petit bouton de caoutchouc, et le rasoir se mit en route, quasiment sans bruit. Il posa le pied sur la baignoire et souleva sa jambe de pantalon en retroussant un peu sa chaussette. Des chaussettes neuves, offertes par les jumelles.

– Chacune une, pas vrai ? avait-il dit en les déballant, un peu plus tôt à la maison.

Il passa lentement le truc pour dames sur deux

longs poils, là, sur le tibia : rien. Il se massa une autre partie de la jambe avec, et alors il sentit quelque chose. C'était parfaitement lisse, mais à cet endroit c'était lisse de toute façon. Il y avait une touffe d'environ dix poils qui poussaient sur une sorte de grain de beauté qu'il avait depuis qu'il était gosse.

Ils étaient vraiment drus, ces poils, et plus noirs que les autres. Il n'allait pas mettre la tête du rasoir pile dessus. Il passerait juste le truc par-dessus le grain de beauté pour voir ce que ça donne.

Nouveau coup d'œil vers la porte. Vera se servait sans doute d'un rasoir de ce genre, quand elle se rasait les jambes.

– Rien à battre, de ces conneries !

Il remit vivement le Girl Care à sa place sur l'étagère au-dessus du lavabo.

Nom de Dieu, il était vraiment un abruti de première. Se raser les jambes, non mais quel taré !

Il transpirait.

Il ferait mieux de rejoindre les autres en bas.

Se raser les jambes, fallait le faire !

Il se sentait faible, lamentable, comme si on l'avait surpris. Qu'est-ce qui lui arrivait ?

Il tourna le robinet d'eau froide.

Oh non, merde. Il s'était simplement montré curieux, c'est tout. Il avait simplement voulu voir si ce machin marchait, quoi.

L'eau froide lui était très agréable au visage. Belle serviette aussi : d'une douceur incroyable. Maggie l'avait sans doute mise dans la salle de bains juste avant leur arrivée, juste pour eux. Elle n'était pas humide et ne sentait pas mauvais, comme ça aurait été le cas si toute la famille l'avait utilisée le matin.

Bravo, Bimbo ! Bravo, Maggie ! Ils avaient bien arrangé leur maison.

Il se sentit mieux à présent. La chaleur moite l'avait quitté. Il était en pleine forme.

Il déverrouilla la porte et descendit l'escalier.

C'était agréable. La fenêtre était ouverte et il ne faisait pas froid du tout. Il n'y avait personne dehors dans la rue : pas d'éclats de voix, pas de voitures. Qui donc serait sorti une nuit de Noël. Il n'y avait pas d'endroit où aller, à moins d'avoir rendu visite à sa mère, genre, et d'être sur le chemin du retour.

Veronica était endormie.

C'était la première fois qu'ils avaient fait la chose depuis un bon bout de temps. Deux mois presque. Fait l'amour. Il n'avait jamais appelé ça comme ça. Ça faisait tarte. Baiser sa femme. C'était plus que la baiser, surtout quand on ne l'avait pas fait pendant des mois, mais il n'aurait jamais pu dire à Veronica « Et si on faisait l'amour ? », elle lui aurait ri au nez.

Il n'était pas fatigué. Il n'avait pas beaucoup bu. Il n'y avait pas eu tellement à boire, mais ça n'avait pas d'importance. Il n'aurait pas voulu, de toute façon. D'ailleurs, il avait fait un petit somme quand ils étaient rentrés de chez Bimbo tandis que Veronica et Sharon préparaient le repas.

Veronica l'avait surpris à lui passer la main sur les jambes pour voir si elles étaient douces. Pour voir si elle se les rasait.

– Qu'est-ce que tu fais ?

– Rien.

Elle ne l'avait pas vraiment surpris. Il l'aurait fait de toute façon. Mais il avait dû continuer à les caresser de haut en bas depuis les genoux jusqu'à la chatte après qu'elle eut dit ça, pour pas qu'elle pense qu'il s'arrêtait rien que parce qu'elle l'avait dit.

Elles étaient douces, sauf sur les tibias. Là, ça piquait un peu.

Le jeune Jimmy était venu pour le repas. En taxi, pas moins. Voyez-vous ça ! Avec cinq cigares pour Jimmy Sr offerts par Aoife, sa meuf. C'était très gentil de sa part. Il l'avait rencontrée seulement une fois. C'était une gentille fille, trop gentille pour ce...

Non, ce n'était pas juste. Il était sympa, le jeune Jimmy. Il restait pour la nuit, en bas avec Darren. Et Darren aussi était casé, avec une jolie fille.

Aoife et Miranda.

Deux jolis noms : ils avaient quelque chose. Penser aux noms seulement, indépendamment des filles elles-mêmes, ça le faisait réfléchir. C'étaient des noms de mannequins.

Veronica n'était pas ce qu'on pourrait appeler un nom sexy. Ni Vera.

Encore que, Vera. Il n'y avait pas de sainte Vera, sauf erreur.

Veronica remua et se rapprocha de lui. C'était agréable. Il se sentait coupable maintenant, mais pas plus que ça. Il posa la main sur son dos.

Cet enfoiré de Leslie n'avait pas fait signe. Pas la moindre carte. Même pour dire où il était, juste ça, et qu'il était vivant. On l'avait surpris à voler le contenu d'un tronc pour canots de sauvetage à Howth. Il avait été simplement vu – même pas pris – par un flic qui le connaissait mais qui n'était pas de service. Et c'était pour ça qu'il était parti, pour avoir volé deux livres en pièces de cinq et de deux pence. En août dernier. Il avait passé deux nuits chez la sœur de Veronica à Wolverhampton, et depuis, ils n'avaient plus entendu parler de lui. En fuite. Il avait seulement dix-neuf ans. Il aurait fini par partir de toute façon. Il avait toujours des ennuis et n'était jamais à la maison, et on ne pouvait être tenu pour responsable d'un jeune de dix-neuf ans. Ils étaient mieux sans lui. Il y a environ cinq ans, Jimmy Sr avait pris une journée de congé pour accompagner Leslie au tribunal la première fois, quand il s'était trouvé illégalement sur la voie ferrée.

La pauvre Veronica lui avait acheté un cadeau, au

cas où. Un pull. Mais elle ne l'avait pas mis sous le sapin. Il était en haut dans l'armoire, tout emballé. Elle n'avait rien dit quand il ne s'était pas pointé hier ni même aujourd'hui. Elle avait été en pleine forme toute la journée. Avec Veronica, on ne pouvait jamais savoir.

S'il se pointait maintenant, Jimmy Sr foutrait à la porte ce petit trafiquant de merde. Non, il ne le ferait pas. Se trouver illégalement sur la voie ferrée. Puis ç'avait été la grande vie, à vider ces putains de troncs pour les pauvres. Il dormait sans doute dans un carton.

Ça n'avait pas été une mauvaise journée, pas mauvaise du tout. D'accord, personne n'avait eu le cadeau qu'il avait vraiment souhaité – la tête des pauvres jumelles quand elles avaient vu le leur : des vêtements ! Elles avaient généralement des vêtements neufs, leurs vêtements de Noël. Leurs cadeaux avaient toujours été à part. Elles étaient quand même assez contentes de leurs fringues. Elles n'avaient pas arrêté de se changer toute la journée. Elles grandissaient pour de bon, devenaient de vraies jeunes filles. Il ne restait en fait qu'un seul enfant à la maison, Gina.

Pour Darren, Jimmy Sr avait acheté *David Copperfield*, et ça lui avait plu, ça se voyait. *À Darren de la part de son père* : voilà ce qu'il avait écrit à l'intérieur. Il avait vu Darren le lire après le thé.

Ils avaient eu aussi leur dinde, comme toujours. Une sacrée grosse, putain ! Ils allaient manger des sandwiches de dinde pendant des semaines. Il avait eu de la marge : il restait encore deux samedis quand il l'avait gagnée, avec une bouteille de Jameson. Son jeu s'était nettement amélioré depuis qu'il était au chômage.

Il avait acheté un torchon à vaisselle pour Veronica, avec *Italia 90* marqué dessus. Ça lui avait plu. Elle l'avait montré à Sharon : ça les avait fait rire.

Plus tard, quand il l'avait surprise à s'en servir pour essuyer la vaisselle, il s'était fâché et elle s'était remise à rigoler. Lui aussi pour finir. C'était fait pour ça, okay. Mais elle aurait pu le garder, je sais pas moi, pour une occasion spéciale.

– Jimmy, mon chéri, avait-elle dit. Noël est une occasion spéciale.

Puis elle lui avait montré comment s'en servir, histoire de se marrer. Ça avait été une sacrée bonne journée.

On s'y habituait. En fait, ce n'était pas trop mal. Il fallait juste remplir la journée, et vraiment ce n'était pas si dur que ça. Sans compter que maintenant que les jours rallongeaient un peu – on était en janvier – le beau temps arriverait bientôt et il pourrait faire des choses au jardin. Il avait des projets.

Le pire, c'était l'argent. Ne pas en avoir. Devoir être radin. Par exemple, Darren était allé en Écosse avec l'école quand il était en cinquième, mais les jumelles n'iraient nulle part. Bientôt, elles rentreraient de l'école et réclameraient, et il lui faudrait dire non, ou bien ce serait Veronica qui le dirait. Elle savait mieux y faire.

À moins, évidemment, qu'il trouve du boulot entre-temps.

Seulement, il était plus facile de s'en sortir si on ne pensait pas à ça, trouver du boulot. On avançait, juste, comme si c'était normal. On meublait la journée. Ce qui était bien, avec l'hiver, c'est que les jours, en fait, étaient courts. C'était seulement quand il faisait jour qu'on se sentait mal dans sa peau, énervé, parfois même coupable. Remarque, le temps passait plus lentement, sans doute à cause du froid.

Il n'avait pas encore fait froid de tout l'hiver, pas

ce froid qui vous gèle le bout du nez. Dans la maison, pendant la journée, quand on n'allumait pas le feu – quand les gosses étaient à l'école – et qu'aucun radiateur ne marchait, sauf dans la chambre de Sharon pour Gina, il ne faisait pas vraiment froid, juste un peu frais, humide sans être humide. Ce n'était pas pénible si on s'habillait en conséquence.

Il avait fallu qu'il tombe la veste un bon nombre de fois quand il se promenait avec Gina, il faisait si bon. Ça lui arrivait souvent, de sortir avec Gina. Il l'avait même emmenée une fois au golf miniature. Une espèce de connard avait envoyé une balle qui avait rebondi sur la barre de sa poussette, quand Jimmy Sr était en train de placer la balle sur le tee n° 7. Délicat, le 7. Dieu du ciel, si le gars l'avait atteinte, il l'aurait tuée ! Il s'était excusé, c'est tout, puis avait demandé à Jimmy Sr s'il avait vu où était passée sa putain de balle. Jimmy Sr lui avait dit où irait la putain de balle si jamais il recommençait. Mais il avait eu une belle frousse.

Remarque, au moins ça avait fait quelque chose à raconter à Veronica en rentrant, quelque chose de vécu. Parfois il inventait de toutes pièces des histoires à lui raconter, de petites aventures. Une vieille qui laissait tomber ses provisions ou un gosse qui avait failli se faire écraser. Il se sentait vraiment connard quand il les lui racontait, mais d'une certaine façon il fallait qu'il le fasse, il ne savait pas pourquoi. Pour lui faire comprendre qu'il allait bien.

Il allait en ville et se promenait au hasard. Il y avait des années qu'il ne l'avait pas fait. Ça avait beaucoup changé. Les pubs qu'il avait connus et même les rues avaient disparu. La ville avait l'air belle, pourtant, il trouvait. Il pouvait dire une chose : on ne manquait pas de fric ici.

– Si.

C'était bien l'avis de Bertie, et de Bimbo aussi.

Les jeunes devaient gagner vraiment de l'argent, quand même, par les temps qui courent. Ça se voyait à leurs fringues. Il s'était assis sur un banc en pierre à côté des deux vieux au teint de bronze qui taillaient une bavette, près de Halfpenny Bridge. Il s'était assis là un jour et il avait vu passer, en l'espace d'à peine un quart d'heure – il les avait comptés –, cinquante-quatre jeunes qui avaient l'air de péter la forme. Des femmes vraiment flashantes aussi, toutes magnifiquement habillées, à la dernière mode. Elles avaient dû payer des fortunes les trucs qu'elles portaient, ça se voyait.

Il avait déjà lu trois des livres de ce bonhomme, Charles Dickens. C'était géant, géant ni plus ni moins. Il allait préparer des matières du Leaving Cert l'année prochaine, en septembre prochain. En cours du soir, comme Veronica. Il lisait les journaux de la première à la dernière ligne ces temps-ci. Il les lisait à la bibliothèque Raheny, ou à Donaghmede, s'il avait envie de changer. Il préférait Raheny. Et il regardait Sky News dans la journée. Il n'arrivait pas à suivre ce qui se passait en ce moment, surtout dans les pays du Pacte de Varsovie. Ils en discutaient un jour, lui, Darren, Sharon et Veronica, et même les jumelles, au dîner. Ils en discutaient et il avait remarqué une chose : les jumelles appelaient Thatcher Thatcher, Bush Bush, mais elles appelaient Gorbatchev Mister Gorbatchev : ça voulait dire quelque chose. Parce qu'elles pouvaient être d'une insolence teigneuse quand elles voulaient.

Sky News était une bonne chaîne, meilleure que leur autre chaîne pourrie, Sky One. Mais il ne voudrait pas payer pour l'avoir quand il faudrait commencer à payer, dans quelque temps, cette année. Ça ne valait pas le coup, même s'il ne savait pas combien ils auraient à payer. Et ça lui rappelait que ça faisait des semaines maintenant qu'il y avait une facture pour le Câble aimantée sur la porte du frigo. Elle pouvait bien y rester encore quelques-unes de plus, bordel !

Il avait rédigé une liste des choses à faire dans la maison et il en faisait une par semaine. Il avait réparé les chiottes hier, par exemple. Resserré la poignée. Ça marchait à nouveau du feu de Dieu. Ce genre de truc. Mais rien d'extraordinaire. Il n'allait pas devenir un de ces connards de bricoleurs, qui réparent des choses qui n'ont pas besoin de l'être, puis qui envahissent les voisins et réparent aussi leurs machins, en y foutant sans doute la pagaille. Une fois que le temps serait meilleur et que les jours auraient rallongé un peu, il irait dans le jardin, ça oui. Il ne verrait plus passer le temps. Il avait plein de projets.

Il avait des tas de choses à faire pour se maintenir en activité. Le seul problème, c'était l'argent. Il était passé devant un pub en ville et il s'en serait bien envoyé une derrière la cravate – il en avait toujours envie quand il entendait les gens et la télé qui marchait –, rien qu'une bière, mais il ne pouvait pas entrer. Il ne pouvait pas se le permettre. Ou bien, il ne pouvait pas acheter de glace à Gina quand ils étaient de sortie, ce n'est pas qu'il l'aurait laissée manger une glace par ce temps, mais façon de parler, quoi. C'était irritant. Humiliant.

Pourtant, l'argent ne faisait pas tout. Il était assez heureux.

Bimbo pleurait.

Nom de Dieu.

Bimbo. Lui, pleurer... !

– Qu'est-ce qui se passe ? demanda Jimmy Sr.

Mais ça sonnait faux, comme si rien d'exceptionnel n'était en train de se passer.

Alors qu'il pleurait, bordel de merde !

– Qu'est-ce qui t'arrive ?

C'était pire.

– Ça va ?

Mieux.

Il s'assit en face de Bimbo, à l'autre bout de la table. Il isolait Bimbo du reste du bar, pour que personne ne le voie, à moins de le faire exprès.

– Oh, je...

Bimbo essaya de sourire. Il s'essuya les joues du revers de la main.

– Je vais super bien.

Bimbo parut se rappeler où il était. Il se redressa et leva sa bière. Jimmy goûta la sienne : c'était bon, la première depuis cinq jours.

– J'ai eu une mauvaise nouvelle tout à l'heure. Ça m'a un peu sonné.

Bimbo haussa les épaules.

Il avait déjà perdu ses parents. Jimmy Sr le savait parce qu'il se souvenait qu'ils étaient morts à très peu d'intervalle l'un de l'autre, deux semaines seulement. Peut-être que la mère de Maggie avait cassé sa pipe – Bimbo était plutôt un tendre – mais il n'allait pas se mettre à chialer au bistrot du coin pour la mère de Maggie. Elle était comme morte depuis sacrément longtemps. L'un des gosses...

Oh misère ! Si seulement Bertie était là.

Bimbo se décida à parler :

– On m'a licencié ce matin.

– Hein ?

– Licencié. Je suis comme toi, maintenant, Jimmy, quoi. Rentier.

– T'as été... ?

– Ouais. Marrant, non ?

Il vit les yeux de Bimbo s'embuer à nouveau. Pauvre Bimbo.

– Comment ça se fait ?

Jimmy Sr espérait que ça ferait parler Bimbo au lieu de le faire pleurer.

– Oh. On est dix à avoir reçu une lettre. Les plus anciens, tu vois. À la cantine, au moment de partir.

Bimbo était boulanger.

– Le gars du bureau a dit qu'il fallait qu'ils entrent en compétition avec les grands... Putain, quel enfoiré !

Bimbo disait très rarement « putain ».

– Ils ont besoin de nos salaires pour faire concurrence aux grands, quoi.

– C'est scandaleux !

Bimbo faisait tourner la bière dans son verre. Il ne savait pas ce qu'il faisait.

– Est-ce qu'il y a des chances qu'il te reprenne quand il aura... tu vois, quoi ?

– C'est ce qu'il a dit, ouais, le jeune type du personnel qui nous a donné les lettres. Mais je l'ai pas cru. J'le croirais pas s'il... Ce genre de type, tu sais.

Bimbo se redressa à nouveau.

– Oh, sûr...

Il sourit.

– On va se serrer les coudes, en tout cas, hein.

– Ah ouais, ça c'est sûr, bordel.

C'était déjà ça. Jimmy Sr essaya de s'empêcher de penser que c'était une bonne nouvelle, mais il avait du mal.

C'était scandaleux quand même. Bimbo était plus jeune que lui et on le foutait à la porte parce qu'il était trop vieux.

– C'est mon père – paix à son âme ! – qui m'a fait entrer là.

– C'est vrai.

– Son frère, mon oncle Paddy, il y a travaillé aussi.

– Mouais.

– J'oublierai jamais quand je suis rentré à la maison la première semaine avec mon premier salaire. J'ai couru tout le long du chemin, la main dans la poche pour empêcher mon argent de tomber. Et j'avais un sac de gâteaux dont on n'avait pas voulu. Des tranches de cake. Des pièges à mouches. J'étais plus excité par les gâteaux que par l'argent, pour te dire comme j'étais jeune ! Je savais que j'allais être le roi de la soirée quand mes sœurs verraient les tranches de cake. La petite de Mary est épileptique, je t'ai dit ?

Mary était une de sœurs de Bimbo, celle que Jimmy Sr aimait bien.

– Non, c'est vrai ?

– Ouais. Catherine. Elle a que six ans. Triste, non ?

– Bon Dieu, ouais. Six ans ?

Bimbo se remit à pleurer. Il était effondré. Il se frotta le nez, chercha un mouchoir qu'il n'avait pas. Il avait la gorge nouée et esquissa malgré tout un sourire.

– Qu'est-ce que je vais faire, Jimmy ?

Ils étaient coincés. Bertie fut génial quand il arriva.

– C'est une grande nouvelle, compadre. Tu as toujours fait un piètre boulanger de toute façon, non ?

Et Bimbo se fendit la gueule. Il était ravi. Ah, le rire de Bimbo ! Quand Bimbo riait, tout le monde riait. Veronica disait toujours que le rire de Bimbo vous prenait au lasso.

– Trois belles pintes, por favor ! hurla Bertie à l'intention de Leo à l'autre bout du bar.

– Du John Wayners, les gars ?

– Nom de Dieu ! (Jimmy Sr n'avait pas trop d'argent sur lui. Mais bon.) Parfait !

– Okay, dit Bimbo. Moi aussi.

– Bravo ! Eh, Leo ! hurla Bertie. Tu rajoutes trois Jameson !

Puis Paddy s'amena :

– Combien d'indemnités tu vas toucher ?

– Bon Dieu de merde ! dit Jimmy Sr. Il est pas même assis qu'il veut déjà savoir combien d'argent tu vas palper !

Bimbo se marra. Paddy protesta.

– J'en ai rien à branler de savoir combien il va palper.

– Alors pourquoi tu lui demandes ?

– Je lui demandais juste. Va chier !

– Deux mille, dit Bimbo.

– Lui dis pas !

– Autour de trois, rectifia Bimbo. J'sais pas. Ils vont nous dire lundi.

– Alors on se retrouve ici lundi à l'heure du thé, proposa Bertie.

– Ah ouais, leur promit Bimbo. Il faudra qu'on boive quelques pintes pour marquer le coup.

– Tu vas perdre les pédales sans rien avoir à faire, dit Paddy à Bimbo.

– La ferme, tu vas lui porter la poisse ! trancha Jimmy Sr.

Il jeta à Bimbo un rapide coup d'œil, mais Bimbo s'en fichait.

– T'aurais fait un médecin du tonnerre, dit Bertie à Paddy, tu sais ça ? Je t'imagine très bien. Le genre : « Vous avez un cancer, madame, va falloir vous virer un nibard. »

– Oh, nom de Dieu ! dit Bimbo.

– Ouais, conclut Jimmy Sr, quand il eut cessé de rigoler. Ça ira pour Bimbo, docteur ? Non, madame, il est baisé.

Ils se tordirent de nouveau.

– Mais qu'est-ce que tu vas faire ? insista Paddy.

– Y a des tas de choses qu'il peut faire.

– Genre ?

– Remettre à neuf sa maison, hein ?

– C'est déjà fait, dit Bertie. Elle est déjà comme la baraque d'Elvis. Comment... euh... Graceland [1].

Bimbo rigola, mais il était content.

– Son jardin, suggéra Jimmy Sr.

– Son jardin ressemble...

– ... pas du tout à un jardin humain, acheva Bertie.

– Y a des tas de choses qu'il peut faire, si si.

– Ouais, tu m'étonnes. Mais quoi ?

– Il peut nettoyer l'église le lundi matin, dit Bertie.

Ils se fendirent la gueule.

– Y a un vieux qui a essayé de décider Vera à s'y coller..., expliqua Bertie, au nettoyage de cette foutue église le lundi matin.

– Je dirais que c'est pas exactement l'endroit pour Vera, dit Jimmy Sr.

Bertie partageait cette opinion.

– C'est le moins qu'on puisse dire. Elle contribue même pas à le saloper le dimanche matin.

Bertie s'envoya la moitié de sa bière.

– Mmm !

– C'est ma tournée, clama Bimbo.

– La première de beaucoup d'autres, ajouta Bertie.

– Leo ! hurla Bimbo. Quand tu veux. Trois...

– Quatre ! rectifia Paddy.

– Quatre pintes et quatre petits verres. Aux petits oignons, s'il te plaît !

Un ange passa.

– Ah oui... (Bertie préparait le terrain.) Je sais ce que je ferais si je recevais des indemnités comme Bimbo.

Il fallait que l'un d'eux se décide à poser la question. Alors...

---

1. Nom de la maison d'Elvis Presley à Nashville *(NdT)*.

– Quoi ? dit Jimmy Sr.
– Je me pointerais au Gem avec, figurez-vous.
– Euh... bon.
– Je les mettrais sous le nez de Mandy et je les lui ferais renifler un tantinet.
Jimmy et Paddy commencèrent à glousser.
– Puis je l'attirerais derrière le frigo, vous me suivez ?
– Oh, bon Dieu !
Bimbo était déjà hilare.
– Et je... je mourrais heureux.
Ils se tenaient les côtes à présent. Bertie avait l'air tellement sincère. Quand il eut repris un peu son sérieux, il ajouta :
– Nom de Dieu, compadres, je plaisante pas.
Paddy hocha la tête. Il aimait bien Mandy, la meuf du Gem, lui aussi.
Tous aimaient bien Mandy.
– T'es un vieux cochon, assena Jimmy Sr.
– Ce que j'ai dit, vous le pensez tous quand vous entrez dans cette boîte. Cette signorita. Plus bandante tu meurs !
– Elle a que seize ans, à tout casser, dit Bimbo.
– Ah bon ?
Bimbo haussa les épaules. Ça n'avait pas d'importance. Ils ne faisaient que dire des conneries.
– J'y ai été, ce matin. Elle est putaincroyable, j'vous raconte pas ! Je m'achetais le *Sun*. Elle est aussi bien roulée que les putes de la page 3.
– Mieux que ça, dit Jimmy Sr.
– Si. Je veux ! Ça, j'y ai dit aussi. À elle.
– Menteur ! lâcha Paddy.
Bertie le força un instant à baisser les yeux. Puis il revint à Mandy :
– Je l'ai ouvert page 3, tu me suis, et j'lui ai montré. Ça pourrait être toi, j'y ai dit.
– Elle t'a répondu quelque chose ?

– Si. Elle m'a dit d'me tailler la route. Mais elle était ravie, tu parles !

– Elle est vraiment canon, comme fille, relança Bimbo.

– Je lui ai demandé de me donner un sachet de frites aussi, dit Bertie. Je déteste ces saloperies.

Ils se marrèrent. Ils savaient ce qui allait suivre.

– ... Rien que pour la faire se pencher en avant, tu vois, quoi. Caramba, les gars, j'ai failli casser le comptoir avec mon manche ! Quand elle me les a données, j'y ai dit « Le sel et le vinaigre », alors il a fallu qu'elle remette ça.

– Elle va engraisser avant d'avoir dix-huit ans, dit Paddy.

Jimmy n'en croyait pas un mot.

– Impossible.

– Et pourquoi ?

– Vu qu'elle est pas comme ça. Elle ressemble pas à ces meufs qui ont l'air de femmes à quatorze ans et qui sont comme leurs mères avant d'avoir vingt ans. C'est pas le genre, j'te dis.

Il se demanda s'il avait bien fait de parler comme ça, s'il ne laissait pas échapper quelque chose comme un secret. Mais Bertie était d'accord avec lui.

– Si.

– Ma tournée, dit Jimmy Sr.

Il voulut se lever. Au cours de la conversation, là, dans le pub, il avait eu l'impression d'être grossier, genre. Et débile. À parler comme ça des meufs, des très jeunes. Quand Bertie s'était mis de la partie, ça craignait moins. Mais Darren servait en salle ce soir. S'il entendait...

Il se leva.

– La même chose par ici, Darren, s'il te plaît !

– C'est-à-dire ?

– Leo sait. Dis-lui juste « La même chose ».

Il commençait à y avoir du monde. Leo glissait

en souplesse d'un bout à l'autre du bar. Jimmy se rassit.

– Alors, ma foi, Bimbo... compadre mio, voilà ce que j'ferais si j'étais toi.

– Mais comment ? demanda Paddy.

– Comment ça « comment » ?

– Ben comment tu t'y prendrais ?

– Comme j'ai toujours fait.

– Non, je veux pas dire la sauter, expliqua Paddy. Je veux dire l'amener à se laisser sauter. Comment tu te démerderais ?

– Pas de problème majeur, compadre. Je lui montrerais l'argent et je lui dirais que je lui en donnerais une partie si elle disait bonjour à Popaul. Fastoche !

– Mon cul, tiens ! railla Jimmy Sr.

– Quoi ?

– Tu peux pas faire ça, c'est tout.

– Pourquoi pas ?

– Parce que cette meuf est pas une salope de prostituée, voilà pourquoi.

– Non, acquiesça Bimbo.

– Écoute, compadre. Toutes les femmes sont des prostituées.

– Ah, v'là autre chose ! s'étonna Bimbo.

– Écoute-le donc ! dit Jimmy Sr.

– Il a raison, renchérit Paddy. Il a fallu que j'achète un Mars à la mienne avant qu'elle accepte de me laisser sortir ce soir.

Bertie s'adressa à Bimbo.

– Comprends-moi bien, compadre. Pas seulement les femmes. Tous les hommes aussi sont des putes.

– J'suis pas une pute, mon vieux, dit Jimmy Sr.

– Écrase une seconde, merde ! Ce que je dis, c'est que tout le monde a un prix.

– Ah, c'est tout ? demanda Bimbo.

– Si tu t'imagines... (Jimmy Sr parlait à Bertie.) Si tu t'imagines que tu peux simplement te pointer dans la boutique, poser le fric sur le comptoir et que Mandy va enlever sa...

– Ferme-la, Jimmy, y a Darren qui s'ramène.

– Voici la commande, les gars, annonça Bertie.

– Faites de la place, là, voyez pas..., s'impatienta Darren.

– Tout de suite, tout de suite.

Ils prirent tous les verres vides et les mirent sur la table derrière eux, pour que Darren puisse poser le plateau sur leur table.

– Tu connais Mandy, du Gem, Darren ?

Jimmy Sr essaya de filer un coup de pied à Bertie, mais il atteignit Bimbo à la place, heureusement pas trop fort.

– Ouais. Mandy Lawless [1].

– Sympa, non ?

– Ça peut aller, mouais.

– Garde la monnaie, Darren, c'est bon, va, lui dit son père.

Darren ramassa l'argent et le compta.

– Manque une livre.

– Ah bon ?

Jimmy Sr ne se débarrasserait jamais de Darren avant que Bertie n'ouvre la bouche. Il lui donna un billet de cinq livres.

– Tu me rendras la monnaie plus tard.

– Non, dit Darren, j'ai ce qu'il faut.

Ah, Dieu de miséricorde !

Mais Bertie la boucla, et Paddy aussi. Il regardait autour de lui, cherchant matière à râler.

– Tiens, dit Darren.

Jimmy Sr prit les billets et laissa les pièces d'argent et de cuivre dans la main de Darren.

– T'es sympa.

– Merci bien, p'pa.

---

1. Mandy l'anarchiste *(NdT)*.

– Pas de problème.

Darren s'éloigna et Jimmy Sr en profita pour ajouter :

– ... Si vous voyiez sa meuf, j'vous dis que ça. La meuf à Darren.

– Elle est bien ? demanda Bimbo.

– Adorable, dit Jimmy Sr. Carrément adorable.

– Allez... C'est super !

– Miranda, elle s'appelle.

– Oh, j'aime bien ça. Mirr-andaah. Si. Très chouette. Elle est grande, Jimmy ?

– Une vraie gazelle !

– Et toi, t'es un drôle de zèbre ! rétorqua Paddy.

– Va te faire foutre, toi.

Bertie se pencha en avant pour s'interposer entre Jimmy Sr et Paddy comme pour interrompre un conflit, même s'il n'y avait pas de bagarre.

– Allez les potes, ça va comme ça... Tout doux, mes agneaux...

– Et alors ? dit Paddy.

– Ils sont d'accord, dit Bertie. Pas vrai ?

Paddy ne chercha pas à discuter avec lui.

– Bon, reprit Bertie. Si vous aviez, disons, mille livres, hein.

Ils se redressèrent. Ils aimaient ce genre d'histoires.

– ... Et que..., poursuivit Bertie, vous sachiez avec certitude que la femme la plus classe – bon, la meuf la plus chiée que vous ayez jamais vue de votre vie, hein. Et que vous sachiez avec certitude...

Bimbo pouffa.

– Ta gueule, toi ! Que vous sachiez avec certitude qu'elle vous laisserait la sauter si vous le lui donniez, le pognon. Est-ce que vous le lui donneriez ?

– Tout ? s'étonna Jimmy Sr.

– Si.

Il les regarda à la ronde. Ils réfléchissaient à la question, même Bimbo.

– Qu'est-ce qu'elle me donnerait pour la moitié ? suggéra Paddy.
Ils étaient écroulés.

– Où il est ? dit Jimmy Sr.
Ils étaient dehors sur le parking, regardant dégueuler le pauvre Bimbo. Il était complètement vidé, maintenant, provisoirement en tout cas. Mais il était toujours blanc comme un linge.
Ils avaient été les derniers à partir. Complètement bourrés, surtout le pauvre Bimbo. Il ne pouvait pas articuler deux mots. Darren avait vaporisé quelques giclées de Pliz, pour faire croire au gérant qu'il avait fait le ménage.
– Maar s'bôcoup, Daar-n, avait dit Bimbo.
C'était bien tout ce dont il était capable.
À présent, ils étaient dehors.
– Bon Dieu, répéta Bimbo, pour la millième fois peut-être.
– D'accord, d'accord, dit Bertie.
– Affreux gaspillage de c'te saloperie de fric, commenta Paddy en lorgnant par terre ce qui avait jailli du pauvre Bimbo.
Jimmy Sr dut l'admettre.
– Pourtant, il en a gardé le meilleur.
– Très juste, Auguste.
Jimmy Sr ne se sentait pas mal du tout, vu son manque d'habitude. Un peu flottant, peut-être. Il avait fallu qu'il se tienne au mur quand il s'était vu partir. Mais il était content de lui.
Bimbo se redressa.
– Ça va maintenant, mon grand ? lui demanda Bertie.
– Bien sûr que ça va, dit Jimmy Sr. Hein que ça va, Bimbo ?
Bimbo mit quelque temps à répondre :
– Mouais... ouais.

– On s'en va ou quoi ? dit Paddy.

Le projet, c'était de se rendre tous sur le front de mer avec deux packs de six. Ils l'avaient décidé quand Paddy s'était plaint de tous les gosses qui y allaient tous les soirs.

– De tous âges. Corrompus jusqu'à la moelle.

– C'est choquant, avait déclaré Bimbo.

Alors Bertie avait suggéré d'y descendre eux-mêmes après avoir été mis à la porte du bistrot, et c'est là qu'ils allaient. Aussi...

– On y va ou on y va pas ? s'impatienta Paddy.

– Montre le chemin, compadre.

– Oh, j'y..., bégaya Bimbo. Je sais pas si...

– Allez, merde, quoi ! le bouscula Jimmy Sr. L'air frais te remettra.

– C'est que..., dit Bimbo. Je vais très bien, moi.

– Alors, viens !

– Est-ce qu'on... hé, les gars, dit Bimbo. Est-ce qu'on va monter sur un bateau ?

– Vous l'entendez ? ricana Paddy.

Bimbo se mit à chanter.

– Oh merde ! dit Paddy.

– *We come on the sloop John B...*

– Ah si !

Bertie aimait bien cette chanson, alors il accompagna Bimbo.

– *Me Gran'father an' me...*

– Où il est passé ? demanda Jimmy Sr à Paddy.

– Quoi ?

– Le van du marchand de frites, tiens.

– Ah ouais, c'est vrai !

– Où il est ?

– J'en sais rien.

– *Let me go home...*

Lehhhhhhhh' me go home...

– J'ai envie de bouffer, putain, tonna Jimmy Sr. La ferme, okay !

Puis il se joignit à eux.

– *I feel so broke up...*
I wanna go home...

C'était fini. Bimbo avait l'air beaucoup mieux. Il reprit :

– *Ba ba bah...*

– Arrête ton char, Bimbo ! dit Jimmy Sr.

– *Ba barber ann...*

– Ta gueule !

Jimmy Sr faillit tomber, tellement il avait crié fort.

– Pas l'ombre d'un marchand de frites à l'horizon, putain !

– C'est vrai, dit Bertie. Je me disais bien qu'il manquait quelque chose.

Il y avait toujours un van devant le Hikers, pas seulement le week-end. Toujours.

Mais il n'était pas là ce soir. Bimbo regarda des deux côtés de la rue, et derrière lui.

– Le type doit être malade.

– Il a dû manger un de ses propres hamburgers, souffla Bertie.

– Qu'est-ce qu'on fait ? dit Jimmy Sr.

– Pas de problème, amigo. On va aller chez le marchand de frites.

Il voulait dire le vrai marchand de frites, pas l'ambulant. Celui qui était de l'autre côté du Green, entre le Gem et le coin où se trouvait avant la Banque d'Irlande.

Jimmy Sr fit non de la tête et faillit de nouveau se mettre en colère.

– Pas question !

– Qu'est-ce qui te prend ? dit Bertie.

– *Weehhl...*
The West Coast farmers' daughters...

– La ferme, Bimbo.

– Le marchand de frites est par ici, dit Jimmy Sr. Okay ?

– Ben... si.

– Et ce putain de front de mer est par là ?

– Si.

– Alors il est pas question que je me tape tout ce chemin de ce côté pour après remonter là-bas.

– Paddy ira les chercher pour nous et on l'attendra.

– Et mon cul, c'est du poulet ? dit Paddy.

Ils étaient assis sur le mur du parking.

– On pourrait aussi bien ouvrir celles-ci, en tout cas, dit Bertie, hein.

Il sortit le pack de son emballage.

– Le temps que vous vous décidiez. D'accord, Bimbo ?

– Oui, merci.

– Personne a un ouvre-bouteille ?

– Je vous avais bien dit, bordel, de prendre des canettes, dit Paddy. Je vous avais prévenus.

– Va te faire foutre.

– Les canettes, c'est pas aussi bon, dit Jimmy Sr.

– Si.

Bertie se leva et plaça le goulot de la bouteille contre le rebord du mur.

– Bon, attention !

Il essaya de faire sauter la capsule de la bouteille.

– Tu vas la casser, balança Paddy, ce porteur de poisse à la con.

– Tu crois ça ? dit Bertie.

Il souleva la bouteille et la tendit, si bien que la mousse se mit à dégouliner sur sa main mais pas sur ses vêtements.

– Bien joué, Bertie ! applaudit Jimmy Sr.

– Chope-moi ça, Bimbo !

Bertie lui tendit la bouteille décapsulée.

– À moi, après ! dit Jimmy Sr.

– Démerde-toi ! rétorqua Bertie.

Il mit la capsule de la bouteille contre le rebord du mur, la tira vers le bas, mais il rata le mur, s'écorcha les doigts et laissa tomber la bouteille.

– Merde !

– Fais gaffe !

Une voiture de police traversait la route et venait dans leur direction. Les policiers restèrent à l'intérieur, mais le passager ouvrit sa fenêtre.

– Qu'est-ce qui se passe ici ?

Bertie retira de sa bouche ses jointures meurtries.

– On attend ta femme.

Paddy commença à siffler la musique de Laurel & Hardy. Jimmy Sr le poussa du coude mais Paddy ne s'arrêta pas.

– La ramène pas, dit le policier à Bertie.

Jimmy Sr n'aimait pas la tournure que prenaient les événements.

Bertie s'approcha de la voiture et se pencha. Il fit une grimace significative.

– Laquelle j'ramène pas ? Celle-ci ?

Puis une autre.

– Ou celle-là ?

Paddy se leva à son tour.

Bimbo murmura à l'intention de Jimmy Sr.

– On la connaît... sa femme ?

Jimmy Sr se demandait ce qu'il ferait si les flics sortaient de la voiture. Il n'avait jamais eu d'ennuis avec la police, même quand il était gosse. Juste à cause de Leslie.

Le conducteur prit la parole.

– Mister Gillespie.

Bertie se pencha un peu plus et regarda au-delà du passager.

– Buenas noches, brigadier Connolly.

Bimbo descendit du mur et se mit à ramasser le verre cassé.

– Vous avez une mine flamboyante, dit le brigadier Connolly.

– C'est parce qu'on a baisé les poulettes des poulets toute la soirée, brigadier, fanfaronna Bertie.

Jimmy Sr avait envie de descendre du mur et de se barrer vite fait.

Paddy se pencha aux côtés de Bertie pour voir les visages des flics. Il se racla la gorge comme s'il était prêt à cracher, mais le passager ne bougea pas. Il ne tenait même pas à le regarder.

Le brigadier Connolly demanda :

– Vous seriez pas un peu au courant d'un petit cambriolage chez Supervalu à Baldoyle cet après-midi, mister Gillespie ? Juste un peu ?

– Mouais, un peu.

– Et alors ?

– Ils se sont tirés.

Le brigadier rit. Jimmy Sr n'aimait pas ça.

– Vous pouvez venir fouiller chez moi si ça vous chante, suggéra Bertie au brigadier.

– C'est déjà fait.

Le passager sourit.

– Qu'est-ce qui te fait ricaner, mon poulet ? demanda Paddy.

Bertie avança un peu plus et écarta Paddy.

– Vous avez trouvé quelque chose ? demanda-t-il au brigadier Connolly.

– Pas vraiment, dit le brigadier. Mais... Remerciez bien votre charmante épouse, okay ? J'ai oublié de le faire moi-même. Bonne nuit ! Rentrez tranquilles.

La voiture s'éloigna du bord du trottoir et retraversa la route avant de tourner sur Chestnut Avenue.

– Les cons, lâcha Paddy.

– Où y a une poubelle ?

– Là-bas, Bimbo, r'garde.

Jimmy Sr prit Bimbo par le bras et l'entraîna. Il avait envie de rentrer et de ramener Bimbo chez lui avant le retour des flics.

– Saaalut ! lança-t-il à Bertie et à Paddy.

– Tu te casses ? dit Paddy.

– J'vais me pieuter. J'suis crevé.

– Bonne nuit, compadre ! Tiens, apporte une des bouteilles par ici.

– Non, dit Jimmy Sr. Non merci, ça suffit comme ça. Salut.

Ras le cul, il voulait rentrer chez lui. Dans ce genre de situation, il était totalement incapable d'assurer. Il ne voulait pas que les policiers pensent quoi que ce soit de lui, ni de Bimbo. Tous les deux sans travail et tout le saint-frusquin. Ce bonhomme, Connolly, allait croire qu'ils travaillaient pour Bertie. Et ils feraient une descente chez eux, putain, tu vois le genre. Veronica...

– On rentre, Jimmy ? dit Bimbo.

– Ouais.

– Bon.

Ensuite, il y eut deux semaines grandioses, faut bien dire ce qui est. S'il avait rêvé de voir quelqu'un se faire licencier, ç'aurait été Bimbo. Ce qui ne voulait pas dire qu'il avait souhaité que Bimbo soit fichu à la porte, pas du tout. Ce qu'il voulait dire, c'était ceci : il ne pouvait envisager meilleure compagnie, et maintenant que Bimbo ne travaillait plus, il pouvait traîner avec lui toute la sainte journée. C'était carrément le pied.

Il ne pensait pas être égoïste. Au début – la première semaine en gros – il s'était senti un peu coupable, un peu couillon, parce que Bimbo était si malheureux et lui tout le contraire. Il était impatient de se lever et de sortir le matin, comme un satané gosse en vacances, l'été. Mais il voyait les choses autrement maintenant. Parce qu'en fait, il aidait vraiment Bimbo. Il ne se cachait pas qu'il était ravi que Bimbo ne travaille pas – il ne l'avait dit à personne –, mais il ne fallait pas qu'il se sente responsable parce que, après tout, ce n'était pas lui qui avait mis ce pauvre Bimbo à la porte ni même qui l'avait jamais souhaité. Et si Bimbo retrouvait son boulot ou en obtenait un autre, il serait le premier à lui donner une tape sur l'épaule en disant : « Bravo, mon vieux ! » Et en plus, il le penserait vraiment.

Mais Bimbo était licencié, c'était un fait. Il passait son temps à ne rien foutre. Jimmy Sr passait son temps à ne rien foutre, donc tous les deux, ils pouvaient aussi bien passer leur temps à glander ensemble, bordel. Simplement, à eux deux, ils pouvaient faire plein de choses. Jouer au minigolf tout seul en plein mois de mars quand on se les gelait, ça pouvait être très déprimant, mais très marrant avec quelqu'un pour vous accompagner. Et c'était pareil, sans aller chercher plus loin, pour se promener sur le front de mer. Pour tout, en fait.

Jimmy Sr ne s'était pas senti mal dans sa peau, mal-mal quoi, depuis quelque temps. Pas depuis avant Noël. Il ne s'était pas senti bien non plus, remarque. En équilibre, simplement. Mais maintenant, il se sentait bien. Il se sentait heureux. Bimbo l'aidait et il aidait Bimbo. Le lendemain du soir où ils s'étaient trouvés coincés – le lendemain du jour où Bimbo avait été renvoyé –, Jimmy Sr passa le prendre et l'emmena faire un tour. Maggie tapota gentiment le bras de Jimmy Sr au moment où il sortait. On était samedi, un jour où Bimbo aurait été de toute façon à la maison, mais il voyait bien que Bimbo ne trouvait pas que c'était un samedi comme les autres. Il avait aussi une terrible gueule de bois. Mais la balade lui avait fait du bien et Jimmy Sr l'avait emmené à la bibliothèque Raheny, lui avait fait remplir un formulaire et montré les livres en rayon.

Le lundi, premier vrai jour, Jimmy Sr passa prendre Bimbo à neuf heures et l'emmena faire une partie de minigolf. Il dut le menacer de le frapper sur la tête avec son putter s'il ne sortait pas de sa tanière, mais il finit par le décider à venir. Il lui remonta même la fermeture de son anorak. Et Maggie leur prépara un Thermos, qui fut le bienvenu parce qu'ils se les caillaient ferme. Ils renoncèrent au bout de six trous. Ils n'arrivaient plus à tenir les clubs correctement parce qu'ils n'avaient pas de gants, mais ils s'en payèrent une bonne tranche. Et Jimmy Sr montra à Bimbo ce qui n'allait pas dans son swing. Il levait la tête trop tôt. Ils regardèrent un peu de snooker [1] dans l'après-midi et jouèrent au Scrabble avec Sharon jusqu'à ce que Gina retourne le plateau du jeu, la sale petite peste, pendant qu'ils regardaient quelque chose dans la partie de snooker.

Le mercredi – il était tombé des cordes tout le mardi – Jimmy Sr emmena Bimbo en ville. Bimbo n'avait pris le DART que deux fois jusque-là, alors il apprécia beaucoup. Un petit connard lança une pierre contre leur voiture comme ils passaient devant l'hôpital d'Edenmore, et ça leur fit un sujet de conversation le reste du chemin. Ça et les grandes maisons neuves le long de la route de Howth à Clontarf, qui étaient si proches de la voie ferrée que le train passait presque au milieu.

Jimmy Sr montra du doigt les maisons dont il avait fait les plâtres.

– Tu te rends compte ! payer une fortune pour vivre aussi près de la voie ferrée.

– C'est nul.

Il emmena Bimbo au centre ILAC, où il demanda à une fille au comptoir de mettre un programme de télé sur les volcans, et ils en regardèrent une partie. Ils allèrent prendre une tasse de café, une fois que Jimmy Sr eut emprunté deux livres et expliqué à Bimbo le code-barres à l'intérieur des livres et sur la carte de lecteur, et comment le mec à la caisse n'avait qu'à y passer un pointeur en plastique pour

---

1. Variante du billard *(NdT)*.

inscrire le nom des livres à côté de celui de Jimmy Sr dans l'ordinateur. Ils continuaient à mettre le tampon de la date à laquelle on devait les rapporter.

Ils allèrent prendre un café au rez-de-chaussée. Ici, le café était délicieux, mais Bimbo avait insisté pour avoir du thé. Il pouvait être assez chiant et grincheux parfois. Jimmy Sr allait le décider à prendre du café – parce qu'il était vraiment délicieux –, mais il changea d'avis. Ils regardèrent ce qui se passait dans Moore Street. Ils aimaient ça, regarder les petites vieilles qui vendaient leurs fruits et légumes et les jeunes qui glandaient. Ils virent un gosse – un affreux moutard – voler un porte-monnaie dans le sac d'une dame. Il avait fini avant qu'ils réalisent, alors ils ne purent rien faire. La femme ne s'en était d'ailleurs pas encore rendu compte. Elle continuait tranquillement à marcher en direction de Parnell Square, la pauvre. Le gosse avait sans doute fait ça pour se procurer du shit, genre. Ils n'en parlèrent pas entre eux. Jimmy Sr pensa à Leslie.

– Goûte ça, tiens, Bimbo !

Il tendit son mug pour que Bimbo le prenne. Bimbo le prit et avala une gorgée.

– Tiens. C'est pas délicieux ?

– Oh, c'est sûr, confirma Bimbo. Délicieux, tout à fait.

– Je parie que tu regrettes de pas en avoir commandé une tasse pour toi, hein ?

Ensuite, ils rentrèrent chez eux.

Ils faisaient quelque chose presque tous les jours. Le temps était bizarre. Un moment, il faisait beau. Il fallait qu'ils tombent la veste, le pull même. Puis il se mettait à neiger – sans rire ! – ou à grêler.

– De la neige en avril, disait Bimbo en levant les yeux.

Il aimait la neige, mais il avait froid. Ils s'étaient mis à l'abri sous l'auvent près de l'étang du parc St. Anne. Bimbo ne voulait pas s'appuyer contre le mur parce que ça sentait la pisse, c'était terrible. Ils avaient Gina avec eux, dans sa poussette.

– C'est complètement dingue, constata Jimmy Sr.

– Il faisait très beau il y a un moment.

– C'est vrai. C'est cette putain de couche d'ozone. C'est à cause de ça, à tous les coups.

– En avril, c'est toujours un peu comme ça, non ?

– Pas si dégueu. Ah non !

Il s'assura que Gina avait bien son capuchon sur la tête.

– L'effet de serre...

– Je croyais que c'était censé réchauffer la planète.

– C'est vrai, reconnut Jimmy Sr. Ouais, mais ça la refroidit en même temps. Ça fait qu'il y a plus de saisons, quoi.

– On sait plus comment s'habiller. C'est sûr.

Il mit ses mains dans ses manches.

– On serait mieux à circuler tout nu, dit Jimmy Sr.

Ils s'esclaffèrent.

– Au moins, on saurait où on en est.

– J'aurais quand même besoin de chaussures, dit Bimbo.

– Et d'un endroit où mettre tes cigarettes, hein !

Ils rigolèrent de nouveau.

– Je peux pas être heureux si j'ai pas mes chaussures aux pieds. Même sur une plage.

– Ah bon ?

– Ou des pantoufles.

Puis il cessa de neiger. Le soleil se montra presque immédiatement et c'était comme s'il n'avait jamais neigé, sauf qu'il y avait de la neige sur le sol. Mais elle disparaissait rapidement. Ils la voyaient fondre et s'évaporer.

– J'adore regarder ce genre de chose, dit Bimbo.

– Ouais.

Jimmy Sr vérifia que Gina n'avait besoin de rien. Elle dormait toujours.

– C'est aussi bien, hein. Elle fait du volume, sinon, tu trouves pas, Bimbo ?

– Ah ben, sûr. C'est de son âge. Elle est adorable.

– Tu trouves aussi ? dit Jimmy Sr. Si tout le reste est aussi bien que ses poumons, ce sera un beau brin de fille, plus tard.

Ils se mirent en route. Sur le chemin du retour, ils se réfugièrent à la bibliothèque pour parcourir le journal à l'abri du froid. Mais ils durent s'en aller, parce que Gina commençait à faire des caprices.

Ils ne se rencontraient pas beaucoup le soir. Une ou deux fois par semaine seulement.

– Regarde, dit Bimbo un matin.

Il tira quelque chose d'une enveloppe brune avec un cadre transparent.

Jimmy s'approcha et se tourna pour voir. Bimbo ne la lui tendait pas précisément. Il la tenait et basta.

C'était son chèque de licenciement.

– C'est bien, approuva Jimmy Sr.

Bimbo le remit dans l'enveloppe, entra dans la cuisine et le donna à Maggie. Puis ils sortirent.

Bimbo investit une bonne part de ses indemnités dans la maison. Il fit mettre des fenêtres en aluminium à l'arrière. Ils en avaient déjà devant. Il s'inscrivit pour l'installation du gaz à prix forfaitaire. Jimmy Sr aida Bimbo à poser un nouveau papier peint dans sa cuisine et Veronica lui passa un savon quand elle vit la colle dans ses cheveux et qu'il lui eut expliqué comment c'était arrivé. Elle ne lui lâcha pas les baskets avant qu'il eût promis de refaire leur propre cuisine, mais ils n'avaient pas d'argent pour acheter du papier peint ni rien, alors ç'avait été une promesse assez facile à faire.

Ils allaient aussi à Howth de temps en temps, et se promenaient le long de la jetée. Ils projetaient de s'acheter des filets de pêche.

Puis un grand événement arriva. Bimbo donnait un coup de main au Barrytown United. Il allait seulement aux matches pour les moins de treize ans, parce que Wayne, un de ses fils, jouait dans cette équipe. Il était généralement remplaçant, et Bimbo surveillait leurs affaires et leur argent. Parfois il emmenait certains des moins de dix-huit ans à leurs matches et les ramenait. En tout cas, il eut de la chance : on lui donna deux billets pour un des matches de Coupe du Monde, contre le pays de Galles, à Lansdowne.

– Pas exactement deux billets, expliqua-t-il à Jimmy Sr.

– Ça veut dire quoi, ça, putain ? fouina Paddy.

– Je te cause, toi ? dit Bimbo. On va au match pour rien, dit-il à Jimmy Sr, mais il faut qu'on fasse un peu de service. Pas grand-chose, hein, rassure-toi.

– Quoi ?

– Je sais pas au juste. T'es partant ?

– Tu parles !

– Ah, super !

– Ils vont perdre, putain, leur balança Paddy, qui en ratait pas une. Vous verrez.

– Fous-nous la paix, râla Jimmy Sr.

Jimmy Sr aimait le football mais ça faisait des années qu'il n'était pas allé à un match, et voilà qu'il pouvait assister à un match international gratis.

– Les billets sont comme de la poudre d'or, dit-il à Veronica.

Ils prirent le DART direct jusqu'à Lansdowne. Jimmy Sr portait le foulard de Darren aux couleurs de l'Irlande. Darren continuait d'aller à tous les matches mais il ne se donnait plus la peine de mettre le foulard. Alors Jimmy Sr en avait hérité.

– Lansdowne, c'est à combien de stations après Amiens Street ? demanda Jimmy Sr à Bimbo.

Bimbo regarda le plan des stations collé à la vitre.

– Euh... Trois... Ouais, trois.

– Bon. J'irais bien pisser un coup.

Ils avaient pris une bière au Hikers. Rien que tous les deux.

– On ira quand on arrivera.

– Super. Y a pas le feu.

– Il y a des grands chiottes sous les tribunes.

– Super.

À Lansdowne, il leur fallut enfiler ces fameux blousons blancs marqués Opel, et ils suivirent le gros bonhomme qui les conduisit à la tribune est. Il leur expliqua que leur job, c'était d'indiquer leurs places aux gens. Fastoche. Faudrait être un imbécile de première pour ne pas être capable de trouver sa place. Jimmy taquina Bimbo. Il lui dit qu'il lui achèterait une lampe électrique et une jupe pour qu'il se trouve un boulot dans un cinéma. Puis-je vous aider, monsieur ? il l'entendit dire à un putain d'abruti qui ne trouvait pas sa place.

Puis ils se rendirent sur le côté du terrain juste quand ça commençait, en deçà des barrières – c'était super – et ils regardèrent le match. Un match merdique, affligeant. Mais Jimmy Sr le trouva bien et le temps se maintint au beau. Il quitta son blouson Opel et le gros bonhomme lui dit de le remettre. Comme il l'avait dit gentiment, Jimmy Sr voulut bien le remettre. Avant la fin du temps réglementaire, le gros bonhomme leur dit de se retourner et d'empêcher tous les jeunes, sans exception, de franchir les barrières au moment du coup de sifflet. Puis l'Irlande eut un peno. Jimmy Sr et Bimbo ne pouvaient pas manquer ça. Ce connard de Sheedy le rata – c'est Southall qui l'arrêta –, Jimmy Sr se retourna et la foule devint complètement dingue, alors il se retourna encore une fois, dans le bon sens : le nouveau type, Bernie Slaven, avait marqué un but et Jimmy Sr, putain, l'avait manqué. Plus tard dans la soirée, il avait dû le regarder à la télé. De toute façon, il ne savait pas pourquoi il avait fait face à la foule : pas moyen d'empêcher quiconque de franchir les barrières. Ils pouvaient bien se bagarrer pour passer par-dessus les barrières, pour ce que ça lui faisait. Ce n'était pas son problème. Il avait quand même apprécié la journée entière. Mick McCarthy s'était approché de l'endroit où Bimbo et lui se trouvaient juste avant la fin pour faire une de ses fameuses touches, célèbres pour leur longueur. Jimmy Sr lui avait fait un signe de tête et lui avait dit : « Salut, Mick » et McCarthy s'était fendu d'un clin d'œil. Un bon joueur, McCarthy, un dur.

À la fin du mois, ils entreraient gratis au match contre la Russie, itou. C'était sans aucun doute un événement qu'on allait attendre avec impatience. Ce serait un bien meilleur match.

– Ça fait pas un pli, dit Bimbo.

Ils rentraient chez eux par le DART.

– J'sais pas, dit Jimmy Sr. On dirait que cette merde de glasnost les a adoucis, tu crois pas ? Maintenant, ils ont pas peur d'être envoyés dans les mines de sel s'ils se plantent.

– On verra.

Ils passaient le temps sans problème. Des fois, c'était tout ce qu'ils faisaient : passer le temps – ils ne faisaient que déconner à rien faire jusqu'à ce qu'ils puissent rentrer pour le dîner ou le thé. Ce n'était pas si bien que ça. Et des fois, Jimmy Sr se rendait compte que Bimbo broyait du noir. De temps en temps, c'était son tour. Mais ils se faisaient du bien l'un à l'autre, Bimbo et lui.

Tout l'entraînement de Bimbo s'était avéré payant : aujourd'hui, au minigolf, il avait gagné. Et, au lieu de gagner un minable bon pour la boucherie ou ce genre de truc, il avait gagné un trophée, un énorme trophée surmonté d'un joueur de golf. Qui n'avait pas l'air camelote d'ailleurs, comme la plupart d'entre eux. Non, très joli, et Bimbo était carrément aux anges. Carrément radieux.

Ils avaient fêté ça avec quelques pintes et à

présent ils allaient sortir pour aller acheter des frites et de la morue, parce qu'ils arrivaient trop tard pour le thé et qu'ils avaient trop faim pour attendre que Maggie et Veronica leur préparent en vitesse quelque chose.

– Ça va ? demanda Jimmy Sr.

Bimbo rassemblait ses clubs et son trophée, essayant de trouver la façon la plus commode de les porter.

– Tiens, dit Jimmy Sr. Donne-les-moi.

Il prit les clubs des mains de Bimbo. De Dieu, ce qu'il avait faim.

– À bientôt.

Bimbo disait au revoir à tout le monde. Jimmy Sr s'impatientait.

– Alors tu viens, oui ou merde !

Ils sortirent sur le parking. Il faisait encore jour. Il n'était que huit heures du soir. Le ciel était rouge au couchant.

– C'est pas beau, ça ? dit Bimbo.

– J'vais prendre aussi un hamburger.

Mais le van n'était pas là.

– Oh bordel !

Puis ils se rappelèrent que le van n'était pas venu depuis longtemps. Des mois en fait. Il leur manquait seulement maintenant qu'ils en avaient besoin. Ils se dirigèrent vers le Green où se tenait le vrai marchand de frites.

– Il fera sans doute aussi bien l'affaire, dit Bimbo. On ne savait jamais ce qu'on achetait quand ça venait du van. Mais c'est drôle...

Il n'arrivait pas à se maintenir à la hauteur de Jimmy Sr.

– Ce van était une petite mine d'or.

Jimmy Sr en convint.

– Ouais.

– Peut-être qu'il est malade...

Bimbo faillit mettre les pieds dans une flaque.

– ... Ou peut-être qu'il est mort.

– Juste, dit Jimmy Sr.

– Une petite mine d'or, cet endroit, répéta Bimbo.

– Ça peut pas avoir été une telle mine d'or s'il est plus là...

– Peut-être, ouais. Je dirais qu'il est malade, simplement, ou mort.

– C'est moi qui vais mourir dans une minute si j'ai pas un petit quelque chose à bouffer. Viens, Bimbo. Faudra que tu veilles à pas faire le malin sous prétexte que t'as gagné une fois. Moi, je la ramène pas pour autant.

– Je sais.

– Ça arrive à des tas de gens. Ils arrêtent de travailler leur technique, rien qu'à cause qu'ils ont gagné un trophée pourri ; excuse-moi, mais...

– T'inquiète. Ça ne va pas m'arriver.

– Bravo. On voudrait pas d'un boulot maintenant, hein. On est trop occupés.

Bimbo lui retourna son sourire.

Il y avait aussi des moments difficiles, évidemment. Évidemment, il y en avait. Le pauvre vieux Bimbo avait un peu le cafard, comme avant d'être licencié, maintenant qu'il était rentier. Il achetait – lui, Bimbo – l'*Independent* tous les matins. C'était censé être le meilleur journal pour les petites annonces et il allait droit aux dernières pages. Il n'avait pas la moindre foutue chance de trouver un boulot par ce moyen, il le savait lui-même. Ils ne connaissaient personne qui ait jamais trouvé un boulot par l'intermédiaire d'un journal. Mais il continuait à l'acheter, parcourait les colonnes avec son doigt et se mettait plein d'encre dessus puis sur la figure. Quand il n'y avait rien pour lui, il se décourageait. Le pauvre, Jimmy Sr avait dû l'empêcher d'écrire pour un boulot chez McDonald's. Ils avaient mis une immense pub dans le journal du samedi.

Jimmy Sr passa prendre Bimbo. Ils jouaient l'un contre l'autre au minigolf cette semaine. Bimbo était à la table de la cuisine, il commençait à écrire une lettre.

Jimmy Sr lut la pub.

– Tu plaisantes ! dit-il quand il eut fini.

Bimbo termina d'écrire l'adresse.

– Mais putain, tu plaisantes, ou quoi, réponds !

– Je savais que t'allais dire ça.

Il gardait les yeux fixés sur le papier mais il n'écrivait rien. Son adresse était la seule chose qu'il ait écrite jusque-là.

– Qu'est-ce tu crois que t'es en train de faire ? lui demanda Jimmy Sr. Alors ?

Il avait fait bien attention pour que ce qu'il dise sonne juste, ni trop dur ni trop sarcastique.

– Ben, j'écris, quoi ! Pour voir ce qu'ils vont répondre. Comme ça, quoi !

– Ils voudront pas de toi, dit Jimmy Sr. Ils cherchent des jeunes et des mecs qu'ils puissent exploiter et traiter comme de la merde. Pas des adultes comme toi, comme nous.

– Je sais bien.

– Ils auraient pas l'uniforme qui te conviendrait.

Bimbo avait quelque chose qu'il voulait finir d'expliquer.

– Je veux voir ce qu'ils vont dire, tu vois. Ce qu'ils vont me répondre.

– Ils vont pas se tracasser pour te répondre.

– Peut-être, si.

– Bon Dieu, Bimbo, bordel de merde ! T'es boulanger, putain !

– Justement.

Il désigna le papier de la pointe de son stylo.

– Si je mets ça dans la lettre, que je suis boulanger, ils vont peut-être être impressionnés, je sais pas... Pas impressionnés, mais ils vont peut-être croire que j'ai de l'expérience et que... On sait jamais.

– Oh, Bimbo !

– Je leur écris, c'est tout.

Il se leva.

– Je leur écris, c'est tout... Je ferai ça plus tard.

Bimbo gagna. Il gagna au mini-golf.

– Espèce de con, lança Jimmy Sr.

Ils ne prirent pas de bière après. C'était un peu tôt. Ils rentrèrent chez eux et basta.

Jimmy Sr connaissait Bimbo comme sa poche. Si on lui offrait un de ces boulots, il le prendrait. C'était un début, qu'il dirait. Il se foutrait pas mal de ceux qui le verraient dans son uniforme en polyester. Il mettrait même ce putain d'uniforme pour travailler et aussi à la maison, ça ne le dérangerait pas du tout. Et Veronica demanderait à Jimmy Sr pourquoi il ne pouvait pas trouver un boulot comme Bimbo, mais ce n'était pas pour ça qu'il voulait que Bimbo fasse gaffe. Veronica savait que si on proposait à Jimmy Sr un travail correct, il sauterait dessus, même si c'était moins que l'allocation de chômage. Il ne pouvait laisser un de ses amis – son meilleur ami – sombrer aussi bas. Quelqu'un comme Bimbo ne se relèverait jamais d'avoir à être debout derrière un comptoir, à porter un uniforme qui ne lui allait pas et à servir des hamburgers et des frites à des connards ivrognes et à de petits morveux. C'étaient même pas de vraies frites.

Ils étaient devant la porte de chez Bimbo.

– Tu vas pas écrire cette lettre à McDonald's, hein ?

– Ah...

– Tu perdras que ton foutu timbre, bordel de merde !

– Non, dit Bimbo. Je crois pas que je vais me donner cette peine.

– Bravo, dit Jimmy Sr. Salut.

– Salut.

Jimmy Sr continua jusque chez lui. Il se demandait si le salon serait libre cet après-midi. Darren faisait beaucoup de devoirs pour le Leaving et Jimmy Sr n'allait pas lui mettre des bâtons dans les roues. Liverpool jouait contre Chelsea sur RTE. Peut-être que Darren sortirait retrouver sa meuf.

Il avait oublié sa clé. Il frappa à la vitre. Bimbo allait sans doute écrire à McDonald's quand même, bien qu'il ait prétendu le contraire. Il frappa une deuxième fois. Il ne serait pas en repos tant qu'il n'aurait pas réussi à obtenir un de ces foutus uniformes. Jimmy se mit la main en visière pour se protéger du soleil et regarder à l'intérieur. Il n'y avait personne. Il frappa de nouveau. Il aurait dû se procurer un heurtoir, l'un de ces heurtoirs en cuivre comme y en a sur les portes. Bertie en avait un, et un de ces œilletons. Personne à la maison.

– Oh, putain, quand même.

Il irait un moment chez Bimbo et regarderait le... Attends, pourtant, non. Quelqu'un descendait l'escalier. Il l'entendait. Et il reconnaissait à présent la silhouette. C'était Veronica. Elle devait s'être endormie, ou être en train de travailler. Elle passait aussi le Leaving dans quinze jours, la pauvre chérie. Mais elle le méritait. Il ferait la même chose l'année prochaine.

Veronica ouvrit la porte.

– Qu'est-ce que tu traînaillais ? demanda Jimmy Sr.

Jimmy Jr arriva avec quatre canettes de Carlsberg, encore bien fraîches parce qu'elle sortaient tout droit du frigo du magasin de vins et spiritueux. Jimmy Sr approcha le nez du trou de sa canette.

– Quand on l'ouvre au début, j'me dis toujours que ça sent la pisse. Pas de la sale pisse, cela dit.
– Mouais, admit Jimmy Jr.
Il tira sa veste de derrière le canapé, prit trois paquets de cacahuètes et en envoya un à Jimmy Sr.
– Ouvre-les et sens-les, pour voir... Alors ?
– Elles sentent la merde.
– Ouais. Marrant, non ? Et pourtant elles ont bon goût.
Jimmy Sr but une gorgée et garda la bière dans sa bouche pour l'avaler lentement. De cette façon-là, il ne rotait pas. La télécommande avait besoin d'être rechargée. Jimmy Sr ne pouvait pas monter le son sans se lever, et il ne voulait pas s'en donner la peine. Il l'avait baissé quand Jimmy Jr était arrivé, pour lui demander comment il allait et ainsi de suite, comment allait Aoife. Depuis, il y avait eu un autre but. C'est Ian Rush qui l'avait marqué. Il n'avait pas besoin de George Hamilton ni de Johnny Giles pour lui dire qui l'avait marqué parce qu'il l'avait vu lui-même. Il en avait marre de ces deux-là. Giles était toujours en train de râler, putain.
– C'est une vraie machine, commenta Jimmy Sr. Tu trouves pas ?
– Qui ça ?
– Liverpool, dit Jimmy Sr. On dirait une machine. Grandiose.
– Ouais.
Il ne suivait pas le football de très près.
– Une machine bien huilée. On fait pas mieux.
– Ouais. J'vais me marier.
– Ils font toujours ce qu'il y a de plus simple. C'est évident, mais personne d'autre y arrive, putain.
– J'vais me marier.
– Je t'ai entendu.
– Et alors ?
– Elle est enceinte ?

– Non, foutre non !
– Alors, c'est géant !
Jimmy Sr tendit la main à son fils.
– ... Bravo.
Il l'aurait tué s'il l'avait engrossée. Elle était trop mignonne pour qu'il lui arrive ce genre de chose. Bien trop mignonne.
Ils se serrèrent la main.
– Tu l'as déjà dit à ta mère ?
– Non, non, je voulais te le dire à toi d'abord. Tiens, r'garde, y a un autre but.
– Barnes, dit Jimmy Sr. Génial. Dommage qu'il ait pas une grand-mère irlandaise... Pourquoi ?
– Pourquoi quoi ?
– Commence pas, allez. Pourquoi tu voulais me le dire à moi d'abord ?
Jimmy Jr se concentrait sur la télé.
– Comme ça, simplement. Bon, je vais aller le dire à m'man.
– Elle va être aux anges.
– Ouais.
Il se leva et quitta la pièce.
Liverpool avait marqué un nouveau but, mais Jimmy Sr ne le remarqua que lorsqu'on le repassa et, même à ce moment-là, il n'y fit pas vraiment attention. Il ne savait pas qui l'avait marqué.

– Et ses parents, ils sont comment ? demanda Sharon à Jimmy Jr.
– Bonne question, répondit Jimmy Sr. R'garde bien sa mère parce qu'elle finira par lui ressembler.
– Écoute-moi ça ! dit Veronica.
Ils étaient tous à table, Darren, les jumelles. C'était très sympa. Pas la nourriture – remarque, elle était sympa, aussi, délicieuse –, l'atmosphère.
Le jeune Jimmy avait apporté une bouteille de vin. Il en versa aussi un verre aux jumelles, à peine,

et Veronica ne fit pas d'histoires. Jimmy Sr la regarda. Elle n'arrivait pas à détourner les yeux du jeune Jimmy.

– Ils sont okay.

Jimmy Jr posa son couteau et sa fourchette, en faisant du bruit exprès.

– Non, en fait non, maintenant que j'y pense.

Ils s'exclamèrent.

– Lui, c'est un couillon.

– Un quoi ? dit Veronica.

– Pardon, m'man. Mais c'est vrai.

Ils rirent. Veronica aussi.

– Et elle, elle... J'ai l'impression qu'elle est à côté de ses pompes la moitié du temps.

– Allons, allons, dit Jimmy Sr. C'est vrai ? Elle boit ?

– Non. J'crois pas.

– Tippex, glissa Darren.

– Arrête ça ! dit Veronica.

– Elle a l'air de s'camer, dit Jimmy Jr. Quand on arrive chez eux, elle te sourit environ dix secondes après t'avoir regardé, tu vois. De quoi t'faire flipper.

– Peut-être qu'elle est simplement un peu cruche, suggéra Jimmy Sr.

– Vous la rencontrerez bientôt, de toute façon, vous pourrez juger par vous-mêmes.

– Très juste. Elle est belle ?

– Qui ? Sa mère ?

– Ben tiens ! Qu'est-ce tu crois ? Que je voulais dire son père ?

Ils se marrèrent.

– J'me fous complètement de ce à quoi son père peut ressembler.

– Excuse-moi, dit Veronica, mais tu ferais mieux de te foutre aussi de ce à quoi sa mère peut ressembler.

– Ouh là là ! m'man !

Ils hurlèrent. Veronica était contente.

Jimmy Sr voulait vraiment savoir à quoi ressemblait la mère d'Aoife. Il ne savait pas pourquoi. Il voulait savoir, sérieusement.

– Alors ?

Il rajouta du sel sur ses patates. C'étaient de bonnes patates, bien en chair.

– Alors, elle est belle ?

– Ouais, j'pense, dit Jimmy Jr. Non, enfin, pas vraiment...

– Ah, nom de Dieu !

– C'est dur à dire. Elle est vieille, quoi. Elle a dû être belle autrefois, d'accord. Mais y a des années.

– Elle peut pas être belle si elle est pas jeune ? s'inquiéta Veronica.

– Ben...

– Bien sûr que si ! dit Jimmy Sr.

– Ouais, reconnut Jimmy Jr. Mais elle...

– Attention à c'que tu dis, fiston, l'avertit Jimmy Sr.

– Y a des femmes âgées qui sont belles, précisa Sharon.

– C'est vrai, renchérit Jimmy Sr. Quelques-unes.

Il jeta un coup d'œil à Veronica.

– Et toi ? dit Darren à son père. R'garde comme t'es.

Jimmy Sr examina Darren. Darren l'examina à son tour, attendant sa réaction. Jimmy Sr n'allait pas oublier ça. Pas de sitôt.

Il dirigea sa fourchette vers Darren.

– N'oublie pas qui a payé ton repas, fiston, okay ?

– Je sais qui l'a payé, dit Darren. L'État.

On aurait dit qu'on venait d'annoncer à Jimmy Sr la mort de quelqu'un.

– Espèce de nœud ! dit Jimmy Jr à Darren.

Mais personne n'ajouta quoi que ce soit. Linda et Tracy évitèrent de se regarder.

Jimmy Sr but une gorgée de vin.

– Excellent.

Puis il se leva.

– Hum... les chiottes.

Il dut s'asseoir de nouveau et reculer sa chaise pour arriver à se lever correctement.

– Je reviens tout de suite.

– Espèce de sale petit con crâneur ! dit Jimmy Jr à Darren quand ils entendirent Jimmy Sr monter l'escalier.

– Ça suffit ! dit Veronica.

– T'avais bien besoin de dire ça ! ajouta Sharon à l'intention de Darren, comme si elle allait lui arracher la figure.

– Ça suffit ! répéta Veronica.

– Je plaisantais juste !

C'était vrai, en gros.

Jimmy Jr empoigna la manche de Darren.

– Suuuffiiit !

Veronica les regarda tous les uns après les autres.

– Point final. Maintenant, mangez ce qu'il y a dans vos assiettes.

Ils s'exécutèrent. Sharon essaya de donner un coup de pied à Darren sous la table mais elle ne l'atteignit pas vraiment.

Linda prit la parole.

– Ils sont riches, Jimmy ?

– Qui ?

– Son père et sa mère ?

– Ouais. Plutôt... Ouais. J'crois.

Ils guettaient tous le bruit en provenance de l'étage.

– Qu'est-ce que t'as fait en classe hier ? demanda Veronica à Tracy.

Tracy resta muette.

– Euh...

– Rien, dit Linda.

– Comme d'habitude.

– Raconte-nous, l'encouragea Veronica.

– Ah, la barbe...

– Allez...

– Ouais, dit Sharon. Raconte-nous.

– Eh ben..., reprit Linda.

Elle savait ce qui se passait, plus ou moins. Ils ne voulaient pas donner l'impression d'attendre que leur père descende.

– Eh ben. En première heure, on a eu Mr Enright.

– Lipstick Enright, ajouta Darren

– La ferme, toi ! dit Jimmy Jr.

– Linda, il lui a tapé dans l'œil.

– C'est pas vrai, toi, attention !

Veronica se mit à rire.

– Avant, il me plaisait, dit Linda. J'vais te tuer, Tracy, okay.

Jimmy Sr redescendait. Ils entendirent craquer la marche.

– Pourquoi il a arrêté ? demanda Sharon à Linda. De t'plaire ?

Linda les faisait marcher.

– Comme ça.

– Elle..., commença Tracy.

– La ferme, Tracy, okay. C'est moi qui raconte.

– Qui raconte quoi ? dit Jimmy Sr.

Il s'était coiffé.

– Pourquoi Mr Enright a cessé de lui plaire, lui expliqua Sharon.

– Oh, doux Jésus !

Ils se mirent tous à se gondoler.

Il se lava la figure, mit les mains sous le robinet d'eau froide, se la frotta avec de l'eau, remit les mains sous le robinet et se les passa sur les yeux. Dieu du Ciel, il se sentait beaucoup mieux. Il avait hâte de rentrer à la maison. Il dut s'essuyer la figure avec son pull parce qu'il n'y avait pas de serviette. C'était comme quand on mange une glace trop vite et qu'on a un mal de tronche d'enfer, un truc béton à vous fendre le crâne, que ça va de mal en pis et qu'on doit fermer les yeux pour lutter contre – ensuite ça passe, on se sent bien, tout baigne. Un instant après le repas, il avait vraiment fallu qu'il garde le visage crispé pour s'empêcher de pleurer. Ça avait fini par passer. Il avait cru qu'il allait tomber dans les pommes – pas exactement dans les pommes. Après, il avait dû se lever, se redresser, ouvrir grands les yeux. Ç'avait été plus fort que lui. Il n'en voulait pas à Darren. L'étape classique, par laquelle passent les jeunes : avec leur père, ils ont la haine. Mais ça ne l'aurait pas gêné de lui en retourner une, et gratinée.

Il avait la pêche, maintenant, et les yeux en face des trous. La bière bien fraîche n'y était pas pour rien, et le goût l'avait empêché de gamberger. Il avait la pêche.

– Viens voir, toi, dit-il à Bimbo, quand il revint des chiottes. Tu sais pourquoi tu m'as battu aujourd'hui, c'est que je t'ai laissé jouer en premier au septième trou. J'vois pas d'autre raison.

– Oh, dit Bertie. Délicat, le septième... si.

– Je t'ai battu de deux coups, eh ! se défendit Bimbo.

– Et alors ?

– Alors je t'aurais battu quand même.

– Mon œil ! T'as eu un point d'avance au septième trou. T'es d'accord ?

– Laisse tomber, compadre.

– Ouais, répondit Bimbo à Jimmy Sr.

Il mourait d'envie de savoir ce que Jimmy Sr allait dire après.

– Tu t'es mis à gagner une fois que je t'ai laissé rejouer. Ouais ?

– Ouais.

– Eh ben, ça a eu un effet psychologique désastreux sur moi. J'aurais pas dû te laisser faire. Je t'aurais battu à plate couture si j'avais gagné ce trou comme j'aurais dû. Comme je l'ai gagné en réalité, quand on y réfléchit bien.

– On dirait cet enculé de Nick Faldo [1], intervint Paddy.

– Alors là, c'est pas juste ! s'énerva Bimbo.

Il se redressa sur son siège.

– C'est pas juste, Jim. Ma victoire était indiscutable.

– Non, Bimbo, je regrette. Pas vraiment.

Bimbo était agacé.

– Okay. Très bien... Je voulais pas le dire, mais...

– Quoi ?

Jimmy Sr était inquiet tout d'un coup, mais il ne le montra pas.

– Quoi ? répéta-t-il. Accouche !

– Je t'ai vu donner un coup de pied à la balle pour l'envoyer hors du couloir de gazon au neuvième trou.

– Espèce de con !

– J't'ai vu ! insista Bimbo.

– Espèce de vérolé, va te faire enculer ! Tu m'as pas vu !

– Si !

– Allégations graves, glissa Bertie une fois qu'il eut repris son sérieux.

– Il invente, oh ! L'écoutez pas.

Bimbo se tapota la joue du doigt, juste en dessous de l'œil gauche.

– Il invente, répéta Jimmy Sr. C'est vraiment lamentable. Un mauvais perdant, c'est tout ce qu'il est...

– J'ai gagné, ça fait pas l'ombre d'un doute ! dit Bimbo.

– Justement, si !

---

1. Nick Faldo, golfeur *(NdT)*.

– C'est toi le perdant, excuse-moi. Et tricheur, avec ça !

– Si tu voulais bien faire attention à c'que tu racontes, lui dit Jimmy Sr.

Il savait très bien que tout le monde donnait raison à Bimbo. Il s'en foutait royalement. Il s'amusait.

– Je dis juste c'que j'ai vu. T'as regardé autour de toi et t'as donné un coup dans la balle, puis t'as crié : « Je l'ai trouvée ! » Et après : « J'ai eu de la chance, elle a atterri pour moi comme une fleur. »

Bertie et Paddy se tordaient de rire.

– Va chier ! Et pourquoi que tu me r'gardais, d'abord ?

– T'es bon pour payer une tournée, compadre !

– Ça roule ! dit Jimmy Sr.

Il avait un billet de dix livres que Jimmy Jr lui avait donné.

– Quatre pintes par ici, hurla-t-il au jeune type qui passait près d'eux avec un plateau de verres vides. N'empêche que je t'ai battu, décocha-t-il à Bimbo.

– Mais c'est moi qui ai gagné.

– C'est la faute à ce couillon de boule à zéro, c'est la faute à Gorbatchev. L'herbe aurait dû être tondue là-bas. Il est nul, ce mec. Et puis il y a toujours de la merde de chien dans les bunkers.

– Quelqu'un veut une bouilloire verseuse ? demanda Bertie.

– Gratis ?

– Non. Non, pas fou ! Mais je peux te la filer pour un prix défiant toute concurrence.

– Combien ? dit Paddy.

– Quinze livres. Dans les boutiques, tu l'as à trente-cinq.

– Deux pour vingt-cinq.

– Combien t'en as ? lui demanda Jimmy Sr.

– Pose pas de questions, compadre. Pas des masses. Un petit matos. Alors ?

– Non, dit Jimmy Sr.

Il regarda autour de lui pour voir si quelqu'un les écoutait ou les observait.

– Non, dit Paddy. On en a pas besoin.

– Non, confirma Bimbo.

– Très bien. Pas de problème.

– Dis donc, Bertie, t'aurais pas un van à frites à brader, par hasard ?

– Non, dit Bertie, comme si Bimbo lui avait juste demandé s'il avait des bananes.

Jimmy Sr et Paddy regardèrent Bimbo.

– Une idée comme une autre.

Bimbo en resta là.

Bertie adorait les défis.

– Pourquoi tu prends pas un Mister Whippy ? demanda Bertie à Bimbo. Là, j'crois que je pourrais t'en dénicher un.

– Non.

– Tu t'es fixé sur un truc à frites ?

– Ouais... Enfin, pas vraiment. Simplement si t'en trouves un.

– Si. Je vais voir c'que j'peux faire.

Jimmy Sr regardait Bimbo. Mais Bimbo avait toujours le même air que d'habitude, sympa et abruti. Pas la moindre lueur dans son regard.

– Bimbo parle de s'acheter un van pour vendre des frites, dit-il à Veronica.

– Je savais qu'il aimait leur bouffe. Mais je n'aurais pas cru que son cas était aussi grave.

Jimmy Sr mit un certain temps à comprendre.

– Ah ouais, elle est très bonne.

Jimmy Sr ne réussit pas à tirer grand-chose de Bimbo.

– Une idée en l'air, comme ça.

C'était à peu près tout ce qu'il répondait.

Ils étaient dans le salon chez Jimmy Sr et regardaient « Blockbusters [1] ».

– Si Bertie t'en trouve un, tu vas l'acheter ?

– B M..., épela Bimbo.

Sur l'écran, l'équipe de filles avait trouvé la réponse avant lui.

– Tu m'écoutes ?

– M T..., poursuivit Bimbo.

– Mère Teresa, répondit Jimmy Sr du tac au tac.

– Voyons voir... t'as raison.

– Un peu que j'ai raison !

– Elles ont gagné, regarde ! T'aurais gagné si tu y avais été, Jimmy.

– C'est quoi, le prix ?

– Un voyage.

– Tu prendrais le van si Bertie t'en trouvait un ?

– Édimbourg, c'est un voyage à Édimbourg. C'est pas si bien que ça, si ?

– Toujours mieux que d'aller nulle part, rétorqua Jimmy Sr, défendant le prix qu'il aurait pu gagner.

– C'est vrai, évidemment. Elles ont l'air assez contentes de l'avoir gagné en tout cas, hein ?

Jimmy Sr regarda les deux filles à la télé.

– J'aurais rien contre partir avec elles.

Il faisait un temps superbe. Toute la semaine, le soleil avait été très chaud, pas du tout cette fraîcheur qu'on a souvent quand il fait soleil en mai.

Ils étaient assis sur le perron chez Jimmy Sr, lapant la lumière, béats. Bimbo avait les yeux fermés et il tendait son visage vers le soleil, le mettant au défi de le brûler.

– Le pied !

1. Quiz-show télévisé destiné à des lycéens. *(NdT).*

– Putain, c'est sûr, dit Jimmy Sr. On le sent de l'intérieur, hein ?

– Bon Dieu, ouais.

– Un temps génial pour boire, dit Jimmy Sr.

Bimbo ne répondit pas. Il était d'accord avec Jimmy Sr mais il avait parlé avec Maggie du fait qu'ils puisaient dans ses indemnités, tous les deux, pour acheter des vêtements – Wayne avait fait sa confirmation quinze jours plus tôt – et pour les œufs de Pâques et des trucs qu'ils avaient l'habitude d'acheter. Ils avaient emmené tous les gosses au cinéma le jour de la confirmation de Wayne : ça leur avait coûté presque quarante livres en pop-corn et en glaces, quarante livres qu'ils n'avaient pas, alors ils avaient puisé dans les indemnités. Maggie prendrait un billet de dix livres, pour qu'ils se paient un bon steak un de ces dimanches. Et Bimbo s'était servi : dix livres par-ci par-là pour aller au Hikers de temps à autre. Sans compter les fenêtres en aluminium et les autres petites choses. Mais on allait s'arrêter là. Ce matin, ils avaient eu une réunion de famille et s'étaient mis d'accord : il fallait que ça cesse, sans quoi il ne resterait rien quand ils en auraient vraiment besoin. Donc, le dernier plaisir qu'ils allaient s'offrir, ce serait trois billets pour les Cats, à Maggie, sa mère et lui. Ils les avaient achetés la semaine dernière déjà, avant d'avoir pris cette décision, donc ils allaient en profiter.

– Oh, r'garde un peu qui vient.

Bimbo ouvrit les yeux et regarda par terre jusqu'à ce qu'il fût habitué à la lumière.

– Ah ouiiii ! murmura Jimmy Sr.

Trois filles passaient. Environ seize, dix-sept ans. Ça se voyait qu'elles savaient que Jimmy Sr et Bimbo étaient là. L'une d'elles leur jeta un coup d'œil et détourna aussitôt les yeux. Bimbo se sentit soudain moite : ça le contraria car c'était Jimmy Sr qui les regardait, en fait, pas lui.

Bertie ouvrit la porte et leur fit signe de se lever.
– Venez voir que je vous montre quelque chose.

Il était immonde. Jimmy Sr n'avait jamais rien vu de pareil. Ils en firent le tour. C'était dégoûtant de penser que des gens avaient un jour mangé des frites et d'autres machins sortis de là. C'était carrément un scandale. Il n'était pas question qu'il aille voir à l'intérieur.

Il observa Bimbo mais il ne distinguait pas son visage. Bimbo inspectait à présent le dessous du van. Pour quelle raison, mystère... Il jouait les spécialistes. C'était bien le dernier endroit où Jimmy Sr aurait voulu coller son nez. Il risquait de vous chier dessus. C'était comme un macchabée échappé du zoo, la même couleur et tout et tout.

Il n'avait même pas de roues. Il était monté sur des briques.

Bimbo se releva.

Bertie sortit de derrière le van, faisant rouler une roue devant lui.

– Les roues sont neuves, compadres. Y en a trois autres derrière. En parfait état.

Il laissa tomber le pneu sur l'herbe.

– Qu'est-ce t'en penses ? demanda-t-il à Bimbo.

– C'est par quel bout qu'il chie ? railla Jimmy Sr.

Bertie se plaça entre Bimbo et Jimmy Sr. Bimbo regardait toujours le van, se déplaçant à gauche et à droite comme s'il étudiait un tableau, genre. Jimmy Sr s'approcha de façon à pouvoir bien observer Bimbo.

Il avait l'air à la fois enthousiaste et déçu, comme une lumière qui clignote. Jimmy regarda de nouveau le van.

Oh, nom de Dieu, l'engin ! La ruine que c'était, putain ! Cet homme était givré, de s'intéresser à ce truc. Jimmy Sr ne pouvait pas le laisser faire une connerie pareille.

– Il faudra que Maggie le voie, s'excita Bimbo.

Dieu merci, se dit Jimmy Sr. Ça lui éviterait de se casser le cul à convaincre Bimbo : il ne se rendait pas compte qu'on se payait sa tronche dans les grandes largeurs. Maggie lui passerait un savon quand elle verrait pour quel machin il l'arrachait à son travail.

Bimbo continuait de s'agiter.

– J'vais la chercher. Attendez.

Jimmy Sr et Bertie attendaient que Bimbo ramène Maggie. Le jardin était à l'abandon, aussi délabré que le van. On ne pouvait jamais dire dans quel état se trouvait une maison d'après sa façade. Jimmy Sr était passé devant des dizaines de fois – c'était seulement à deux rues de la sienne – et il n'avait jamais rien remarqué. En vérité, il ne l'avait pas remarquée du tout. C'était une maison au bout d'un terre-plein, et basta. Mais quand on en faisait le tour, on se rendait compte qu'une bande de sauvages vivait à deux pas de chez soi. Pas seulement à cause de la pauvreté.

– J'sais pas comment on peut vivre dans des conditions pareilles.

Bertie regarda autour de lui.

– C'est pas si mal ! Un peu désordre, peut-être.

– Désordre ! dit Jimmy Sr.

Il désigna du doigt une couche-culotte usagée qui traînait dans l'allée près de la porte de derrière.

– C'est désordre, ça ? C'est carrément dégueulasse, tu veux dire !

Il regarda à ses pieds – il était assis sur une des roues – comme s'il cherchait d'autres couches.

– Ils devraient avoir honte !

– C'est pas *eux*, compadre.

– Qu'est-ce tu veux dire ?

– C'était *eux*, mais maintenant c'est juste *lui*. Elle a foutu le camp, elle l'a plaqué. Lui et les gosses.

– Nom de Dieu ! C'est duraille. Pourquoi ?

– Pourquoi quoi ?

– Pourquoi elle l'a plaqué ?

– J'en sais rien, compadre. Mais c'est un sale con.

– Tu l'as déjà vue, elle ?

– Non. Mais les gosses sont pas mal crades aussi.

Jimmy Sr tournait le dos au van, exprès, en guise de protestation. Il le regardait par-dessus son épaule :

– Ah bon, alors. Mais t'es carrément gonflé, quand même.

– Quoi ?

– Essayer d'amener le pauvre Bimbo à gaspiller son fric pour cette merde.

– J'essaie pas d'amener Bimbo à gaspiller son fric pour quoi que ce soit, dit Bertie. Il m'a demandé de lui chercher un van et ben c'est fait.

Jimmy Sr prit son temps pour répondre à Bertie. Il fallait qu'il reste prudent.

– Comment tu l'as trouvé ?

– J'ai eu du nez.

Ils ricanèrent.

Jimmy Sr savait désormais que Bertie ne pousserait pas Bimbo à l'acheter. En tout cas, Maggie ne laisserait jamais Bimbo l'acheter.

– Il a pas servi depuis des lustres.

– Si, corrigea Bertie. Si, y a pas si longtemps qu'il a cessé de rouler. Environ un an, pas plus.

Il regarda le van sous toutes les coutures.

– C'est une bonne petite affaire. Solide, tu sais. Cette crasse partira au lavage sans problème.

Jimmy Sr changea d'avis. Ce con allait finir par convaincre Bimbo de l'acheter.

– Y a pas que la crasse qui cloche dans cette saloperie.

– Arrête, compadre. Je t'assure.

– Assure-moi les couilles, tiens !

– Oh, écrase, toi.

Il menaçait Jimmy Sr du doigt. Jimmy Sr s'était attendu à ça. Il faut pourtant parfois avoir le courage de ses opinions.

– Dis donc, reprit Bertie, un peu moins fort maintenant que Jimmy Sr le regardait. Écoute-moi, okay ? Demande à qui tu veux – au hasard – parmi ceux qui ont fait des affaires avec moi, s'il a le moindre reproche à faire à un truc qu'il a acheté sur mes conseils. Qu'est-ce qu'il va te dire, à ton avis ?

Jimmy Sr ne savait pas s'il était censé répondre.

– Non, monsieur, il va dire. Qualité, il va dire, est le second prénom de Bertie Gillespie. Mon ami Bimbo, il me demande de lui trouver un van à frites, alors je lui dégote une saloperie de van à frites. Il a besoin d'être lessivé et un peu rafraîchi derrière les oreilles, mais bon, c'est pas le cas de nous tous ?

Jimmy Sr haussa les épaules.

– Je donnais juste mon avis.

– Jimmy. Tu m'as acheté des trucs, non ? Plein.

– Ouais.

– Est-ce qu'un seul des trucs que je t'ai eus a cessé de marcher ?

– Jamais, Bertie, jamais. Le baladeur de Linda s'est cassé mais c'était sa faute. Elle a pris son bain avec.

– Bon, alors ! Si je dis que c'est un bon van, alors, c'est un bon van, et pis c'est marre ! C'est la Rolls-Royce des vans à frites, putain, si ?

– Très bien. Excuse-moi.

– Pas de problème. Qu'est-ce qu'il fabrique, Bimbo, en tout cas ?

Il se leva et remonta d'un coup son pantalon. Jimmy se leva et en fit autant, encore que ç'ait pas été indispensable. Simplement parce que Bertie l'avait fait. Il mit les mains dans les poches pour le faire redescendre un peu.

Ils regardèrent le van.

– Où est la fenêtre ?

– Tu veux que j'te dise, tu commences à me pomper l'air.

– Non, j'voulais pas...

– Qui est-ce qui veut le van, de toute façon ? Toi ou Bimbo ? Ça a rien à voir avec toi, vieux.

– J'demandais juste, fais chier ! dit Jimmy Sr. Bordel de merde !

– Peut-être.

– J'demandais juste, c'est vrai. Par curiosité, c'est tout, tu m'emmerdes. Où est la putain de fenêtre, et basta. Il doit y en avoir une.

Bertie réfléchit à la question. Il s'approcha du van. Il le tapota, à peu près à la hauteur du menton.

– Non.

Il avança un peu et tapota à nouveau.

– Non, répéta-t-il.

Il avança encore.

– Elle doit être quelque part, pourtant.

Il tapota encore.

– Non.

Il regarda ses phalanges, aux articulations.

– Bon Dieu, c'est carrément dégueu, t'as raison.

Il fit un pas en arrière et étudia attentivement le flanc du van de gauche à droite.

– Elle doit être de l'autre côté. Il faut vraiment qu'il y ait une fenêtre ?

– Ben, tiens !

C'était chié, ça ! Pas de fenêtre, putain !

– Pourquoi ?

– Comment on peut servir les enfoirés de clients, sinon ? En montant sur c'te saloperie de toit ?

– Oh, tu veux dire le hayon, compadre. Il est à l'arrière. Un beau grand hayon. On pourrait servir un petit éléphant par là.

– La ventilation, mec.
– Que ?
– Il faudrait une ouverture pour la ventilation.
– Mes couilles qu'il faudrait ! Pour quoi faire ? On a la portière, bordel de merde. Elle est aussi grande qu'une porte de garage.
– La taille de la porte, on s'en branle, s'il y a pas un passage direct pour l'aération.
– Y a la porte pour entrer et sortir aussi. C'est ça qui fera le passage pour l'aération.
Jimmy Sr inspecta le van.
– J'en sais rien.
– Écoute. Laisse-moi te rappeler une seule petite chose. Une seule petite chose, okay ? C'est un van à frites, pas une caravane pour partir en vacances, comprende ? On s'en tape qu'il y ait une fenêtre ou pas. À moins de décider qu'on...
– Oh, nom de Dieu !
C'était Maggie.
– Ah, te voici. Fais appel à ton imagination, signora, dit Bertie tout en s'écartant pour qu'elle puisse bien voir le van.
Maggie resta où elle était comme si elle avait peur de s'approcher. Elle resserra son cardigan sur ses épaules. Bimbo était à côté d'elle et la regardait attentivement, dans l'espoir... dans l'espoir que...
Comme un gosse, la vraie tête à claques. Achète-moi ça, maman, qu'il allait dire dans une minute, cette tête de con. Si elle le laissait l'acheter, Jimmy Sr ferait... il ne savait pas ce qu'il ferait. Oh, et pis merde ! qu'ils aillent se faire foutre, après tout, c'était leur pognon !
Bertie, le bras tendu, montrait à Maggie le van sous toutes ses coutures.
– Quelques minutes de tuyau d'arrosage et peut-être, peut-être juste quelques minutes de grattoir et il sera du feu de Dieu. La Rolls-Royce des vans à frites !

Jimmy Sr ne savait pas pourquoi il ne voulait pas que Bimbo l'achète. Ça foutait les choses en l'air, voilà tout. Sans compter que c'était révoltant comme gaspillage d'argent.

– Tu as regardé à l'intérieur ? demanda Maggie à Bimbo.

– Oh ouais, tu parles. Non, il est classe. Y a tout. Tout l'équipement. C'est un peu, euh...

– Et le moteur ? dit Maggie.

Bertie répondit avant Bimbo.

– Qu'est-ce qu'on a à faire d'un moteur, signora ?

Une fenêtre, il y en avait une. Ils la découvrirent quand ils ramenèrent l'engin chez Bimbo. Deux jours après l'avoir acheté.

Bimbo, Jimmy Sr et quelques-uns de leurs gosses – encore que les jumelles ne fussent d'aucune aide, elles avaient peur de salir leurs vêtements – poussaient et tiraient le van dans Barrytown : une vraie procession. Remarque, pas besoin de toucher le van pour se salir, il suffisait d'être debout à côté. Ça leur avait pris des lustres pour poser les roues, puis encore des lustres pour l'amener devant la maison sans en percuter un angle au passage, et il faisait presque nuit quand ils se mirent en route pour aller chez Bimbo. Il faisait un temps super, naturellement, et tout le monde, sur le côté gauche de la rue, était dehors sur le seuil à prendre les derniers rayons du soleil. Quand ils étaient arrivés au coin de Barrytown Road, il y avait une sacrée méga foule qui les observait. Jimmy Sr avait marché tête baissée tout le long, sauf lorsqu'ils étaient arrivés à la descente juste avant de tourner sur Chestnut Avenue. Là, il avait dû courir à l'avant aider Bimbo à empêcher le van de filer tout seul, après le virage. Il avait vraiment fallu qu'ils le retiennent en freinant des quatre fers, sans quoi il serait passé sur Bimbo et sa petite dernière, Jessica. Jimmy Sr aurait dû laisser le van filer. Ça aurait servi de leçon à Bimbo. Ça lui aurait appris à dépenser son argent. En tout cas, ils étaient parvenus à arrêter ce minable tas de merde rouillée juste après le tournant, et c'était vraiment la cohue maintenant. Les gens avaient applaudi quand ils avaient raté le tournant. Les connards. Ils avaient fait reculer le van. Wayne, l'un des enfants de Bimbo, manœuvrait le volant. La sueur dégoulinait de ce pauvre petit merdeux. Ils avaient fini par lui faire prendre Chestnut Avenue et les connards, au tournant, avaient encore applaudi. Pas de risque que ces trou du cul flemmards leur donnent un coup de main, évidemment.

Dehors, il y avait une foule énorme. Un peu comme les funérailles de Ghandi dans le film, en plus bruyant. Ça ressemblait plus au Tour de France, avec les voisins sur le bas-côté de la route qui applaudissaient et poussaient des cris, les cyniques salauds.

– Hey, Jimmy ! Tu le prends par-derrière ou tu le montes ?

Et ils riaient, ces abrutis ! Tous. C'était contagieux.

– Bravo, Jimmy !

– Hé, regardez ! Mister Rabbitte qui porte des calcifs à rayures !

Sacré nom de Dieu, il aurait volontiers tué quelqu'un quand il avait entendu ça. Veronica avait raison. Il n'aurait jamais dû rentrer sa chemise dans son slip. Ça faisait des années qu'elle le disait. Il essaya de pousser en restant plus droit pour que son slip soit caché par son pantalon mais c'était trop tard et il ne pouvait pas passer une main derrière pour le fourrer à l'intérieur. Ç'aurait fait que leur donner raison.

– Par ici, les gars, regardez les traces de dérapage !

Il y avait vraiment des gens qui riaient pour un

rien. Un gosse avait son radiocassette qui marchait à plein tube. On se serait cru au cirque, bon Dieu. Plus que deux portails et basta, ils seraient devant chez Bimbo. Le pire, ç'avait été un peu plus tôt, quand ils étaient passés devant le Hikers. Pas seulement parce qu'il aurait aimé s'enfiler une pinte, mais parce que des tas de gus étaient sortis avec leur bière et s'étaient assis sur le mur, pour se marrer et se foutre de leur tronche. Larry O'Rourke pariait trois contre un que Jimmy Sr mourrait avant d'arriver chez Bimbo. Très drôle, putain, très drôle. Nom de Dieu, la prochaine fois qu'un jour férié ce foutu mec se mettrait avec l'orchestre et commencerait à faire son numéro à la Elvis, Jimmy Sr lui ferait comprendre de quoi il avait vraiment l'air. De cet enculé de Christy Brown [1].

– Allez, trois contre un que Jimmy casse sa pipe. Des preneurs ?

– C'est un sacré gros landau qu'il pousse, non ?

Jimmy Sr regarda qui avait dit ça : c'était Bertie.

Il ne pouvait en croire ses oreilles. Il avait juste assez de souffle pour leur répondre une chose :

– Allez vous faire foutre.

Il prit une longue inspiration.

– Espèces d'enfoirés !

Ils y étaient presque. Encore un dernier effort pour grimper le chemin et pénétrer dans l'allée de Bimbo, et ce serait fini.

Pendant un moment, Jimmy Sr ne réussit pas à se redresser, il avait atrocement mal au dos. Mais la transpiration, c'était encore pire. Il était en nage. Ses chaussures glougloutaient, sa chemise lui collait à la peau, il avait le cul trempé. Il s'assit dans l'herbe.

---

1. Écrivain irlandais, paralysé de naissance, rendu célèbre par le film *My Left Foot. (NdT).*

Les jumelles réclamaient de l'argent pour leur peine.

– Fichez le camp, réussit-il à dire.

– Oh, c'est pas juste !

– Foutez le camp !

Jimmy Sr essuya la sueur qui lui dégoulinait dans les yeux et regarda Bimbo et Maggie qui regardaient le van. Pas de souci à se faire pour Bimbo. Il n'avait même pas l'air sale. Il avait passé son bras autour des épaules de Maggie et, tous les deux, ils contemplaient le van d'un air niais comme si c'était leur premier foutu petit-enfant. Bimbo, en tout cas. Maggie ne semblait pas aussi ravie. On ne pouvait pas lui en vouloir. Si elle avait un jour un petit-enfant dans le même état que le van, elle aurait envie de l'étouffer et personne n'y trouverait à redire. Alors ils se regardèrent et se mirent à rire, puis ils regardèrent le van et cessèrent de rire, et ainsi de suite. C'était chouette, vraiment, de les voir comme ça.

Bimbo avisa Jimmy Sr, assis dans l'herbe.

Pas trop tôt, putain.

– On s'est bien marré, non ?

– Euh... ouais. Ouais.

– Tu sais à quoi je pense ?

Bimbo attendit que Jimmy Sr lui donne le feu vert.

– À quoi ?

– Il a l'air moins moche ici, loin de ce fichu endroit.

Il ne racontait que des conneries, mais Jimmy Sr lui donna la réponse qu'il mourait d'entendre.

– T'as raison, va.

– Plus j'y pense, plus je crois qu'on a fait une affaire, imagine-toi.

V'là autre chose ! se dit Jimmy Sr. Le pauvre con !

– T'as peut-être raison.

– Ça a l'air idiot, mais bon...

Maggie s'était également approchée.

– En tout cas, c'est une aubaine qu'il ait pas de moteur. On l'a eu pour rien.

– Humm, commenta Maggie.

Ils l'avaient eu pour huit cents livres. Maggie ne voulait pas dépasser sept cent cinquante, mais Bertie l'avait présentée au propriétaire qui avait dans les bras l'un des enfants abandonnés de leur mère, le plus jeune.

– Le pauvre Jimmy semble avoir besoin de boire un coup.

– Il est pas le seul, dit Bimbo. Attends un peu que je fasse quelque chose d'abord.

Il se dirigea vers l'arrière de la maison et revint avec deux briques qu'il plaça derrière les roues arrière.

– Voilà. Il est bien arrimé.

Il tapa une des briques du pied et le van ne bougea pas.

– Ça devrait le maintenir.

Il était satisfait de son travail.

– Je mettrai une chaîne au portail, plus tard. Pour être sûr que des jeunes ne décident pas de le voler pendant la nuit.

– Bonne idée, dit Jimmy Sr.

Il y avait effectivement quelques jeunes, à Barrytown, qui auraient pu voler même un tas de merde aussi nul que le van de Bimbo, rien que pour la rigolade. Ils se seraient même volés entre eux faute de quelqu'un d'autre, certains de ces petits salauds du quartier.

Jimmy Sr se sentait à nouveau normal.

– Tu prendrais bien une bière, Jim ? lui demanda Bimbo.

– C'est à peu près la seule chose que je prendrais bien.

– Allez, viens, alors. Et toi, Maggie ?

– Non, dit Maggie, Il y a « Thirtysomething » dans un instant.

– Elle ne le manque jamais, expliqua Bimbo à Jimmy Sr en allant au portail. Elle ne veut pas l'enregistrer. Il faut qu'elle le voie en direct.

C'est alors qu'ils découvrirent la fenêtre. Les gosses de Bimbo exploraient l'intérieur du van et Wayne avait passé le pied au travers. Bimbo les fit tous sortir et vérifia l'état du pied de Wayne. Ça allait, pas de coupures ni rien. Il dit aux gosses de ne pas monter dans le van parce que c'était dangereux tant qu'ils n'auraient pas enlevé toute la graisse du sol et, à l'intention des deux plus jeunes, que c'était plein d'araignées venimeuses, puis il fit semblant de verrouiller la portière avec une des clés de la maison.

Il était gentil avec les gosses. Ils l'avaient tous écouté.

– Bon, conclut-il quand il eut fini.

Il tapota la portière, s'essuya la main sur son pantalon, et ils se dirigèrent vers le Hikers.

Jimmy Sr avait besoin d'un truc gazeux. Darren travaillait au bar, ramassant les verres et tout le bazar. Il recommanda la Budweiser [1]. Jimmy Sr regardait le verre d'un œil soupçonneux. Il le souleva et but une gorgée, puis une plus grosse et enfin une bonne rasade.

– C'est pas si mauvais.

Le siège était confortable et frais contre son dos.

Bimbo était très agité, regardant sans cesse autour de lui, bougeant, saluant tous les branleurs qui entraient.

– Cool, bon sang ! dit Jimmy Sr.

– Quoi ?

---

1. Bière américaine *(NdT)*.

– T'es là comme une puce savante. Tu me rends nerveux.

– Excuse-moi... C'est juste que... Ah, tu sais.

Il leva sa pinte.

– Eh bien, Jim ? Santé ! lança-t-il pour la troisième fois.

– Ouais.

– T'en veux une autre ? lui demanda Bimbo.

– Ça s'imp...

– Allez.

– Ça va, merci, ça s'impose pas. Enfin, disons une Guinness, si tu veux.

– Bien parlé ! Darren, deux Guinness pression, s'il te plaît !

– Le pauvre Darren va passer son Leaving pendant la Coupe du Monde, dit Jimmy Sr à Bimbo. Tu trouves pas ça affligeant ?

– Ça, pour être affligeant...

– Super chiant.

Darren arriva alors avec les bières et Jimmy Sr lui laissa prendre le reste de la Budweiser.

– C'est comme de boire de cette saloperie d'Andrews [1], dit-il à Bimbo en guise d'excuse.

– T'inquiète pas, va.

Il donna un gros pourboire à Darren au moment où il partait.

– Je pensais, continua Bimbo. Il faudra qu'on prépare le van à temps pour la Coupe du Monde.

Jimmy Sr n'aimait pas bien ce genre de sous-entendu : il faudra qu'on.

Il ne répondit rien.

– Les pubs seront bondés, insista Bimbo.

Jimmy Sr ne dit toujours rien.

– Et personne ne fera la bouffe... Surtout si l'Irlande joue bien.

---

1. Médicament contre les maux d'estomac *(NdT)*.

– Elle jouera bien, t'en fais pas.

– C'est une occasion en or. Tout le monde va regarder la télé pendant tout le mois.

– Moi oui, en tout cas.

– Ouais. Ça devrait être excellent.

Ils burent. C'était bon de revenir à la Guinness. Maintenant ils allaient causer de la Coupe du Monde. Jimmy Sr avait récupéré. Il chantonna doucement.

– OLÉ... OLÉ OLÉ OLÉ... T'as déjà entendu cette chanson, Bimbo ?

– Laquelle ? Celle sur l'Irlande ?

– L'hymne national, ouais.

– Ah ouais, je l'ai entendue.

– Elle est pas démente ? dit Jimmy Sr.

– D'enfer.

Jimmy Sr essaya d'imiter Jack Charlton [1].

– Mets-leur la pressiongue...

– Jim, tu veux être mon associé ?

– Comment ça ?

Il avait bien entendu Bimbo, mais il ne savait plus où il en était.

– Ça te dirait de devenir mon associé ?

Il avait l'air sérieux comme seul Bimbo pouvait l'être. Sérieux comme un pape.

– On ferait une superbe équipe. J'en parlais avec Maggie.

– Nom de Dieu..., balbutia Jimmy Sr. Euh... merci beaucoup, Bimbo. J'en sais rien...

– Ça te coûte rien d'y réfléchir en tout cas ?

– D'accord, l'assura Jimmy Sr. D'accord... Merci.

– Non, sans rire... Tu me rendrais service.

– Oh, ça, j'm'en doute !

---

1. Entraîneur anglais de l'équipe irlandaise de foot. Jimmy Sr est censé imiter l'accent anglais *(NdT)*.

Ils se mirent à rire, ce qui permit à Jimmy Sr de s'essuyer les yeux. Il répéta encore :

– Merci beaucoup.

Il prit une grande inspiration.

– Bordel de merde ! Quelle journée.

Quand Veronica saurait ça.

– McDonald's peut aller se faire foutre, pas vrai, Bimbo ?

Bimbo, aux anges, se fendit la pêche.

– Tu parles !

Ils se remirent à rire.

– Bimbo's Burgers, suggéra Jimmy Sr. Ça sonne comment ?

Bimbo applaudit.

– Je l'savais !

Il tendit la main. Jimmy Sr la prit et la garda un bout de temps.

Il finit par la lâcher.

Il avait l'air très inquiet.

– Mais attends... Il faut que je t'aide à le nettoyer ?

Il regarda Bimbo décider s'il plaisantait ou non, après quoi ils hurlèrent de rire et se serrèrent la main encore une fois.

Veronica était allongée à côté de lui, presque endormie, la pauvrette. Elle avait travaillé toute la nuit pour ses examens. Elle lui avait expliqué comment faire les frites, ça semblait assez facile.

Celles qu'il était en train de manger maintenant, elles étaient bonnes, comme frites. En été, elles étaient toujours bonnes. Mais il y aurait une terrible odeur de vinaigre dans la chambre le matin.

Il avait aussi acheté des friands à la saucisse. Il les plaça à la lumière qui filtrait là où le rideau s'arrêtait près du mur, pour bien les voir. Il regarda Veronica.

– Veronica, murmura-t-il.

De toute façon, il ne voulait pas lui parler si elle n'était pas bien réveillée.

– Mmmm ?

– T'es réveillée ?

– Quoi ?

– Seulement si t'es réveillée.

– Vas-y toujours.

– Comment on prépare ça ?

Il approcha la saucisse de l'oreiller pour qu'elle puisse bien la voir.

Veronica émit une sorte de grognement.

– J'sais pas. Je crois pas qu'on les prépare. Je crois qu'on les trouve toutes prêtes.

Elle trouva son genou et le serra.

Plus qu'un mois avant le début de la Coupe du Monde. Comme disait Bimbo, tout restait à faire. Ce n'était même pas un mois complet, un peu moins de quatre semaines.

Ils refirent le tour du van.

– Bon, déclara Bimbo. On arrivera jamais à le nettoyer rien qu'en le matant.

Il traversa le couloir pour aller derrière la maison et prit son tuyau d'arrosage. Il le fixa au robinet de la cuisine et amena le tuyau devant en le tirant à travers le couloir.

– Il est de quelle couleur, au juste ? demanda Jimmy Sr.

– Blanc !

– Comment tu sais ?

– Tous les vans à frites sont blancs, y a pas à tortiller. Reste là derrière, Jimmy.

Il gueula en direction de la maison :

– Bon ! Ouvre le robinet !

Quelqu'un à l'intérieur ouvrit le robinet d'eau froide et Bimbo pointa le tuyau d'arrosage sur le flanc du van. L'eau sortit en deux jets saccadés puis en un flot régulier et Bimbo se rapprocha de façon que l'eau tambourine contre la paroi du van. Ça faisait un bruit impressionnant qui incita les voisins à sortir pour voir. Bimbo arrosa partout. Il mettait le pouce sur l'embout et visait un endroit particulier où il maintenait le jet d'eau pendant un temps fou – mais il aurait pissé dessus que ça aurait eu le même effet.

– Okay ! Ferme le robinet !... Ferme !

Il avait l'air fâché.

Le débit ralentit avant de s'arrêter net.

– Tu veux bien le brancher sur le robinet d'eau chaude ? hurla Bimbo.

Maggie répondit :

– J'ai utilisé toute l'eau chaude pour la lessive.

– Ah, bon Dieu de bon Dieu, dit tranquillement Bimbo.

Il laissa retomber le tuyau d'arrosage. Ils examinèrent le flanc du van. La crasse était toujours là, plus compacte que jamais, juste plus brillante à cause de l'eau. Le van était même pire ainsi, avec cette fraîcheur qui le rendait presque vivant.

– Comment il a pu devenir graisseux à l'extérieur, putain ? demanda Jimmy Sr.

– Dieu sait.

– L'intérieur, on comprend.

– Ouais. Ouais.

– Qu'est-ce qu'on fait alors ?

Bimbo gratta une plaque de crasse avec son ongle.

– Ça part !

Jimmy Sr en fit autant.

– Ouais. Mais bordel de Dieu, Bimbo ! Ça va prendre des années, putain !

– Pas du tout.

Ils achetèrent cinq couteaux de peintre chez

Barney Hardware et attaquèrent le van avec : ça commençait à donner un résultat positif. Une fois qu'on avait passé la lame sous la graisse et la crasse, ça s'en allait facilement. C'était un peu dégoûtant, d'accord, mais au moins ils pouvaient constater que ça marchait, la graisse s'en allait, et ça compensait. Mais c'était horrible d'avoir à la toucher, sans compter l'odeur. C'était difficile à décrire, mais carrément immonde. Jimmy Sr continuait à la sentir sur ses mains même après les avoir enduites de l'Oil of Olaz de Veronica. Et ses vêtements ! Il aurait cramé s'il s'était assis trop près du feu après une journée de travail. Veronica dit qu'elle n'avait jamais vu pareille saleté. Les quatre premiers jours quand il rentra à la maison, c'est ce qu'elle prétendit, mais pas comme quelqu'un de fâché, plutôt comme quelqu'un de fasciné.

Ils se concentrèrent sur l'extérieur. Ils avaient tous les deux trop peur de regarder l'intérieur de plus près, mais ils n'en parlaient pas. Ils se contentaient de faire leur travail. Ils grattaient toute la journée et, quand ils commençaient à déraper à cause de la graisse par terre, ils s'arrêtaient pour arroser l'allée au jet et l'enlever avec le balai de jardin. Bimbo se procura de la sciure chez le boucher et la répandit sur la graisse, comme ça ils n'avaient pas à s'interrompre trop souvent. C'était quand même un travail lent, cradingue et bordélique. Mais Maggie dit que ça ne durerait pas tout le temps. Elle avait raison. C'était juste une impression. Il se levait à huit heures et allait chez Bimbo, regardait la petite surface qu'il avait faite la veille : c'était comme s'il n'y avait jamais touché. C'était toujours crade et graisseux. Mais après, il se remettait à gratter, respirant par la bouche, écoutant la radio ou discutant avec Bimbo, et il voyait qu'il n'y avait plus de graisse à gratter dans ce coin-là. Il en voyait la fin : il n'y avait plus que de la peinture blanche, un petit îlot de peinture blanche.

Il se sentit génial la première fois que ça arriva et il ne s'arrêta pas de travailler avant huit heures du soir.

Ils allaient réussir.

Mais ce n'était pas le tout, de nettoyer le van. Il fallait qu'ils deviennent chefs cuisiniers avant la fin du mois, et ça, putain, c'était la corde à nœuds. La première fois qu'il avait fait des frites à la maison, il avait mis bien trop d'huile dans la poêle et avait carrément failli mettre le feu à la cuisine quand il plongea les frites dedans. La trouille de sa vie, merde. Mais Veronica était un bon professeur, très patient. Elle le laissa même préparer le dîner un soir, ce qui était drôlement sympa de sa part. Il fit un sacré bordel, transforma les hamburgers en boulets calcinés, c'était comme de croquer de petits enjoliveurs, mais personne ne se plaignit. Elle lui montra comment peler les patates sans se peler la peau des mains par la même occasion, comment peler vers l'extérieur, pas vers son corps, de façon à ne pas se blesser avec le couteau.

La première fois, il se coupa le poignet. Enfin, pas exactement, il s'égratigna plutôt, mais c'était quand même sacrément endolori. Il faillit passer par la fenêtre quand Veronica lui mit du Dettol dessus mais plus tard au lit ils en rigolèrent et imaginèrent une tentative de suicide avec un couteau à éplucher : on pelait jusqu'à ce qu'on touche une artère, puis on s'attaquait à l'autre poignet, dare-dare, avant de s'évanouir. Ça faisait belle lurette qu'ils n'avaient pas ri ensemble. Elle avait beaucoup d'humour, Veronica. La seule fois où elle se fâcha, ce fut quand il pela toute la provision de pommes de terre de la maison, pour s'entraîner. Il ne lui en voulut pas mais, comme il le lui fit remarquer, ils manquaient de temps. Elle lui montra autre chose dont il n'avait jamais entendu parler : on mettait dans l'eau les frites qu'on ne voulait pas utiliser tout de suite pour leur conserver leur fraîcheur et leur bonne couleur.

– Mon Dieu ! Les choses les plus simples, c'est toujours les plus sioux, non ?

Il surprit Sharon à se moquer de lui alors qu'il s'exerçait à l'épluchage.

– Fous le camp, toi.

Et il emporta son seau et ses patates dans la chambre pour pouvoir s'entraîner en paix. Plus tard, Sharon lui demanda si elle pourrait travailler dans le van certains soirs, quand ils l'auraient installé dans la rue. Il dit que ouais.

Ça lui ferait du bien.

– Ce serait une bonne employée, déclara Jimmy Sr.

Il avait envie de donner un coup de poing à Bimbo, à cause de la façon dont il le regardait, comme s'il avait pété à la messe pendant l'offertoire, ce genre de regard.

– Je sais. Bon mais, Jimmy, je n'ai jamais dit autre chose.

– Eh ben alors ?

– Les embauches devraient être décidées ensemble, Jimmy. Entre nous deux.

– C'est rien que Sharon, bordel de merde.

– Ouais, mais quand même.

Il avait raison en fait. Mais...

– Tu veux que je la flanque à la porte, c'est ça ? Avant même qu'elle ait commencé.

– Ah, Jimmy... !

– Ah, mon cul !

Mais Bimbo avait raison, Jimmy Sr le voyait bien. Il avait simplement horreur de perdre.

– Je lui dirai qu'on a pas besoin d'elle, dit Jimmy Sr à Bimbo, comme s'il lui cédait.

– Mais non, t'es malade !

– Alors quoi ? J'y comprends rien, à tes conneries !

– Simplement, à l'avenir, nous prendrons les décisions ensemble. D'accord ?

– Ouais. Pas de problème. Excuse-moi de...

– Ah non, t'excuse pas.

Ils se remirent au travail et ne se parlèrent plus pendant un bon bout de temps.

Le toit n'était pas en aussi mauvais état que les côtés mais c'était galère, à nettoyer. Il n'y avait pas de graisse là-haut mais ça ne voulait pas dire qu'on craignait rien. D'ailleurs, Bimbo tomba, mais il atterrit sur l'herbe, alors ce n'était pas trop grave. Il n'y avait pas trop de mal de fait. Pourtant, il fit un de ces potins en heurtant le sol, comme un coup sourd, impressionnant, sans blague. Jimmy Sr était là-haut sur les mains et les genoux, et il balisait à mort. De là où elle était dans la maison, Maggie entendit Bimbo se viander et elle sortit pour l'aider à se relever. Elle le traita de tous les noms quand elle comprit qu'il n'allait pas mourir dans ses bras. Le pauvre Bimbo était un peu secoué, après ça, alors ils décidèrent de s'arrêter. Le seul problème, c'était de redescendre de ce putain de toit. La jambe de Jimmy Sr n'arrivait pas à trouver l'échelle et il tremblait comme c'est pas Dieu possible, mais il finit par descendre et emmena Bimbo prendre une bière. Quand ils arrivèrent sur le chemin, ils se retournèrent pour jeter un coup d'œil au van, juste pour voir à quoi il ressemblait de loin : il n'avait pas l'air trop moche. Pas aussi blanc qu'il aurait pu être, comme des dents neuves, mais y avait pas dire, il était blanc.

Ils partirent pour une mission de reconnaissance. C'était comme ça que Bimbo disait, juste pour faire l'imbécile. Ils allèrent chez un marchand de frites. Pas celui où ils allaient d'habitude parce que les gens qu'il y avait là-bas étaient un tas de connards prétentieux et Jimmy Sr ne s'était pas bien entendu avec eux depuis que Leslie avait jeté par-dessus le comptoir un chat crevé qui avait atterri dans la marmite à friture. Y avait de ça des années, bien avant que Leslie parte pour l'Angleterre, et ils lui en voulaient toujours. En fait, c'avait été marrant quand ça s'était produit. Jimmy Sr et les gars étaient arrivés après l'heure de fermeture et le vieux, celui que les gamins appelaient le Fat Leper, avait dit à Jimmy Sr ce que Leslie avait fait avec le chat, alors Bertie avait modifié sa commande en prenant de la morue fumée au lieu d'un friand. Juste pour être tranquille, compadres. Nom de Dieu, qu'ils avaient gueulé. Et le Fat Leper avait exclu tout le groupe. Bertie avait alors proposé de lui acheter le chat si ça pouvait le calmer, du moment qu'il ne lui demandait pas aussi de le manger. En tout cas, l'ordre d'exclusion ne dura qu'une nuit ; ils étaient sacrément futés, ces Italiens – on ne fait pas fortune en excluant ses meilleurs clients – mais ils étaient toujours furieux contre Jimmy Sr. Pas le Fat Leper. Il était mort l'année précédente, mais les autres, oui. Même ceux qui étaient en Italie au moment de l'incident.

Alors ils se rendirent chez un autre marchand de frites, à Coolock. C'était un peu l'angoisse, en entrant. Idiot en vérité, mais Jimmy Sr ne pouvait pas s'empêcher de penser qu'il était à la recherche de sensations fortes. Bimbo passa devant lui. À part eux, la salle était vide.

– Pour l'instant, tout baigne, déclara Bimbo.

Il y avait deux jeunes derrière le comptoir, l'un qui ouvrait les sachets où il mettait les frites, avant de les disposer en une rangée sur le comptoir, prêts à la vente. Bonne idée, se dit Jimmy Sr, et il en prit note mentalement. L'autre était appuyé au mur du fond, occupé à se gratter le cul. Il y en avait encore d'autres à l'intérieur, derrière les rideaux en plastique jaune, rouge et bleu qu'on trouve toujours au-dessus des portes chez les marchands de frites, mais seuls les deux garçons étaient de service.

– Salut, les gars !

– Ouais ? dit celui qui se grattait le cul.

– Deux simples, s'il vous plaît.

– Gros ou petits ?

Bimbo regarda Jimmy Sr.

– Un gros fera l'affaire pour moi, estima Jimmy Sr.

– Deux gros, alors.

Ils étaient à l'extrémité du comptoir, du côté où on met le vinaigre sur les frites et où on rend la monnaie. Ils se penchèrent, pour essayer de voir les gars en action, mais les frites étaient déjà faites, donc ils se bornaient à les emballer.

– C'est tout ? demanda l'autre.

– Ouais, merci. On vient de dîner.

Jimmy Sr le poussa du coude.

– Quoi ?

– Vas-y, s'impatienta Jimmy Sr. Demande-lui.

Dans une minute, ce serait trop tard.

– Dites donc, les gars ?

Ils le regardèrent.

Jimmy Sr dut à nouveau le pousser du coude. Il était nul, putain.

– Où vous les trouvez, vos frites ? Euh, si ça vous ennuie pas que j'vous pose la question.

– Dans la terre, répondit celui qui se grattait le cul, le petit con à la grande gueule.

Ils se gondolèrent tous les deux.

Jimmy Sr dut écarter Bimbo du comptoir.

– Viens.

– Et nos frites ?

– Je les emmerde, dit Jimmy Sr.

Il entraîna Bimbo à l'extérieur. Les deux types derrière le comptoir étaient embêtés maintenant, parce qu'ils avaient deux simples sur les bras et personne pour les prendre. Jimmy Sr leur fit un geste obscène.

– Rentrez dans votre pays. J'emmerde la CEE !

Il se sentit beaucoup mieux après ça. Il revint sur ses pas pour ajouter autre chose.

– Et emmenez Tony Cascarino [1] avec vous ! C'est un nullard, n'importe comment.

Il laissa la porte ouverte, histoire que l'un d'eux ait à venir la fermer vu qu'il faisait vraiment frisquet dehors.

Bimbo raconta à Maggie ce qui s'était passé. Elle prit les choses en main.

– Décisions en commun, mes couilles, dit Jimmy Sr.

Mais il s'en fichait. Il le dit uniquement pour que Bimbo se sente coupable, parce que c'était bien fait pour sa gueule.

Maggie fut géniale. Elle leur procura sans problème une carte de crédit pour grossistes. Des mecs que connaissait Jimmy Sr auraient tué leur mère pour avoir l'une de ces cartes et acheter bon marché, mais Maggie sortit un après-midi et revint avec une carte. Une grande femme d'affaires, celle-là. Elle assurait !

– Une révélation, reconnut Bertie.

– Tu parles, approuva Jimmy Sr. Chapeau !

Bimbo était super content.

Elle se renseigna sur ce qu'il fallait savoir sur les permis et les licences, tous ces trucs dont Jimmy Sr n'aurait pas eu le courage de s'occuper, et que Bimbo n'aurait pas été capable de mener à bien. Elle raconta qu'elle allait organiser le stock. Eux, ils

---

1. Célèbre attaquant de l'équipe irlandaise de foot *(NdT)*.

n'auraient plus qu'à se soucier de mettre le van en état, puis de l'équiper. Elle ajouta qu'elle s'occuperait de toutes les formalités. Pour eux, c'était un soulagement, Jimmy Sr et Bimbo étaient d'accord là-dessus.

– J'savais même pas que t'avais besoin d'une putain de licence, reconnut Jimmy Sr.

– Oh, bon Dieu, bien sûr que oui, dit Bimbo. T'as besoin d'une licence pour presque tout, par les temps qui courent.

Jimmy Sr supposa que c'était normal. S'il fallait une licence pour un chien ou une télé, c'était normal qu'on en ait aussi besoin pour un van à frites.

– C'est pas tant le van, précisa Bimbo. C'est plus ce que tu y fais, si tu vois ce que je veux dire.

L'extérieur du van commençait à ressembler à quelque chose maintenant. Le frère de Bimbo, Victor, était tôlier et il allait venir s'occuper des parties cabossées, des plus visibles en tout cas. Il y avait quelques endroits où la peinture était partie : avec un petit raccord, on n'y verrait que du feu. Les voisins s'arrêtaient toujours pour les regarder travailler, mais avaient cessé de les critiquer.

– On a réussi à lui donner une tronche d'enfer, dit Bimbo.

Jimmy Sr passa les doigts sur le côté et ça ne laissa aucune trace. Il n'aurait pas pu le faire la semaine d'avant. Son doigt serait resté collé.

– Bon, on attaque l'intérieur.

– Oh putain ! se lamenta Jimmy Sr.

Ils se retrouvèrent tous dans la cuisine de Bimbo et de Maggie. Veronica vint avec Jimmy Sr, ils étaient tous les quatre, sans compter la mère de Maggie. C'était le pied.

– Maintenant, proposa Maggie, ce que je pensais qu'on ferait ce soir, c'est arrêter le menu.

– Quel menu ? demanda Bimbo.
– Ouais, au fait.
Jimmy Sr s'inquiétait. Il n'avait pas du tout envie de jouer les enfoirés de serveurs. Bimbo s'adressa à Maggie en travers de la table.
– C'est rien qu'un van.
Il l'avait murmuré du bout des lèvres. Veronica gloussa, Maggie aussi.
Jimmy Sr ne savait pas très bien ce qui se passait, mais il ne pouvait s'empêcher de penser qu'on était en train de les récupérer, lui et Bimbo.
– Le menu, mes amis, expliqua Maggie – de façon un peu sarcastique, pensa Jimmy Sr – c'est la liste qui permet au client de faire son choix.
– Par exemple sur le mur derrière le comptoir ? demanda Jimmy Sr.
– Tout à fait.
Jimmy Sr hocha la tête, comme s'il avait su ça depuis toujours : il vérifiait, simplement.
Ils se mirent au travail. Maggie avait déjà préparé des trucs au gril, comme dans une émission de cuisine à la télé. Elle partagea un hamburger en cinq et ils eurent droit chacun à une bouchée. Jimmy Sr pensa que c'était un peu mesquin, jusqu'à ce qu'il goûte.
– Nom de Dieu !
Pas besoin d'en dire plus : ils étaient tous du même avis. Maggie avait préparé une liste. Elle avait même l'un de ces fameux porte-bloc à pince. Elle barra le premier mot.
– Comment ça s'appelle, ça, d'abord ? interrogea Jimmy Sr.
– Splendid Burgers.
– Rien que ça ! s'extasia Veronica.
Ils en goûtèrent cinq autres. La mère de Maggie en était toujours à son deuxième quand les autres avaient déjà fini.
– Quelqu'un voudrait un verre d'eau ?

– S'il te plaît, dit Veronica.
– Ouais, moi aussi, acquiesça Jimmy Sr. Je trouve que c'était le troisième le meilleur.
– Je ne sais pas si *meilleur* est le mot, mais...
– Et toi, Bimbo ? demanda Jimmy Sr.
– Ouais, je crois. Pas le dernier en tout cas, le cinquième.
– Foutre, non.
La mère de Maggie les avait rattrapés.
– Qu'est-ce t'en penses, maman ?
– Très bon.
– Mais lequel ? insista Jimmy Sr.
– Oh... C'est une devinette ?
Veronica s'empressa de faire du pied à Jimmy Sr avant qu'il ait le temps de répondre.
– Alors, on y va pour le Champion Burger ? déclara Maggie.
– Absolument, si c'est bien le troisième, s'assura Jimmy Sr.
– Ouais.
– Ils étaient plus gros, d'ailleurs.
– C'est simplement parce que j'ai coupé comme ça. Je t'ai donné le plus gros morceau.
– Mais même ! J'ai l'impression qu'il dépassait les autres d'une bonne tête.
– Champion ? demanda Maggie. Un... deux... adjugé ! Va pour Champion.
Jimmy Sr était ravi. Il avait gagné. Il avala son eau et se leva pour en reprendre.
– Et après ? dit Bimbo.
– Hamburgers aux épices.
Veronica et Maggie se remirent à rire.
À la fin, ils avaient tous un peu mal au cœur – sacrément mal au cœur en fait – mais ils s'étaient bien marrés quand même. Venaient ensuite des beignets de morue fraîche – des petites crêpes fourrées – suivis de près par des beignets de morue fumée.

– En réalité, c'est pas du tout de la morue fumée, c'est du mulet.

Quand elle entendit ça, Veronica ressortit le morceau de sa bouche, mais Jimmy Sr trouva que c'était géant. Il n'en avait rien à battre, de ce que c'était, pourvu que ça ait bon goût : sa philosophie se résumait à ça, c'est ce qu'il expliqua aux autres. Bimbo n'était pas d'accord avec lui.

– Je crois pas qu'on devrait vendre une chose pour une autre.

– Très bien, dit Jimmy Sr. Colle *Beignets de mulet noir* sur le... euh... menu, et tu verras combien t'en vends !

– Si on a pas de la vraie morue fumée, alors on devrait pas en vendre du tout, peut-être.

– Tu as raison, opina Veronica.

– Les gens aiment bien la morue fumée, pourtant ! Moi, j'adore ça, sans en abuser.

– Mais c'en est pas !

– Et alors ?

Veronica tenait à donner son point de vue.

– Il faut vraiment que ce soit ces trucs en conserve ? Vous ne pourriez pas acheter votre poisson à Howth et le préparer vous-mêmes ?

Maggie consulta son porte-bloc à pince.

– Trop cher.

– Et de toute façon, ajouta Jimmy Sr, comment est-ce qu'on ferait pour fumer la morue ? On sait pas faire. On est pas des enculés d'indigènes, en Amazonie ou j'sais pas moi !

Il reprit un gros morceau de mulet et mordit à pleines dents.

– Si vous voulez mon avis, je trouve ça du tonnerre de Dieu !

Sacrée Veronica : elle était repartie dans ses gloussements !

Quand elle en eut avalé quelques bouchées,

Maggie fut tout excitée. Elle fit essayer à sa mère deux variétés de ketchup différentes.

Ils la regardèrent prendre un peu du second avec le doigt, et se le mettre sur la langue.

– Alors, maman ? Celui-là était moins répugnant que l'autre ?

– Oh oui, absolument.

Ils avaient liquidé les quelques canettes de bière que Bimbo avait cachées sous l'escalier (J'aurais juré qu'il y en avait plus là-dedans), alors ils allèrent en boire quelques autres avant l'heure de fermeture, pour se débarrasser du goût de tout cet infâme magma dégueu qu'ils avaient testé toute la soirée.

La mère de Maggie resta à la maison.

– Je crois que le dernier, le hamburger aux épices, l'a achevée, dit Bimbo.

– Ça m'en a tout l'air, la pauvre ! railla Jimmy Sr.

À ces mots, Veronica se fendit la gueule. Elle s'amusait vraiment beaucoup. Sur le chemin du retour, Jimmy Sr lui prit la main un instant.

En entrant dans le van, ils étaient tous les deux tendus. La Coupe du Monde était dans deux semaines et des poussières, pas plus. Ils restèrent debout dans le van, à transpirer avant d'avoir rien fait. Ils respiraient par la bouche un air qui n'avait pas été renouvelé pendant des mois. Ça sentait un peu comme les vieux coureurs, en bien pire.

– Pas de rouille, déclara Bimbo, au bout d'un bon moment.

– Mais tout le reste garanti !

– Comment on va s'y prendre ?

Jimmy Sr avait une idée. Elle lui était venue quand il avait commencé à transpirer.

– Deux gosses feraient mieux l'affaire que nous là-dedans. Bien plus efficaces.

Bimbo n'avait pas l'air très chaud.

– On les prendrait juste pour enlever la première couche, expliqua Jimmy Sr. Et après, on pourra faire le reste nous-mêmes, fastoche. On se marchera pas sur les pieds.

C'était samedi. Pas d'école.

– Je vais dire à Wayne de venir.

– Bravo ! Graisse-lui la patte.

– Il va bien falloir, ajouta Bimbo. Wayne adore son pieu.

Ce jour-là, Wayne devint un grand garçon. Il gagna son premier salaire. Ça alors, il était super. Assez vite, peu après avoir commencé, il descendit du van pour vomir, puis remonta, y avait pas de mouron à se faire pour lui. Il ne voulut même pas un verre d'eau quand Bimbo dit qu'il allait lui en chercher un. Bimbo amena un autre de ses gosses, Glenn, à son retour du football. Ils étaient deux à l'intérieur maintenant, avec Bimbo et Jimmy Sr restés dehors, qui leur passaient des seaux d'eau chaude. Il faisait beau, ce jour-là : un soleil radieux, et une petite brise agréable en plus. Wayne était petit et Glenn minuscule.

– Faits pour ce genre de boulot.

Bimbo acquiesça.

– Mais ils sont bons à l'école aussi, Jimmy, tu sais. Glenn est un des meilleurs de sa classe.

– Ça se voit. Il a la tête sur les épaules.

Il les observa de nouveau.

– Tu sais quoi ? S'ils avaient été là y a une centaine d'années, ils auraient passé tout leur temps à ramoner les cheminées, putain.

Bimbo jeta aussi un coup d'œil à l'intérieur. Il ne put s'empêcher de rire, mais il rayonnait, content de lui.

– Allons, allons, les gars !

Ils se lançaient des seaux d'eau à la figure.

– Tu sais à quoi je pensais ? demanda Jimmy Sr.

Ils étaient assis dans l'herbe, gardant un œil sur les garçons.

– À quoi ?

– On devrait peindre quelque chose à côté du hayon. Et un autre truc assorti de l'autre côté.

– Quel genre de peinture ?

– J'sais pas. Un hamburger, genre, et quelques frites à côté. Comme une pub, quoi. Pas une peinture *peinture* comme la Joconde ou ces machins-là. Une espèce d'enseigne, quoi.

Glenn glissa du van tête la première, mais il allait assez vite pour rater l'allée et atterrir sur l'herbe. Il se marra et remonta bosser aussi sec. Bimbo l'empoigna par le fond de sa culotte. Il portait juste ses baskets et son slip.

– Pas de bordel maintenant, Glenn.

Mais ils patinaient comme Torvill et Dean [1] là-dedans, pas exprès. C'était plus fort qu'eux. Alors Bimbo eut une idée géniale. Il prit des feuilles de papier de verre – il en avait des tas, évidemment – et les fixa aux semelles de leurs baskets. Au poil !

Il continua à les regarder, eux et leurs pieds.

– Cool, Bimbo, s'il te plaît. T'es pas en train d'inventer l'électricité, putain !

– T'es jaloux, c'est tout !

– Va te faire foutre, non mais des fois !

À la fin de la journée les deux gamins étaient crevés mais ils avaient fait du bon boulot. Maggie se mit à gueuler qu'elle ne pourrait jamais enlever les traces laissées dans la baignoire. Elle les avait mis à tremper tous les deux jusqu'à ce qu'ils aient la peau fripée et ils étaient toujours grisâtres.

– Mais regarde ce qu'ils ont fait, dit Bimbo.

---

1. Patineurs artistiques britanniques, champions du monde en 1980 *(NdT)*.

Maggie jeta un coup d'œil dans le van. Elle dut le reconnaître : ils avaient fait du bon boulot.

Ils montèrent dans le van.

– Ils ont drôlement bien bossé, tu trouves pas ?

C'était lundi matin de bonne heure, il faisait beau.

L'intérieur était toujours cradingue, il y avait toujours une drôle d'odeur – en pire, maintenant que le van était beaucoup plus propre : une odeur un peu déplacée – mais le van avait l'air foutrement plus reluisant que deux jours plus tôt.

La porte était à l'arrière du van, les sièges du conducteur et du passager séparés. Il fallait sortir et faire le tour par l'arrière pour pénétrer dans la partie fourgon. On y accédait par un marchepied. Quand on entrait, le hayon se trouvait à droite. Le van était assez grand pour que deux personnes puissent y évoluer facilement, le comptoir d'une bonne largeur, encore qu'il faille se pencher un peu à l'extérieur pour prendre l'argent. La porte du hayon ressemblait à la sortie de secours à l'arrière d'un bus à deux étages, la vitre en moins. On la poussait vers l'extérieur et vers le haut. La plaque de cuisson et la bassine à grande friture étaient derrière le hayon, de l'autre côté. Elles étaient surmontées d'une petite fenêtre privée de sa vitre depuis que Wayne avait passé le pied au travers. Il y avait un évier au fond et pas grand-chose d'autre. Quelques étagères et autres décrochements. L'évier se trouvait derrière le siège du passager.

– À quoi sert l'évier ? voulut savoir Jimmy Sr.

– À laver la vaisselle, pardi !

– Mais, bordel, y a pas d'eau !

– On est censés avoir un évier.

– Mais, bordel, puisque j'te dis qu'y a pas d'eau !

– Eh ben, il est pas là pour rien. On finira par comprendre... On va tout essayer.

– Très juste, Auguste.

Bimbo travaillait sur le mur gauche et Jimmy Sr sur le droit, celui qui avait le hayon. Il allait sauter le hayon, finirait avant Bimbo et l'engueulerait en le traitant de traînard, pour se marrer.

– Un coup de jet et le tour est joué, déclara Bimbo au moment où ils attaquaient.

C'était du gâteau comparé à ce qu'ils avaient dû faire à l'extérieur.

– Combien t'as donné aux gamins ? demanda Jimmy Sr à Bimbo.

– Encore rien. Je te mens pas, ils m'ont demandé hier s'ils pouvaient le refaire. Ils se sont bien amusés, en fait.

Ils rigolèrent.

– Ils vont apprendre, dit Jimmy Sr. Si on faisait un peu de lumière, là-dedans, hein ?

Il chercha comment ouvrir.

– Voilà.

Il poussa le hayon, qui se décrocha et tomba par terre. Il faillit partir avec. Le hayon fit un fracas terrible en touchant le sol. Bimbo manqua tomber de son perchoir. Il laissa tomber son Jif[1] dans la friteuse.

– Dieu du ciel, mon cœur !

Jimmy Sr était en équilibre au-dessus du comptoir. Ses jambes touchèrent le sol et il se sentit plus en sécurité.

– Ton cœur mon cul ! lança Jimmy Sr. J'ai failli chier dans mon froc. Viens ici, on change de côté.

– Pas question.

---

1. Citron en plastique contenant de la citronnade artificielle *(NdT)*.

La friteuse ne les inspirait pas. Pourtant ils avaient fait de leur mieux.

– Mais quand même, s'inquiéta Bimbo. Ça pourrait être dangereux.

– Tu plaisantes ! C'est juste de l'usure, point.

Ils faisaient la pause-café dans la cuisine de Bimbo.

– La plaque de cuisson a l'air top, maintenant, ajouta Bimbo.

– Ça marche au poil, reconnut Jimmy Sr. Tu pourrais tringler ta bourgeoise dessus tellement c'est propre.

– Chuuuut !

Glenn arrivait aves des boîtes de rondelles d'ananas.

– Bravo, Glenn ! T'es super, comme employé de chez Delmonte ! railla Jimmy Sr.

– Celles-là, c'est les plus lourdes, lui dit Glenn.

– Pas de problème, t'es costaud.

Glenn partit en courant dans le jardin, histoire d'atteindre le hangar avant de laisser tomber le plateau de rondelles d'ananas. Ils entendirent le cliquetis des boîtes qui heurtaient le chemin.

– Il s'est planté ! déclara Jimmy Sr.

Bimbo se leva pour regarder par la fenêtre.

– Eh non !

Ils avaient deux congélateurs dans le hangar de Bimbo – c'est Bertie qui les leur avait procurés. D'énormes congélateurs, presque neufs – et tout tenait dedans : les sachets de morue, les paquets de saindoux, les hamburgers, tout ce qui risquait de se gâter.

Les gosses apportaient des cartons de Twix et de Mars pour Maggie.

– Je les ai comptés, les avertit-elle.

Jessica alla à la porte de la cuisine et hurla :

– Il en reste plus !

– Venez ici ! ordonna Maggie.

En quelques secondes les gosses déboulèrent avec deux Twix et deux Mars chacun.

Bimbo attrapa Glenn.

– Donne-nous un Twix.

Glenn s'écarta de lui et se sauva dans l'entrée, rigolant de son petit rire merdique. Maggie ferma la porte de la cuisine. Elle jeta un hamburger sur la table. Il rebondit. Dur comme du bois.

– Qu'est-ce que vous pensez de ça ?

– C'est un peu ferme, admit Bimbo.

Jimmy Sr le ramassa. C'était tout le bizenesse, le pain et le reste.

– C'est quoi, l'idée, au juste ?

– Il y a déjà de l'oignon, de la sauce et une rondelle de cornichon là-dedans. On peut aussi en avoir au fromage. (Elle s'assit.) Il suffit de le mettre au micro-ondes.

– Parfait ! dit Bimbo.

– On a *pas* de micro-ondes, rectifia Jimmy Sr.

– Vous pouvez pas en acheter ?

– On a *pas* d'électricité, ajouta Bimbo.

Ils se regardèrent.

– Oh, bon Dieu ! soupira Jimmy Sr.

– Bon. Regarde voir un peu. C'est pas la corde à nœuds. N'importe quel putain d'imbécile pourrait le faire.

Ils étaient dans la cuisine des Rabbitte.

Jimmy Sr avait le saladier devant lui sur la table. Il versa de l'eau dans le bol.

– De l'eau.

Il saupoudra un peu de farine par-dessus, puis s'enhardit et versa la moitié du paquet.

– Et de la farine. Tu me suis, jusque-là ?

– De l'eau et de la farine, répéta Bimbo.

– Bravo.

Il s'empara du fouet.

– Là, ça devient dur. Dur-dur. Je fais le boulot à la main, expliqua-t-il, parce que ce sera comme ça qu'il faudra faire dans le van.

Il attaqua le mélange au fouet, tenant le bol vers lui comme le lui avait montré Veronica.

– J'te raconte pas, ça fait transpirer !

Il s'arrêta pour regarder.

– Ça se mélange bien, là, tu vois ? Mais il faut un peu plus d'eau pour se débarrasser des grumeaux.

Bimbo s'approcha de l'évier et remplit la bouteille.

– Ça y est presque.

Il ajouta un peu d'eau et donna des petits coups dans les grumeaux, d'abord avec le fouet puis avec les doigts.

– On est censé rajouter quelque chose mais j'arrive pas à me rappeler quoi.

Il recommença à fouetter.

– Aucune importance, cela dit. Ça va être géant.

Il s'arrêta pour montrer le résultat à Bimbo.

– Et voilà. La pâte à frire. Pas mal, non ?

Ça avait l'air bien.

– C'est tout ce qu'on met dedans ? demanda Bimbo.

– C'est tout. Sauf le truc que j'oublie. Voyons si ça marche maintenant.

Il avait déjà posé une boîte de rondelles d'ananas sur la table.

– Fais-moi penser à remplacer cette boîte, tu veux bien. Veronica va devenir dingue si elle se met à la chercher dimanche et qu'elle la trouve pas... Bon, voyons...

Il sortit une rondelle et la posa sur une feuille de Sopalin.

– Tu la sèches d'abord. C'est important.

Il tamponna le dessus de la rondelle avec le bord du rouleau.

– Ça devrait aller.

Il souleva la rondelle et en retira les brins de peluche.

– C'est juste le papier. Inoffensif.

– Ouais.

– Okay. Je croise les doigts.

Il plongea la rondelle d'ananas dans la pâte et la laissa sombrer complètement. Il prit une fourchette, chercha la rondelle et la trouva.

– Notre père qui es dans les cieux... Putain, c'est chié ? ! R'garde ! Complètement recouverte, la rondelle !

– C'est super ! approuva Bimbo.

– Et t'as plus qu'à la plonger dans la friture. Là, c'est vraiment top. La pâte est pile poil. Trop liquide, ça aurait pas adhéré. Trop épaisse, le trou dans la rondelle aurait disparu. Mais là c'est pile poil. Aux petits oignons.

– On va les couper en différentes tailles, proposa Jimmy Sr. Les gens préfèrent.

Ils venaient de s'y coller : peler les patates, les couper, avant de les jeter toutes dans un grand seau d'eau en plastique. Dehors dans le hangar.

– Quand on aura l'argent, peut-être qu'on pourrait acheter une machine à frites – Maggie, elle avait causé d'un truc, genre – et en couper seulement quelques-unes à la main qu'on mélangerait aux autres, histoire que les gens croient qu'elles sont toutes faites comme ça.

– Ouais, dit Bimbo.

Jimmy regarda dans le seau et le bouscula du pied pour tasser les frites.

– À vue de nez, y en a assez là-dedans.

– Bon.

Ils prirent chacun une poignée et portèrent le seau jusqu'au van en passant par la maison. Pour le hisser sur le marchepied, c'était galère : il pesait un poids pas possible à cause de l'eau qui débordait de partout. Tout était prêt. Le Grand Soir était arrivé. Tout dans le van étincelait. Presque tout. Ils avaient dû acheter des accessoires neufs, des plateaux et le panier pour la friteuse. Bimbo s'en chargea. Jimmy Sr n'avait pas un radis. Ils mirent le seau sous l'évier. C'était la meilleure place, parce qu'ailleurs il aurait été dans le passage et que l'évier leur servait à que dalle.

– On devrait l'enlever complètement, suggéra Jimmy Sr.

– Ah, non ! Pas maintenant en tout cas.

C'était une chose qui lui tapait sur les nerfs, à Jimmy Sr, un évier sans eau. C'était à peu près aussi utile qu'un cul sans trou. Mais il laissa tomber. Il y avait d'autres choses à faire aujourd'hui.

– On installe le reste des trucs à l'intérieur ? demanda Bimbo.

– On pourrait.

Ils ne voulaient pas laisser quoi que soit dans le van trop longtemps. Des machins du congélateur pourraient se ramollir ou même s'abîmer s'ils les sortaient trop tôt. Bien calculer son temps, c'était vital.

– La différence entre un client satisfait et un cadavre, avait dit Jimmy Sr.

Ils s'étaient marrés mais ça n'avait rien de drôle.

Ils sortirent et s'arrêtèrent pour regarder à nouveau le hamburger sur le flanc du van. C'était un énorme bigburger, un bunburger avec, au-dessus, la mention BIMBO'S BURGERS et, au-dessous, AUJOURD'HUI LES FRITES DU JOUR.

Le truc du bas, c'était l'idée de Maggie.

– Ce ketchup me revient toujours pas, râla Jimmy Sr. Ça ressemble trop à du sang, putain. Ça va faire fuir les gens.

– Oh, non ! dit Bimbo. C'est joli, c'est clair.

C'est Sandra, la fille du frère de Maggie, qui l'avait dessiné. Elle allait à une école de peinture, style.

– Le morceau de barbaque qui dépasse non plus.

Il le montra du doigt.

– Ça t'fait pas penser à une langue qui pend, putain ?

– Ben, pour être franc avec toi, Jimmy, j'ai jamais vu de langue en viande hachée.

– C'est la même couleur que...

– Mais r'garde ! Elle a mis dessus toutes ces petites taches noires pour que ça ressemble à de la viande hachée.

Il s'approcha et les toucha, pour les montrer à Jimmy Sr.

– Elles donnent juste l'impression qu'elle est daubée.

– C'est toi qui as eu cette satanée idée au départ, se défendit Bimbo.

– Ouais, ben, tu veux savoir pourquoi je l'aime pas ? Et pis, de toute façon, je l'aime bien. C'est juste les couleurs que j'aime pas. Tu veux savoir pourquoi ?

– Alors pourquoi ?

– Parce que la meuf qui a fait ça, elle est végétarienne, et toc !

Il l'avait bien eu cette fois. Sandra lui avait dit ça. Il lui parlait pendant qu'elle peignait. Une jolie fille, cette meuf, un peu crâneuse sur les bords, mais elle aimait bien rigoler malgré tout.

Bimbo avait l'air perdu.

– Du sabotage, voilà c'que c'est, espèce d'andouille !

– Hein ?

– Du sabotage. Les droits des animaux.

– Qu'est-ce tu veux dire ?

– Bon Dieu, c'est pas évident ?

– Euh, non.

– Une végatarienne, okay, peint un hamburger et qu'est-ce qu'elle fait ? Elle le représente avec des couleurs super moches pour décourager les gens d'en acheter.

– Sandra ?

– C'est tous les mêmes. Des fanatiques, bordel de merde ! Je t'assure, ils mettent des bombes sous les voitures des gens en Angleterre, juste parce qu'ils font des expériences sur les animaux.

– Bon, mais attends... Nous, Jimmy, on fait pas d'expériences sur les animaux ?

– Non. Mais on les flanque sur la plaque de cuisson et on les fait frire, putain ! Puis on les fait manger aux gens.

Bimbo réfléchit quelques instants. Il regarda le hamburger.

– Tiens ! Moi je pense pas.

– Comme tu veux ! C'est ton putain de fric, après tout. Grouille-toi ou on sera en retard.

Ils mirent les cartons de barres de Twix et de Mars sous la plaque de cuisson, ainsi que les canettes de Coca et de Seven-Up. Ils installèrent des piles de hamburgers aux épices sur l'étagère au-dessus de la friteuse. Ils avaient sous la main la farine et une rangée de bouteilles pleines d'eau pour la pâte à frire, sur l'étagère près de l'évier. Ils s'étaient décarcassés pour trouver de vraies bouteilles de verre. Ils avaient une boîte pour la caisse. Bimbo mit sur le comptoir la grosse bouteille de sauce rouge Kandee, le sel et le vinaigre. Ils avaient dix paquets de Bundies. Maggie les avait achetés à Crazy Prices. Jimmy Sr ouvrit un paquet et en sortit une.

– C'est la meilleure partie du hamburger, tu trouves pas ?

Bimbo s'en prit une aussi.

– C'est vraiment pas dégueu. Mais on ferait mieux de pas manger toutes les réserves.

– Une armée se bat pas le ventre creux.

Il y avait une rame de petits sacs pendus à une ficelle, pour les frites. Jimmy Sr la fixa à un crochet à côté de la friteuse et mit un tas de grands sachets en papier kraft sur le comptoir. Bimbo plia leurs tabliers soigneusement en carré et les rangea sur le comptoir à côté des sacs en papier.

– C'est pas un tablier de cuistot du feu de Dieu, ça ? demanda Jimmy Sr quand Veronica le surprit à en essayer un dans la chambre. Un devantier, c'est comme ça que ça s'appelle, non ?

Maggie avait déniché les tabliers, des tabliers Coupe du Monde. Ça se posait là, comme idée. Rien à voir avec ceux qui avaient des recettes imprimées dessus ou des conneries dans le style. Ceux-là avaient juste *Italia 90* de marqué, et la coupe.

– Mais c'est pas une coupe, dit Bimbo. C'est une statue. J'avais jamais remarqué ça avant.

– Tu m'fais marrer, toi, alors ! Qu'est-ce qui sonne le mieux : Coupe du Monde ou Statue du Monde ?

– Je pige.

Ils gardèrent le poisson au congélateur jusqu'à la dernière minute. Si on ne trempe pas la morue dans la pâte à frire quand elle est encore un morceau d'aggloméré, on finit avec une saloperie de bouillie infâme qui flotte à la surface de l'huile de cuisson. Ils empilèrent les rectangles de morue et de mulet noir sur les plateaux en aluminium.

– On aurait presque besoin de gants pour ça, dit Jimmy Sr. C'est vachement gelé, ces trucs.

Il tapa un morceau de morue sur le bord du congélateur et l'examina : pas la moindre marque.

– Ça c'est un beau morceau de poisson, tu vois. Il te laissera pas tomber.

Les plateaux étaient froids, mais pas très lourds. Pourtant, ils traversèrent la maison dare-dare : ils avaient hâte de les poser dans le van et de souffler sur leurs mains.

– Tut tut ! dit Bimbo pour que la mère de Maggie

s'écarte de son passage comme il traversait la cuisine en trombe, essayant de trimbaler son plateau sans avoir à le serrer trop fort.

Il le tenait contre sa poitrine et sa chemise commençait à se mouiller.

Maggie les suivit dehors.

– Bonne chance !

Jimmy Sr monta à la place du conducteur. Le van était accroché à la vieille guimbarde de Bimbo par un bout de corde : l'ensemble occupait toute l'allée et la moitié du chemin. Bimbo avait enveloppé son pare-chocs d'un vieux cardigan, en guise de tampon. Il avait pensé que Wayne aurait pu l'aider en mettant un pied sur chaque pare-chocs, mais Maggie s'y était opposée. Bimbo monta et fit démarrer la voiture. Maggie approcha la tête de sa portière, il baissa la vitre et elle l'embrassa.

– Nom de Dieu ! lança Jimmy Sr. Vas-y mollo. Allez, allez.

Ils étaient partis.

Bimbo n'avait fait que quelques mètres quand il dut s'arrêter pour laisser passer deux voitures. Le van lui rentra dans le chou, mais en douceur. Puis ils débouchèrent sur la route, direction le Hikers. Deux gosses les rattrapèrent et l'un d'eux donna un coup de pied dans le van. Ils disparurent. Jimmy Sr savait qu'ils se faisaient traîner par-derrière, les salopards.

On arrivait à un passage difficile, en pente, juste avant de déboucher dans Barrytown Road, la rue principale. S'il y avait de la circulation, Bimbo devrait s'arrêter pour laisser passer les voitures et Jimmy Sr lui rentrerait dedans. On n'y pouvait rien. C'est ce qui se passa, mais en pire. Il ne venait rien : Bimbo continua, traversa la rue principale et tourna à droite, mais un connard d'abruti sur sa mobylette surgit de nulle part derrière une camionnette à l'arrêt et Bimbo dut freiner, ce que Jimmy Sr ne pouvait évidemment pas faire, alors il rentra dans

Bimbo, et il entendit des trucs tomber des étagères dans son dos.

– Saloperie !

Il prêta l'oreille.

Plus rien. Peut-être qu'il n'y aurait pas trop de casse.

Bimbo repartit et ils réussirent à gagner le Hikers sans autre incident. Il commença à freiner à environ cinquante mètres avant le Hikers, comme ça, il serait déjà presque à l'arrêt quand il s'arrêterait. S'il avançait très lentement, le van, cette fois-ci, ne le tamponnerait pas du tout.

Jimmy Sr tendit l'oreille, au cas où quelque chose aurait roulé à l'intérieur. Rien.

Bimbo sortit les briques du siège arrière de la voiture et les mit derrière les roues du van. Jimmy Sr ouvrit la porte à l'arrière.

– Oh, nom de Dieu !

De l'eau lui dégoulina sur les chaussures, pas beaucoup, remarque. L'essentiel stagnait par terre à l'arrière, avec une partie des hamburgers aux épices et le poisson. Le seau ne s'était pas renversé mais il y avait une terrible quantité d'eau à cet endroit-là, trop pour appeler ça une flaque. Les hamburgers aux épices étaient en très mauvais état. L'eau les avait détrempés et ils se désagrégeaient. Il faudrait les jeter. Pour le poisson, ça allait à peu près.

Ils soulevèrent les cartons du sol avant que l'eau les atteigne. Pour les dégâts, c'était tout.

Mais quand même, y avait de quoi déprimer.

Jimmy Sr se pencha et enfonça un doigt dans le poisson. Il était toujours bon et ferme.

– On a besoin d'un balai-éponge, constata Bimbo.

– On a surtout besoin d'un putain de moteur, j'te jure ! Bon. On va tout nettoyer et aller au pub voir le match.

Ils nettoyèrent les saletés, firent tomber dans la rue tous les morceaux de hamburgers aux épices, l'eau et le reste, avec un bout de carton, et séchèrent le sol avec un torchon. Jimmy Sr lava le poisson un bon coup avec un peu d'eau des bouteilles. Il jeta les morceaux de poisson vraiment trop immondes.

– Bon ben, déclara Bimbo quand ils eurent fini. C'était pas si terrible que ça.

– Allez, on y va. Sans quoi toutes les bonnes places vont être prises.

– Sheedy le reprend... et Sheedy *tire* !

Les gens ici devenaient carrément dingues !

L'Irlande avait marqué le but. Jimmy Sr empoigna Bimbo et faillit le casser en deux en le serrant dans ses bras. Bertie était debout sur une des tables et se frappait la poitrine. Même Paddy, l'enculé le plus grincheux qu'on ait jamais inventé, sautait, rebondissait et tortillait du cul comme un Brésilien. Les verres valsaient, mais tout le monde s'en branlait. L'Irlande avait marqué un but contre l'Angleterre et, sorti de là, le monde pouvait crouler, même la pinte qu'on avait devant soi.

– Qui c'est qui l'a marqué ? Qui c'est qui l'a marqué ?

– J'sais pas. Putain, ça a pas d'importance !

Ils se calmèrent tous pour voir l'action rejouée mais ils n'arrivèrent toujours pas à distinguer qui avait marqué le but, parce qu'ils se redéchaînèrent quand le ballon toucha l'arrière du filet, montré sous trois angles différents, et à voir le pauvre vieux Shilton qui essayait de s'en approcher, c'était une foutue panique.

Le mot vint de devant.

– Sheedy.

– C'est Sheedy qui a marqué.

– Kevin Sheedy.
– QUI A MIS LE BALLON DANS LE FILET ANGLAIS ?
– SHEEDY...
– SHEEDY...
Nom de Dieu, c'était géant ! C'était chié, putain ! Et le reste du match, ce fut l'horreur. Chaque fois qu'un Irlandais avait le ballon, ils poussaient tous des acclamations et chaque fois qu'un des Anglais le prenait ils grognaient ou se foutaient de lui. Non pas que les Anglais l'aient eu tellement souvent. L'Irlande les dominait carrément.
– Ce type, Waddle, c'est un drôle de zigue, non ?
– Tu parles, il est comme un poulet sans tête à la con.
Une touche pour l'Irlande.
– MICK- MICK- MICK-MICK- MICK-
Ils hurlèrent tous quand ils virent Mick McCarthy venir remettre la balle en jeu. Et Paddy qui mick-mickait à fond les manettes, alors qu'une heure plus tôt à peine il avait traité Mick McCarthy de sacré boulet !
– OLÉ... OLÉ OLÉ OLÉ...
– OLÉ...
– OLÉ...
Il restait dix minutes à jouer.
– Ah, nom de Dieu, mon cœur !
– Pas de problème, compadre.
Jimmy Sr était à environ dix mètres de l'endroit où il se trouvait au début, quand Sheedy avait marqué. Il ne savait pas comment ça s'était fait. Il essaya de retourner à sa bière.
– Xcusez-moi... Pardon... Merci... Xcusez-moi... Tire-toi de là, espèce de gros con.
Sa pinte avait disparu par terre, à moins qu'un couillon l'ait volée. Il regarda en direction du bar. Il n'arriverait jamais à s'en rapprocher, c'était complètement saturé. De toute façon, Leo, le

barman, ne s'occupait pas des commandes. Il regardait le grand écran et priait. Oui, priait. Jimmy Sr le montra à Bimbo.

– R'garde !

Il avait les mains jointes comme font les gosses, paume contre paume, comme sur la couverture d'un livre de prières, et ses lèvres remuaient. Quand tout le monde gueulait, Leo, lui, continuait à prier.

– Combien il reste ?

– Cinq, je crois.

– Putain.

Il regarda autour de lui. Il y avait beaucoup de jeunes dans le pub. Ils n'avaient pas fait très attention au match jusque-là, mais maintenant si. Il y avait une fille, là-bas près du bar. Elle portait un T-shirt blanc qui laissait voir son soutien-gorge à travers et...

Il y eut une immense clameur. Jimmy Sr retourna au match.

– Qu'est-ce qui se passe ?

– Ils l'ont.

Gascoigne dépassa deux des Irlandais, passa le ballon à quelqu'un au bord de la tribune, qui tira – Jimmy Sr saisit Bimbo par le bras – mais le ballon passa à des miles au-dessus de la barre.

Ils applaudirent.

– Nul.

– Combien il reste maintenant ?

– Deux.

– Prends ton temps, Packie !

ONE PACKIE BONNER[1].

THERE'S ONLY ONE PACKIE BONNER.

– Vas-y, Packie !

– Ah, putain, il est génial comme gardien de but !

ONE PACKIE BOHHHH-NER

---

1. « Il y a un seul Packie Bonner. » Packie Bonner est le gardien de but de l'équipe irlandaise, grande star pendant la Coupe du Monde 1990 *(NdT)*.

– Il est très croyant, tu sais. Il a toujours un chapelet dans ses affaires.

Jimmy Sr partit d'un grand rire.

– Il devrait étrangler ce salaud de Lineker avec ! Combien, maintenant, Bimbo ?

Avant que Bimbo ait répondu, le bidule Olivetti apparut sur l'écran et répondit à sa question. Ils jouaient les prolongations.

Ils hurlèrent.

– Allez, les gars, allez en chercher un autre !

– Ah, Morris, putain, t'es nul !

– Oh, l'autre ! va te faire foutre. Il est chié !

ONE GISTY MORRIS

THERE'S ONLY ONE GISTY MORRIS...

– Donne ton coup de sifflet, putain, espèce de con !

Ils se marrèrent.

Bon Dieu, quelle chaleur. Quand on essayait de se remplir les poumons, on suffoquait. Ça et l'excitation. Il ne voyait rien. Ça le tuait.

– OLÉ... OLÉ OLÉ OLÉ...

Jimmy Sr regardait à nouveau la fille au bar quand il fut étouffé par les mecs. Ils se levèrent – l'arbitre avait sifflé – et il resta assis. Mais il empoigna Bimbo et s'agrippa à lui. Tout le monde sautait, même Leo qui se signait. Les tricolores flottaient dans l'air. Il regretta de ne pas en avoir un. Il s'en procurerait un pour les autres matches.

Bertie était de nouveau sur la table à faire son numéro de commentateur norvégien.

– Maggie Thatcher ! Winston Churchill !

QUI A MIS LE BALLON DANS LE FILET ANGLAIS ? SHEEDY SHEEDY.

– La reine Élisabeth ! Lawrence d'Arabie ! Elton John ! Allez tous vous faire foutre !

Ils applaudirent.

Jimmy Sr explosait. Pas d'envie de pisser, mais

d'amour. Il serra Bimbo dans ses bras. Il serra Bertie dans ses bras. Il serra Paddy dans ses bras. Il serra même Larry O'Rourke dans ses bras. Il aimait tout le monde. Il y avait Sharon là-bas. Il s'approcha d'elle et la serra dans ses bras, puis tous ses amis.

– C'est pas génial, papa ?

– Oh, c'est génial, putain, génial !

– J'adore votre aftershave, mister Rabbitte.

OLÉ... OLÉ OLÉ OLÉ...

– Nom de Dieu, dit Jimmy Sr quand il rejoignit Bimbo. Et on a fait seulement match nul. Qu'est-ce qui se serait passé si on avait gagné !

Bimbo rit.

Dans le pub, tout le monde chantait. Jimmy Sr détestait cette chanson, mais quelle importance.

Give it a lash Jack
Give it a lash Jack
Never never say no
Irelin' Irelin' Repub-ilic of Irelin'
Rev it up an' here we go[1].

– C'est d'enfer, cette chanson ! déclara Bimbo.

– Ah bon..., dit Jimmy Sr.

Oui, c'était le genre.

– On ferait mieux d'y aller, non ? demanda Bimbo.

– Plutôt, ouais.

Il bouillait d'impatience.

– Alerte rouge, hurla-t-il, alerte rouge !

Ils sortirent du pub tous les deux, en se bousculant. Jimmy Sr laissa échapper un rugissement.

– Youpiiii !

Son T-shirt était trempé. Mais il était sur un nuage, bordel de merde ! Bimbo ouvrit la porte

---

1. « Vas-y, fonce, Jack ! / Ne dis jamais jamais non / Irlande, République d'Irlande / Mets le paquet et en avant ! » *(NdT)*.

arrière et sauta à l'intérieur. Je dis bien *sauta*. Carrément marrant.

Jimmy Sr s'arrêta.

– Écoute.

On entendait des tas de voitures qui klaxonnaient. Et il y avait des gens plein les rues, on les entendait aussi.

Il monta dans le van. Bimbo se débattait avec son tablier.

Il commençait à faire nuit. Ils avaient deux grosses lampes de poche, comme celles qu'ont les conducteurs précautionneux, des fois qu'ils auraient à changer une roue de nuit. Jimmy Sr les alluma.

OLÉ... OLÉ OLÉ OLÉ...

– Elles sont super, non ?

– Fantastiques ! acquiesça Bimbo.

Bimbo avait déjà raccordé les bonbonnes de gaz à la friteuse et à la plaque de cuisson. Les bonbonnes étaient dehors, à l'arrière, près du marchepied : il n'y avait pas de place pour elles à l'intérieur. Ça inquiétait un peu Jimmy Sr. Il n'aimait pas ça. Les gosses allaient sûrement se mettre à les tripoter, les débrancher ou, pire, à couper les tuyaux et, avant même que tu t'en rendes compte, Jimmy Sr, le van et la moitié de Barrytown t'auraient pété à la figure. Mais il n'y avait pas de place pour elles là-dedans. Il jeta un rapide coup d'œil dehors. Personne ne rôdait autour.

OLÉ... OLÉ OLÉ OLÉ...

Jimmy Sr sortit une allumette de la boîte. Il n'aimait pas ça non plus. Il fixa l'allumette dans le tube creux d'un stylo-bille. Il s'agenouilla devant la plaque de cuisson. Il gratta l'allumette, ouvrit le gaz, appuya sur le bouton et tendit le stylo-bille en direction du brûleur sous la plaque de cuisson. Il entendit le gaz arriver en sifflant et il retira sa main, merde alors. Il ne s'habituerait jamais à ça. L'odeur. Saloperie, il s'était encore brûlé les cheveux.

– De Dieu, je déteste ça !

Il mit également en route la friteuse, mais cette fois-ci il n'eut pas besoin du stylo-bille. Il balança un morceau de saindoux sur la plaque de cuisson et remplit la friteuse d'huile. Il contrôlait un max.

We are green – we are whi'e
We are fuckin' dynami'e
La la la la... La la la... La[1].

– On pourrait peut-être aussi ouvrir le hayon, pas vrai ? suggéra-t-il.

– Tu l'as dit, bouffi !

C'était le moment qu'ils avaient attendu mais ils firent semblant que non. Bimbo plongeait les morceaux de poisson dans l'huile quelques secondes pour que la pâte adhère mieux, un truc qu'ils avaient appris la dernière fois qu'ils étaient allés chez un marchand de frites. C'était super logique. On pouvait les empiler, ça ne se mettait pas en bouillie et le poisson était prêt à être plongé dans la friteuse chaque fois que quelqu'un en commandait. C'est à ça que Bimbo s'escrimait quand Jimmy Sr ouvrit le hayon, le poussa vers l'extérieur, fixa les barres d'acier pour le soutenir et s'assura qu'elles tenaient bien. Jimmy Sr se concentrait sur ce qu'il faisait. Il ne voulait pas regarder dehors trop vite pour voir combien de gens étaient là à attendre.

Il n'y avait personne.

Ils ne dirent pas un mot. Se bornèrent à continuer leur travail. Jimmy Sr n'avait pas grand-chose à faire. Il étala le saindoux fondu sur toute la surface de la plaque de cuisson. Il utilisait un des grattoirs à papier peint qu'ils avaient gardés après avoir nettoyé le van. Il y avait un trou dans un coin de la plaque de cuisson par où la graisse gouttait par

1. Vert / Blanc / On est de la dynamite, putain *(NdT)*.

terre, sur les canettes et les barres de Mars et de Twix.

– Oh, merde ! dit Jimmy Sr quand il vit ce qui se passait.

Il chercha un récipient autour de lui, prit le gobelet qui fermait le Thermos de Bimbo et le mit sous le trou, en équilibre sur les canettes. Ça marchait. Il fit glisser un peu de saindoux vers le trou et se baissa pour s'assurer que l'ensemble gouttait pile dans le gobelet. C'était le cas. Bien joué.

Il se releva. Toujours personne dehors. Il n'entendait plus les klaxons. Ça ressemblait à une ville-fantôme, putain.

Quand même, ce n'était que le début.

– Vas-y doucement avec le poisson, Bimbo. Tu vois pas qu'il nous en reste un tas sur les bras à la fin de la soirée !

On pouvait commencer à penser qu'il allait leur en rester bien plus que deux douzaines, de la morue. Pourtant...

OLÉ... OLÉ OLÉ OLÉ...

Maintenir le poisson dans la pâte était plus facile à dire qu'à faire. Bimbo venait juste de sortir un super morceau de pâte délicieusement croustillant. Mais il était vide. Il fouillait l'huile pour trouver le poisson.

Quelques badauds, surtout des gosses, regardaient en passant, mais sans s'arrêter, putains d'abrutis.

Jimmy Sr vérifia la friteuse. Elle était prête, elle attendait. Les frites étaient dans le panier. Il le souleva et le secoua, c'était parfait. Il prit un hamburger et le lança sur la plaque de cuisson, juste pour faire quelque chose. On entendit d'abord un bruit qui ressemblait un peu à un cri. Jimmy Sr appuya dessus avec la spatule à poisson, et le même bruit se produisit. Pas vraiment un cri, plutôt un crépitement liquide.

Il se retourna pour jeter un œil au hayon et surprit Bimbo à piquer une barre de Mars.

– Sacré nom de Dieu, Bimbo ! Tu pourrais pas attendre qu'on ait vendu quelque chose !

La tête de Bimbo, pris sur le fait !

– J'avais un peu faim...

– Putain, t'as donc pas la moitié du poisson de toute l'Irlande, là, à ta disposition ?

Il plaisantait mais il eut soudain des regrets.

– Je voulais pas y toucher. Au cas où...

– T'es pas le seul, à pas vouloir y toucher, putain !

Il réfléchissait à quelque chose de bien, de sympa à dire, quand – bon Dieu ! – un petit jeune se présenta devant le hayon. Il voyait le sommet de sa tête.

Il se précipita vers lui.

– Oui, fiston ?

– Une glace au choc' !

Sharon monta dans le van juste à temps pour entendre gueuler son père :

– Tu te fous de moi ? Fiche le camp d'ici ou je vais...

Sharon se mit à rire.

– Vous vendez pas de glaces au choc' ? insista le petit.

Bimbo le dévisagea. Le pauvre gamin avait une dizaine d'années, à tout casser.

Jimmy Sr se pencha et désigna l'enseigne.

– C'est quoi, ça ?

Il montrait le panneau.

– Un bigburger, dit le gosse.

– C'est ça. Et qu'est-ce que c'est écrit ?

– *Bimbo's Burgers*, lut le gamin. *Aujourd'hui les frites du jour.*

– C'est ça. Ça parle pas de glaces au choc', si ?

– Non.

– Non, pas que je sache, non. Alors, fous le camp !

Jimmy Sr retourna à son hamburger. Il était collé à la plaque de cuisson.

– Fait chier !

Bimbo prit le relais au hayon.

– On a pas de frigo, expliqua-t-il au petit.

– On peut acheter des glaces au choc' et des trucs comme ça chez les autres marchands de frites, m'sieur.

– Ouais, murmura Bimbo, mais on a pas de frigo, tu vois. On a pas l'électricité.

Il se retourna vers Jimmy Sr, qui essayait de mettre du saindoux sous le hamburger pour le faire glisser de la plaque de cuisson.

– Tiens ! dit-il au petit.

Il lui tendit le reste de sa barre de Mars, puis le chassa.

– Merci beaucoup, m'sieur.

– Chuuut !

La tête de Jimmy Sr allait éclater. Il le sentait venir. Il y avait toujours de petits morceaux de hamburger soudés à la plaque de cuisson. Le grattoir continuait à déraper dessus, putain de nullité de bidule ! Il allait en finir avec eux, qu'il en crève ou non, saloperie, tiens !

– Ouaaais !

Sharon et Bimbo restaient bien à l'écart. Ce n'était pas facile dans un espace grand comme deux armoires. On ne pouvait pas se déplacer sans que, d'abord, quelqu'un vous laisse le passage. Bimbo tendit deux bouteilles à Sharon par-dessus la tête de Jimmy Sr.

– Il nous faut encore de l'eau, ma chérie.

Sharon était larguée.

– Traverse la route et elle te les remplira, lui indiqua Bimbo. Rita Fleming. Mrs Fleming. Tu sais dans quelle maison elle habite ?

– Ouais.

Malgré tout, elle commença par ne rien faire. Elle

pensait qu'on lui avait dit d'aller voir les Fleming avec deux bouteilles et de demander à Mrs Fleming de les lui remplir, mais elle n'en était pas sûre.

– Je lui ai demandé tout à l'heure, à Mrs Fleming. Y a pas de problème. Tant que c'est pas trop tard.

– Je peux pas simplement courir à la maison... ?

– Fais ce qu'on te dit, s'impatienta Jimmy Sr.

– Qui est-ce qui vous a foutu dans une rogne pareille ? demanda Sharon.

– Les clients ! expliqua Bimbo. Dépêche-toi, ma grande, va vite.

Il prononça ces mots juste quand Jimmy Sr détachait le dernier morceau de hamburger de la plaque de cuisson. Il n'aurait pas pu mieux choisir son moment.

– Au petit poil ! dit-il.

Sharon regarda par la porte derrière : un groupe de femmes s'approchait du van, sortant des sous de leur sac à main.

– En v'là des tas ! et elle traversa la rue en courant pour aller chez les Fleming.

Jimmy Sr prit le panier de frites – il avait attendu ce moment toute la soirée. Il le plongea dans l'huile. Il faillit s'en balancer dans les yeux.

– Ahhh !... Nom de Dieu !... Putain de merde !

Il crut qu'il était devenu aveugle. Il avait de petites éclaboussures de graisse piquées sur tout le visage. Il gardait les yeux fermés très fort.

– Ça va ?

Bimbo n'avait pas l'air si inquiet que ça.

– Mes yeux...

– Oh, c'est terrible, ce qui t'arrive ! Tiens, lave-les.

Il tendit à Jimmy Sr une des bouteilles.

– Nom de Dieu !

Jimmy Sr se versa un peu d'eau dans le creux de la main et se la passa sur le visage. Ça allait mieux. La sensation de piqûre avait disparu. Mais c'était sérieux. Il faudrait qu'il fasse attention. Il n'avait pas envie de finir comme cet enculé de Fantôme de l'Opéra.

Il était prêt. Il souleva le panier et le secoua, puis le replongea avec précaution. Il ne savait pas très bien pourquoi, mais il avait vu faire ça toute sa vie. Pour vérifier si les frites étaient cuites, sans doute.

– Bon, ça gaze, moi. À vos postes, hein !

Sharon était de retour avec les bouteilles pleines d'eau.

– Bravo ! T'as raté mon accident.

– Elles prennent leur temps, dis donc !

Sharon parlait des bonnes femmes dehors, qui continuaient de s'approcher du van sans se presser.

– Les vieilles sont toujours comme ça. On jurerait que c'est des manteaux de fourrure qu'elles vont acheter.

– Qu'est-ce que je fais, maintenant ? demanda Sharon.

– T'aides Bimbo pour les commandes, par exemple. Va falloir improviser.

Elle faillit carrément envoyer valser son paternel sur la plaque de cuisson en mettant son tablier, mais il ne dit rien.

– Comment ça va, mes p'tites dames ? les héla Bimbo par le hayon.

Jimmy Sr s'approcha pour jeter un coup d'œil aux vioques.

Il y en avait un bon paquet, qui valaient bien quelques livres, à vue de nez, si elles finissaient par se décider, bordel. Elles revenaient de jouer au bingo. C'étaient de vraies accros. J'te raconte pas, aller faire un bingo le soir où l'Irlande jouait son premier match de Coupe du Monde, et contre l'Angleterre, avec ça !

– Qu'est-ce que vous prenez, les filles ? dit Jimmy Sr.

Pas de pot, elles étaient toujours en train de se

tâter. Jimmy Sr retourna à son poste. Les frites étaient prêtes. Il secoua le panier un sacré coup, plus un autre pour faire bonne mesure, et il versa les frites sur le plateau. Il avait un autre panier prêt, avec d'autres frites, qu'il plongea dans la friteuse, mais il resta bien en arrière cette fois-ci. Ça devenait sacrément chaud, c't'affaire-là.

Les femmes étaient au comptoir maintenant.

– Une morue fraîche ! lui cria Sharon en se retournant.

– Ça roule !

Jimmy Sr fit glisser la morue dans la friteuse. Nom de Dieu, le boucan ! C'était comme d'avoir l'oreille collée à un moteur d'avion.

– Une autre.

– Une fumée ! lança Bimbo.

Ils étaient en plein boum.

Cinq autres morues, trois fumées, un hamburger aux épices et un hamburger ordinaire. Ça roulait !

– Rien que des frites, précisa Sharon.

– Ça vient.

Il plaça l'écumoire sous les frites et en mit un méga paxon dans le sachet, qu'il remplit à ras bord. C'était bonnard, de grosses frites, jolie couleur, dans l'ensemble. Une ou deux étaient un peu blanches et brillantes d'aspect.

– Voilà.

Il les tendit à Sharon qui les laissa tomber.

– Te bile pas, va.

Il remplit un autre sachet.

Bimbo prenait toujours des commandes.

– Trois hamburgers aux épices, deux morues fumées...

Jimmy Sr chanta.

– *An' a partridge in a pear tree*[1].

---

1. « Et une perdrix dans un poirier » *(NdT)*.

La friteuse était remplie maintenant. Certains machins du dessus baignaient à peine dans l'huile de friture. Il dérapa sur les frites que Sharon avait fait tomber et faillit se retrouver sur le cul. Il les envoya dehors d'un coup de pied par la porte arrière mais certaines restaient collées au sol. Putain de chaleur, la sueur lui dégoulinait sur le corps ! C'était trop pour un seul homme ici.

– Donne un coup de main par ici, Sharon.

Sharon laissa Bimbo au comptoir.

– Bon, Bimbo, redis-nous les commandes, qu'on écluse.

Il entendit Bimbo qui pérorait.

– C'est quoi qu'vous avez commandé, ma belle ?

– J'vous ai dit, répondit une vieille peau. Une morue et un petit sachet de frites.

– Compris, répondit Jimmy Sr. J'espère qu'elle va s'étouffer avec, la vieille bique ! glissa-t-il à Sharon.

Sharon s'occupait des frites et Jimmy Sr sortait les autres machins de la friture avec une de ces espèces de pinces qu'on avait intérêt à manipuler avec précaution. Car si on tenait le poisson trop serré, il se désagrégeait sur votre pomme, et sinon, il retombait dans la friteuse et il fallait se manier le cul pour aller le repêcher ou en subir les putains de conséquences. Mais il croyait avoir trouvé le truc. Il mettait la morue dans un sachet de papier sulfurisé. Sharon le prenait pour le fourrer dans le grand sachet brun, avec les frites. Ils faisaient du bon travail ensemble, Sharon et Jimmy Sr. Ils ne se marchaient pas sur les pieds. C'était comme s'ils étaient deux rouages de la même machine.

Le seul problème maintenant, c'était Bimbo. Il était gentil avec les vieilles personnes et faisait passer le sel et le vinaigre comme un professionnel, mais du diable s'il savait compter !

– Une morue et un petit... Euh... ça fait, euh...

– Une livre soixante-cinq, lui criait Sharon.

– Bravo, dit Jimmy Sr.

Ils en avaient presque fini avec les ancêtres. On n'enregistrait plus de commandes. Mais on approchait de l'heure de fermeture du pub et alors, avec un peu de chance, ce serait l'enfer.

– Une livre quatre-vingts, disait Sharon.

Elle était dégourdie, cette fille. Elle n'avait même pas besoin de réfléchir d'abord.

Il n'arrivait pas à dire si le dernier hamburger aux épices était déjà cuit. Il souffla dessus et le tâta avec le doigt. Ça laissait une trace.

– Super !

Il le glissa dans son sachet et le donna à Sharon.

– J'vais donner un coup de main à ce pauvre Bimbo.

La plupart des femmes étaient encore là mais à l'écart du comptoir, adossées au mur du parking en train de manger leur affaire. Il n'en restait que quelques-unes au comptoir.

– C'était quoi, votre machin ? demanda Jimmy Sr à l'une d'elles.

– Des frites et un hamburger aux épices.

Elle était toute petite. Il lui fallut vraiment se pencher par-dessus le comptoir pour la voir.

– Un gros ou un petit ?

– Un gros.

– Ben voyons !

C'était une bonne blague. Sharon lui tendit le sachet.

– Tout le tralala ?

– Oh oui.

Il mit le sel d'abord, secoua le sachet pour s'assurer qu'il s'en glissait bien partout. Il regarda les bonnes femmes. Elles avaient de vraies têtes de joueuses de bingo. Toutes les mêmes, comme une bande de vingt sœurs.

– Ça suffit, déclara la petite vieille.

Il lui montra la bouteille de vinaigre.

– Vous me dites quand.

Elle avait un assez joli visage, il s'en rendait compte à présent.

– Voilà.

Il tendit le sachet pour qu'elle le prenne.

– Merci beaucoup. Combien ça fait ?

– Euh...

– Une livre vingt-cinq, calcula Sharon.

– Une livre vingt-cinq, répéta Jimmy Sr.

Il attendait, tandis qu'elle posait des pièces de dix et de vingt pence sur le comptoir.

– Pardon...

– Non, non. Prenez votre temps.

– Je veux me débarrasser de ma monnaie.

– Eh bien, vous êtes venue au bon endroit, ma belle.

Il soufflait une brise agréable. Jimmy Sr sortit un peu les bras, mais discrètement quand même.

Bimbo était presque en train de se disputer avec la dernière des bonnes femmes.

– Vous acceptez les bons de beurre ? lui demanda-t-elle.

– Non. Dieu du ciel, non !

– Ils les prennent, chez le marchand de journaux.

On ne pouvait s'empêcher de la plaindre. Elle était probablement restée en arrière pour que les autres ne l'entendent pas. Mais tout de même, ils ne dirigeaient pas une organisation caritative !

– Seulement de l'argent, lui expliqua Bimbo.

– Ou l'American Express ! railla Jimmy Sr.

Il poussa Bimbo du coude.

– On vous avertira quand on se mettra à vendre du beurre, dit-il à la femme, en guise de plaisanterie.

Mais elle ne rit pas et il se sentit comme un con. Il avait les joues de plus en plus brûlantes. Quand même, si elle pouvait se payer le bingo, elle pouvait bien se payer de quoi bouffer, merde.

Et voilà. Elles avaient toutes été servies, elles s'empiffraient comme des malades, et elles allaient se mettre en route. Jimmy Sr, Bimbo et Sharon les regardaient.

– C'était super, dit Bimbo. Non ?

– De l'argent vite gagné, acquiesça Jimmy Sr.

Ils regardèrent autour d'eux. C'était déjà le grand désordre.

– Je vais faire encore de la pâte, décida Bimbo.

– Bravo ! Mais fais-la un peu plus épaisse, hein. Ça empêche que le poisson se tire.

Sharon se baissa et commença à débarrasser le sol des frites en bouillie. L'une des femmes du bingo revint.

– Oui, m'dame ? demanda Jimmy Sr.

– Vous vendez des bonbons ?

C'était une de ces femmes à l'air péquenaud, rougeaude et rondouillette.

– Rien que des Mars ou des Twix.

– Un Twix, alors.

– Tout de suite.

Il sortit le Twix de dessous la plaque de cuisson et en essuya la graisse avec son tablier.

– Voilà. À consommer de préférence avant avril 92. Vous avez tout le temps, hein !

Elle gloussa. C'est alors que Jimmy Sr vit ce qui se préparait.

– Oh, merde de merde !

À la sortie du Hikers, c'était la ruée, voilà ce que c'était.

– Tu ferais bien de te grouiller avec cette pâte...

– Pourquoi ça ?

Bimbo regarda dehors.

– Oh, Jésus Marie Joseph !

Sharon regarda.

– Nom de Dieu, dit-elle. Je suis cramoisie.

Jimmy Sr rendit sa monnaie à la femme.

vraiment. Ça donnait juste davantage de cibles aux projections de graisse.

Ils servaient deux clients qui laissaient leur place et il en venait trois autres qui sortaient du pub. C'était crevant, mais bon, c'est ce qu'ils avaient voulu. Ils étaient en train de faire de l'argent.

– Dites donc ! cria un jeune gars dehors. Vos frites sont crues.

– T'as jamais dit que tu les voulais cuites ! ironisa Jimmy et il se précipita pour tourner les hamburgers.

Il prenait son pied. Tous les trois, ils prenaient leur pied.

Les gars les plus âgés arrivèrent plus tard. Bertie, Paddy et les autres. Là, ce fut plus détendu, ils rigolèrent un bon coup. Il était presque une heure du matin. Jimmy Sr avait perdu du poids, ça faisait pas un pli. Il passa la main dans son pantalon derrière : il y avait beaucoup plus de place que d'habitude, même sans chemise ni maillot de corps à l'intérieur. C'était comme s'ils travaillaient dans un sauna. Il aimait bien l'idée de perdre quelques kilos. Il n'en dirait rien pour l'instant à Veronica, rien pendant quelques jours. Il ferait un tour sur lui-même devant elle pour voir si elle le remarquait.

Le van était crade. Ça devenait dangereux. Sharon était tombée et Bimbo s'était brûlé deux doigts. Ça lui apprendrait à prendre le hamburger à la main sous prétexte que Jimmy Sr se servait de la spatule à poisson.

– Bon dodo, compadres.

– Salut, Bertie.

Il ne restait plus personne. Jimmy Sr ferma le hayon. Il voyait venir un autre groupe sur la route et il n'avait pas envie d'avoir à remettre ça. De toute façon, il ne leur restait presque plus rien. Il y avait quelques frites au fond du seau, mais elles étaient un peu marron. Presque toute l'eau était répandue

– Vous feriez mieux de dégager, lui conseilla-t-il. Vous risquez d'être sacrément piétinée.

La femme fit un saut de côté.

Il y avait la méga foule qui sortait du pub en faisant toujours *Olé olé olé olé*. C'était surtout les plus jeunes. Il y eut soudain deux cents personnes sur le parking, quand l'une d'entre elles aperçut le van.

– Youpiii !

Ils cessèrent de faire *Olé olé* et regardèrent le van.

– À l'attaque !

– Oh, bordel de Dieu ! Alerte rouge, alerte rouge !

C'était comme cette saloperie de Pearl Harbor. Jimmy Sr avait à peine eu le temps de dire : Mettez-vous en file, qu'ils s'en prirent au van.

– J'encule ta mère !

Le van fit un bond. Ils le soulevèrent de la route. Une des barres qui soutenaient le hayon sauta et Jimmy Sr la saisit juste à temps avant qu'elle tombe sur la tête de quelqu'un dehors.

– Une morue et un gros !

– Des frites au curry, m'sieur.

– Salut, Sharon !

– OLÉ... OLÉ OLÉ OLÉ...

– J'étais le premier !

– Vous êtes irlandais ou italiens, merde alors !

– Hourra, Sharon !

– Sharon, par ici ! On est les premiers, hein.

– Donne-nous un F !

Bimbo était couvert de pâte. Sharon essayait d'enlever la graisse répandue sur ses chaussures.

– Donne-nous un R !

C'était de la folie là dehors. Quel pandéputainmonium !

– Donne-nous un I !

Une fille était coincée contre le van. Son cou s'enfonçait dans le comptoir.

Bimbo rejoignit Jimmy Sr au hayon.

– Reculez maintenant ! hurla-t-il. Poussez-vous ! Il y en a qui se font écraser là devant !

– Qu'ils aillent se faire foutre !

Jimmy Sr désigna le jeune gars qui avait dit ça.

– T'es exclu !

Ils hurlèrent, après quoi ils se calmèrent.

– Donne-nous un T !

La fille se frottait le cou mais ça allait. Jimmy Sr la servit en premier.

– Qu'est-ce tu veux ?

– Donne-nous un E !

– Donne-nous un S[1] !

Jimmy Sr parcourait la foule du regard.

– Quelqu'un va l'faire taire, ce connard ! hurla-t-il.

– Hourra !

Ils criaient et applaudissaient. Jimmy Sr commençait à s'amuser. Il leva les bras, sensible aux applaudissements. Merci, merci... puis il retourna au boulot.

– C'était quoi déjà, pour nous ? demanda-t-il à la fille.

– Des frites au curry, répondit-elle en levant les yeux au ciel.

– Y a *pas* de frites au curry.

– Pourquoi ?

– Parce qu'on est pas des putains de Chinois. Ici, c'est un marchand de frites irlandais.

– C'est débile !

– Suivant !

– Attendez, attendez ! Un gros simple et... et...

– Grouillez...

– Un hamburger aux épices.

– Un gros et un épices, Sharon, s'il te plaît ! beugla

1. F R I T E S. Calqué sur le chant des supporters de football quand ils veulent prononcer le nom d'un champion *(NdT)*.

Jimmy Sr par-dessus son épaule. Suivant... ! Toi, avec les cheveux courts, qu'est-ce tu veux ?

– La paix dans le monde.

– Exclu ! Suivant !

Sharon se mit à geindre.

– J'peux pas tout faire toute seule !

Jimmy Sr retourna donner un coup de mai Sharon.

– Soutiens le siège, Bimbo !

Ce fut comme ça pendant plus d'une heure. étaient lancés. Bimbo criait les commande l'arrière tandis que Jimmy Sr et Sharon les em laient, puis Bimbo répétait la commande tout h et Sharon lui disait combien ça faisait : ils avançai du feu de Dieu. Mais quelle chaleur ! Ils regrettai à présent que Victor, le frère de Bimbo, condamné la fenêtre. Il fallait qu'ils aillent prè la porte de temps en temps, Jimmy Sr et Sharo Bimbo était okay, il avait le hayon : ça lui faisai l'air. C'est comme ça que Jimmy Sr surprit un g à essayer de débrancher le gaz. Il lui envoya un coup de pied que ce fut une bénédiction qu'il raté parce qu'il l'aurait tué, ce pauvre petit co

Quand ça devenait galère au hayon, l'un d'e allait pour aider Bimbo, et quand ça devenait g derrière au QG, il y retournait : c'était chacun tour. Le seul problème, c'était la chaleur : Jimr avait la gorge sèche et il n'avait pas le temp prendre une canette de Seven-Up. De toute f il n'avait pas la place de boire peinard. Il aurai un coup de coude dans la nuque. Jimmy Sr ô tablier, puis son T-shirt, et remit le tablier.

– Tu devrais faire pareil, Sharon, r'garde !

– Ha ha.

Il vérifia que son slip était bien mis dans so talon, puis il retourna travailler, balançant le burgers sur la plaque de cuisson à fond la Mais ça ne marchait pas, d'enlever le T-sh par terre. Elle avait qu'à y rester. Ils étaient trop crevés pour nettoyer. Ils firent de la place sur les rebords et les étagères pour s'asseoir ou s'appuyer.

– Merde alors, dit Jimmy Sr.

– R'garde mes chaussures, se plaignit Sharon.

– Achètes-en une nouvelle paire.

– Avec quoi ?

– Avec ça, proposa Bimbo.

Il prit une poignée de billets, qu'il remit ensuite dans la caisse. Il leur montra le reste de la recette. Il fallait qu'il appuie dessus pour l'empêcher de tomber. Pas rien que des billets verts. Des marron aussi, et même deux bleus.

– Pas mal, hein ?

Quelqu'un donna un grand coup au hayon.

Ils l'ignorèrent et ne bougèrent pas.

C'était bon d'en avoir fini, d'être moulus. Ils étaient trop fatigués pour sourire. Les oreilles de Jimmy Sr bourdonnaient de fatigue. Il sortit une canette de bière de sous la plaque de cuisson et elle lui glissa des mains à cause de la graisse. Le gobelet du Thermos avait débordé.

– Nom de Dieu !

Il tint la canette avec son tablier, l'ouvrit et but une gorgée : elle était horriblement tiédasse.

– Ah... fait chier...

Bimbo prit une canette et la leva pour trinquer.

– *Aujourd'hui les frites du jour...*

Jimmy Sr repoussa du pied une frite sur le sol.

– Absolument.

Ça avait été géant, comme journée.

À la fin de la semaine – vendredi prochain – il déposerait de l'argent sur la table devant Veronica, sans rien dire.

Ils rentrèrent chez eux.

– Regarde.

Sharon montra à Jimmy Sr, à Veronica et à Darren les taches qu'elle avait tout le long de la joue gauche jusqu'à l'œil, en grappes, par petites plaques. Elle venait de les découvrir, en haut dans la salle de bains. Le côté gauche était plus rouge que le droit, et paraissait terriblement irrité. Elle n'arrivait pas à comprendre. Elle avait envie de pleurer. Elle sentait que ça commençait à la démanger.

– Mon Dieu, s'exclama Veronica, s'approchant pour regarder de plus près.

Darren était un peu embarrassé.

Jimmy Sr se pencha sur sa chaise.

– Fais voir.

– C'est comme une éruption, diagnostiqua Veronica, ou... je sais pas.

– C'est drôle, moi aussi j'en ai. R'garde.

Il leur montra le côté droit de son visage.

– Je me suis rasé par-dessus, mais on doit les voir quand même.

Il se passa la main sur la joue.

– Elles sont toujours là.

Veronica était troublée, mais Sharon commençait à comprendre.

– Tu sais ce que c'est ? C'est la plaque de cuisson. La graisse qui saute de la plaque de cuisson.

Jimmy Sr mima le geste de retourner un hamburger. Il sourit.

– J'étais à droite et tu étais à gauche.

– Bimbo doit être en lambeaux, le pauvre ! Il était au milieu !

Darren se mit à rire.

Quand l'Irlande joua contre l'Égypte, le dimanche suivant, ils avaient ajouté des saucisses au menu et Jimmy Sr mettait moins de saindoux sur la plaque de cuisson.

Les affaires marchaient du tonnerre de Dieu.

Le vendredi, ils s'installèrent plus tôt devant le

Hikers, à cinq heures, et collèrent des affiches – c'était l'œuvre de Jessica – sur toute la surface du van : *Spécialité 1£ : Frites + Un truc au choix, de 17 à 19 h 30.* C'était bien trouvé : la spécialité à une livre fit l'effet d'une bombe. Les femmes qui venaient d'acheter le repas du soir au Crazy Prices s'arrêtaient pour lire les affiches et se disaient : Au diable le dîner ! Ça se voyait sur leur figure. Soit elles achetaient les frites et le truc au choix tout de suite, soit elles rentraient chez elles et envoyaient un des gosses les acheter.

C'était l'idée de Maggie.

– Douze spécialités à une livre, m'sieur, dit un gamin.

Un record.

À sept heures, au moment de la pause, Jimmy Sr et Bimbo discutèrent sérieusement de l'idée d'acquérir un moteur. Alors, rien ne pourrait les arrêter. Il leur faudrait installer aussi une espèce de tuyau d'aération. Même avec la porte et le hayon ouverts, les fumées s'amassaient à l'arrière de la camionnette. On s'en rendait compte quand on allait chercher d'autres frites dans le seau. On en revenait avec les yeux qui pleuraient. Sans compter l'odeur qui imprégnait les vêtements. On avait beau les laver, on n'arrivait pas à s'en débarrasser.

– C'est les risques du métier, déclara Jimmy Sr à Veronica.

Les taches sur la figure, les cheveux roussis et les fringues qui sentaient mauvais : Veronica dit qu'il ressemblait à un rescapé de l'Holocauste.

– Très drôle, putain, très drôle.

– Un gros et un « dunphy ».

– Un quoi ? demanda Jimmy Sr.

Il baissa les yeux vers le client, un jeune à peu près du même âge que Jimmy Jr, avec ses copains.

– Un gros et un dunphy.

Il souriait.

– C'est quoi, un dunphy, au juste ?

– Ben, une saucisse !

– Une saucisse et un gros ! cria Jimmy Sr par-dessus son épaule à l'intention de Bimbo.

Il se retourna vers le jeune.

– Tu vas m'expliquer ça ?

– Les saucisses ressemblent à des bites, vous me suivez ?

– Okay, jusque-là, ça va.

– Un Eamon Dunphy [1], c'est aussi une bite, dit le type.

Le jeudi de la deuxième semaine, le soir du match contre la Hollande, le mot « saucisse » avait disparu de Barrytown. Les gens commandaient un *dunphy* et des frites, s'il vous plaît, ou un *eamon*, un hamburger aux épices et un petit simple. Certains d'entre eux ne se donnaient même pas la peine de les manger. Ils les achetaient juste pour se marrer. Les jeunes se tenaient devant l'écran géant du Hikers et agitaient les saucisses frites de Jimmy et Bimbo au lieu de grosses bananes gonflées.

– C'est là que commence vraiment la Coupe du Monde, dit Paddy, quand ils eurent retrouvé leur calme après le coup de sifflet final.

– Il a raison, opina Jimmy Sr. Pour une fois.

L'Irlande s'était qualifiée pour les éliminatoires.

Jimmy Sr reprit son souffle.

– Carrément génial, non ?

Ils étaient tous d'accord.

– Après toutes ces années, hein.

---

1. Nom d'un ex-footballeur irlandais, devenu journaliste, et considéré comme un grand provocateur par la presse irlandaise *(NdT)*.

– *Come on withou'*
Come on within
You've not seen nothin' like the mighty Quinn [1]...

Bertie résuma la campagne depuis le début.

– On a battu l'Angleterre un partout, on a perdu contre l'Égypte zéro partout, et on a fait match nul avec la Hollande. Pas mal, non ?

Ooh ah...
Paul McGrath
Say ooh ah Paul McGrath...

Jimmy Sr se leva.

– T'es prêt, Bimbo ?

Dehors, le van les attendait.

C'était dur de quitter le pub après tout ça, le match et l'enthousiasme, et pourtant ils le firent quand même, tous les deux. Ils méritaient qu'on les admire, se dit Jimmy Sr.

Le lendemain du match contre la Hollande, Maggie rapporta des T-shirts qu'elle avait fait faire pour eux en ville. Il y avait la tête de Niall Quinn dessinée dessus, avec en dessous l'inscription *Sa maman l'a nourri avec des Bimbo's Burgers.* Ils étaient super mais, après deux lavages, la tête de Niall avait disparu et les T-shirts ne voulaient plus rien dire.

C'était géant d'avoir à nouveau quelques shillings en poche. Ils ne se contentaient pas de calculer les recettes de la soirée puis de les partager en deux. Ils étaient mieux organisés que ça. C'était un commerce. Il fallait acheter du stock et économiser pour le moteur. Maggie tenait les comptes. Ils se payaient un salaire et, si l'affaire marchait vraiment

---

1. « Y'en a pas deux comme Quinn, le roi du stade » *(NdT).*

bien, ils touchaient en plus un bonus, une prime, tout comme les footballeurs recevaient un supplément en cas de victoire. Jimmy Sr rapporta cent soixante livres à la maison la première semaine. Il avait aussi son allocation de chômage. Il s'acheta une chemise neuve – Veronica lui avait fait de la peine en lui parlant de l'odeur que dégageaient ses vêtements –, une belle chemise avec des rayures grises verticales. Il avait lu dans une des revues de Veronica que les rayures dans ce sens faisaient paraître plus mince mais ce n'est pas pour ça qu'il l'avait achetée. Elle lui avait plu, c'est tout. Il donnait presque tout l'argent à Veronica.

– Faut pas tout dépenser maintenant pour acheter de quoi manger, tu m'entends ?... Faut que tu t'achètes quelque chose pour toi.

– Oui, chef !

Le pays était devenu dingue de football. Les vieux faisaient des commentaires hors jeu. Le jeune type à la caisse du libre-service de vente en gros expliquait à Jimmy Sr que la Roumanie n'avait aucune chance à cause que Lacatus était suspendu pour la bonne raison qu'il avait deux cartons jaunes. C'était super. Il y avait des drapeaux à presque toutes les fenêtres de Barrytown. C'était super aussi pour les affaires. On ne faisait pas de vrais repas. La moitié des mères de Barrytown regardaient les matches l'après-midi et, après les prolongations et penalties, il ne restait pas de temps pour préparer le dîner avant le match suivant. Tout le quartier vivait de frites.

– Merde alors ! déclara Jimmy Sr. Si Kelly et Roche font des prouesses dans le Tour de France, on va pouvoir prendre notre retraite fin juillet.

La deuxième semaine, il avait rapporté deux cent quarante livres.

Ils allaient s'acheter un magnétoscope.

– Retour à la normale alors, pas vrai ?

– Oui...

Veronica s'apprêtait à dire autre chose, quelque chose de gentil, mais l'Allemagne obtint un penalty contre la Tchécoslovaquie et elle voulait voir Lothar Matthaeus le tirer. C'était son préféré, lui et Berti, l'Italien. Jimmy Sr aimait bien Schillaci. Il lui rappelait Leslie. Les mêmes yeux.

– Doux Jésus, soupira Jimmy Sr.

Il se releva. Son pantalon était trempé, son dos lui faisait un mal de chien. Ça faisait une demi-heure qu'il s'était attaqué au plancher avec de l'eau savonneuse et une brosse à ongles, et le sol n'avait toujours pas retrouvé la bonne couleur.

– C'est une bataille perdue, ce truc, m'est avis.

Bimbo attaquait les taches de graisse sur le mur autour de la plaque de cuisson et de la friteuse. Il progressait, mais on aurait dit que les taches de graisse se chevauchaient et se multipliaient. Il y en avait sur tout le mur. Le problème, c'était que même si on nettoyait toute la journée – et c'est ce qu'ils avaient fait à peu près toute la première semaine –, on retrouvait la crasse habituelle dès la fin de la soirée.

– R'garde..., dit Jimmy Sr. Cette graisse, là...

Il désigna la graisse au-dessus de la friteuse.

– Elle est toute fraîche, forcément, vu qu'elle est là que depuis hier soir, vu que c'était propre là quand on a commencé hier soir. Tu me suis ?

– Ouais.

– Alors, c'est pas la mort ! Ça date pas. C'est impec pour deux jours encore. Ensuite ça va devenir mochard et on s'en débarrassera vu qu'à ce moment-là ce serait un risque pour la santé, mais là, tout de suite, c'est carrément inoffensif.

Bimbo était bien de son avis.

– L'essentiel à faire tous les jours avant de commencer, c'est le sol, ajouta Jimmy Sr. Parce qu'on va déraper et se casser la gueule s'il est pas propre, mais c'est tout.

Bimbo voulait juste vérifier d'abord une chose. Il ouvrit le hayon, puis sortit du van et en fit le tour pour regarder si on voyait la crasse de l'extérieur. Non.

– D'accord. Je suis ton homme.

Bimbo ne pouvait pas voir le match, mais Jimmy Sr oui, pas de problème. Il adorait ça. Match nul après les prolongations. Maintenant, les tirs au but.

– Les penos ! brailla Paddy quand ils virent l'arbitre donner le coup de sifflet final.

– Satané bordel !

– Packie en arrêtera au moins un, attends, tu verras !

– Il en a laissé passer neuf contre Aberdeen il y a quinze jours, rappelle-toi.

– Ici, c'est pas pareil.

– Comment ça ?

– Va te faire foutre.

Tout devint très calme. Le cœur de Jimmy Sr battait très fort, mais il ne quitta jamais l'écran des yeux, sauf quand la fille derrière lui se mit à crier, après que les Roumains mirent le premier penalty. Les femmes avaient hurlé durant tout le match mais celle-là, c'était différent parce que, quand le ballon passa tout près des doigts de Packie, il y eut deux cents grognements et un seul cri.

Bertie se retourna vers la fille.

– T'es comme ça au pieu ?

Tout le pub explosa, juste quand Kevin Sheedy plaçait le ballon sur le point de penalty, comme s'il avait déjà marqué le but. Il n'y avait pas de raison qu'il le rate, après ça.

Il le marqua, en effet.

– Waoouuhhh !

– Un partout, un partout, bordel à queue !

Houghton, Townsend, Tony Cascarino.

Quatre partout.

– Y a quelqu'un en train de s'évanouir là-bas.

– Merde alors !

Ils regardèrent Packie, dans ses buts, se préparer à affronter le cinquième tir.

– Vas-y, Packie !

– ONE PACKIE BONNER...

– La ferme ! Attends.

– Il a un chapelet dans son sac, tu sais, raconta un branleur.

– Ils vont carrément lui tomber dessus s'il le prend, celui-là, annonça Jimmy Sr.

Personne ne rit. Personne ne bougea.

Packie plongea sur la gauche. Il plongea et il arrêta ce putain de ballon.

L'écran disparut aux regards alors que tout le pub sautait de joie. Tout ce que Jimmy Sr voyait, c'étaient des dos, des drapeaux et des dunphies. Il chercha Bimbo, et le serra dans ses bras. Ils revirent le peno au ralenti. Le meilleur moment, c'était la manière dont Packie se levait et sautait en l'air. Il semblait suspendu dans les airs pendant des lustres. Tous recommencèrent à lancer des acclamations.

– Chuut ! Chuut !

– Chuut !

– Chuut !

Quelqu'un devait tirer le dernier penalty pour l'Irlande.

– C'est qui ?

– O'Leary.

– O'Leary ?

Jimmy Sr ne savait même pas que O'Leary jouait.

Il avait dû rentrer sur le terrain quand Jimmy Sr était aux chiottes.

– Il va être génial, raconta quelqu'un. Il tire tous les penos d'Arsenal.

– Et mon cul, c'est du poulet ? grogna un supporter d'Arsenal. Il a jamais tiré un peno de sa vie !

– Il va craquer, ricana Paddie. Attends de voir.

Jimmy Sr ne voyait presque rien, mais il tint le coup.

– OUAIS...

David O'Leary le mit négligemment, comme s'il était en train de jouer avec ses gosses à la plage.

– OUIIIII !

Jimmy Sr regarda prudemment pour s'assurer qu'il ne s'était pas trompé. Le filet tremblotait, et O'Leary était couvert d'Irlandais. Mais il voulait revoir le but. Peut-être qu'ils tabassaient O'Leary parce qu'il avait raté. Non. Quand même pas. Il avait marqué. L'Irlande était qualifiée pour les quarts de finale et Jimmy Sr se mit à pleurer.

Il n'était pas le seul. Bertie aussi. Ils s'étreignirent. Bertie était gonflé d'orgueil. Jimmy Sr se sentait encore mieux.

– Quelle équipe, pas vrai ? Quelle putain d'...

Il ne put achever. Il fut pris d'un sanglot.

– Si.

Ils repassèrent le peno, au ralenti.

– À droite. Parfait.

– Excellente transformation, commenta un connard.

Où était Bimbo ?

Il était là, gueulant, les yeux exorbités. Le visage fendu d'un large sourire idiot.

– OLÉ... OLÉ OLÉ OLÉ...

– OLÉ...

– OLÉ...

Jimmy Sr courut et se précipita sur Bimbo qui l'attrapa au vol.

– ONE DAVE O'LEARY...
– OLÉ... OLÉ OLÉ OLÉ
– THERE'S ONLY ONE DAVE O'LEARY [1]...
Ils restèrent là à s'étreindre et à regarder inlassablement le penalty de O'Leary.

– Je vous dis une chose, fit remarquer Larry O'Rourke. David O'Leary est devenu adulte aujourd'hui.

Jimmy Sr aimait bien tout le monde, mais c'était carrément la chose la plus débile qu'il avait jamais entendue de sa vie.

– Il a trente-deux ans, putain... Devenu adulte, mes couilles !

– ONE DAVE O'LEEEEARY...

Il étreignit de nouveau Bimbo, ainsi que Bertie et Paddy, et il rejoignit Sharon qu'il serra aussi dans ses bras. Elle pleurait, elle aussi, et ils se mirent tous deux à rire. Il étreignit quelques amis de Sharon. Tous avaient leur maillot vert, des rubans et tout le tralala. Il voulut embrasser la meilleure amie de Sharon, Jackie, mais il ne réussit pas à l'attraper. Elle faisait le tour du pub à toute vitesse, hurlant *Olé Olé Olé Olé*, n'arrivant même plus à chanter parce qu'elle n'avait plus de voix.

Mickah Wallace, le copain de Jimmy Jr, était debout tout seul avec son drapeau tricolore au-dessus de la tête, comme une Vierge irlandaise bénie. Il laissa Jimmy Sr le prendre dans ses bras.

– J'ai attendu ça vingt ans, m'sieur Rabbitte, confia-t-il à Jimmy Sr.

Lui aussi pleurait.

– Vingt ans, de Dieu !

Il ravala sa morve.

– Le premier disque que j'ai eu c'est *Back Home*,

1. « Un seul Dave O'Leary. Il n'y a qu'un seul Dave O'Leary » *(NdT)*.

le disque anglais de la Coupe du Monde. En 1970. Vous vous rappelez ?

– Ouais.

– J'avais seulement cinq ans. Je l'avais pas acheté, remarquez, je l'avais volé. De... de Dieu, vingt ans !

Jimmy Sr savait qu'on lui disait quelque chose d'important mais il n'était pas sûr de ce que c'était.

– Tu l'as toujours ?

– Quoi ?

– *Back Home.*

– Ben non, tu parles ! Nom de Dieu, je l'ai vendu. J'ai convaincu un zigue de me l'acheter.

Jimmy Jr vint à la rescousse.

– P'pa.

– Jimmy !

– Je t'avais pas vu.

Jimmy Jr portait le maillot de son équipe, *Celtic*, celui pour les rencontres à l'extérieur avec une grosse cocarde sur le devant. Il désigna la porte des chiottes.

– C'est carrément dément là-dedans.

Ils étaient tous là-dedans.

– *Ceausescu was a wanker*
Ceausescu was a wanker[1]
La La La La
La La La... La...

– Carrément flashant, non ?

– Génial... Génial.

Ils se mirent à rire et s'étreignirent à en avoir mal aux bras. Ils s'essuyèrent les yeux, rirent et s'étreignirent encore.

– Je t'aime, mon fils, dit Jimmy Sr quand ils se détachèrent l'un de l'autre.

Il parvint à prononcer ces mots et personne ne

---

1. « Ceausescu était un branleur » *(NdT).*

l'entendit, sauf le jeune Jimmy, à cause des chansons, des cris et du bruit des verres brisés.

– T'es carrément génial, tu sais.

– Ah, arrête tes conneries, s'il te plaît, p'pa ! C'est Packie qui a arrêté ce putain de penalty, pas moi...

Mais il appréciait ce que son père avait dit, Jimmy Sr le voyait bien. Il donna à Jimmy Jr une bourrade à l'estomac.

– Toi, t'es pas un vieux con.

Larry O'Rourke était monté sur une table.

– *When boyhood's fire was ih-in my blood...*
I dream of ancie-hent freemen[1]...

– Ah, descendez ce connard !

Jimmy Sr approuva Mickah de la tête. Jimmy Jr le regarda.

– Il ira bien dans un moment, t'inquiète ! C'est un grand moment pour lui, tu sais.

Bimbo tapa sur l'épaule de Jimmy Sr.

– On ferait mieux d'y aller, mec.

C'était dommage.

– D'accord. Le devoir nous appelle, dit Jimmy Sr à son fils.

– Comment ça va, les affaires ?

– Génial. Carrément géant.

– C'est géant.

– Ouais. Géant, c'est le mot. McDonald's, mon cul. Salut... Bonne chance, Mickah.

Mais Mickah ne répondit pas. Il était au garde-à-vous et le seul du pub à avoir plein de place.

– Salut.

– Bonne chance.

– A NAAY-SHUN ONCE AGAIN...

– A NAAAY-SHUN ONCE AGAIN[2]...

Bimbo porta Jimmy Sr sur son dos jusqu'au van.

---

1. « Quand le feu de la jeunesse coulait dans mes veines, je rêvais des hommes libres d'autrefois. »

2. « Un peuple digne de ce nom à nouveau... » *(NdT).*

Il y avait des gosses avec leur mère dans les rues, qui agitaient leurs drapeaux et lançaient leur ours en peluche dans les airs. Une voiture passa avec trois jeunes types sur le capot. On entendait des klaxons de voitures à des kilomètres à la ronde.

C'était le plus beau jour de la vie de Jimmy Sr. Les gens qu'il servit ce soir-là eurent beaucoup plus de frites que ce à quoi ils avaient droit. Ils firent tout de même une petite fortune et vendirent tout leur stock. Il ne leur restait même pas un Mars. Ils fermèrent à dix heures, merveilleusement tôt, et s'envoyèrent quelques pintes, tranquilles. Les chansons s'étaient tues. Après quoi, Jimmy Sr rentra chez lui. Veronica était dans la cuisine où elle lui fit à manger, et il se remit à pleurer quand il lui raconta le pub, le match et la rencontre avec Jimmy Jr. Elle le traita de dingue. C'était le plus beau jour de sa vie.

Puis ils se firent battre par les Italiens et on n'en parla plus.

Ils montèrent. Bimbo mit le contact.

Le van avait un moteur neuf.

– Allons-y.

Il démarra au quart de tour.

– Hourra !

Ils allèrent à Howth.

– On devrait peut-être installer la musique, suggéra Jimmy Sr quand ils traversèrent Sutton.

Ils avaient calé aux feux, mais là, ils roulaient super bien et prenaient de la vitesse.

– Comme un van Mister Whippy.

– Les gens vont pas confondre ?

– Qu'est-ce tu veux dire ?

– Eh ben, ils vont peut-être sortir en courant de

chez eux pour avoir des glaces, et tout ce qu'on aura à leur proposer, c'est des frites.

Jimmy Sr réfléchit à ça.

– Y a pas de la musique pour frites ? demanda-t-il. Attention à cette vieille salope. Elle va ouvrir sa portière, r'garde.

– Qu'est-ce tu veux dire ?

Il empêcha Jimmy Sr d'atteindre le klaxon.

– T'aurais juste dû enlever la porte de ses putains de gonds et continuer sans t'arrêter.

– La musique, reprit Bimbo.

– Ouais. *Le Pique-Nique des ours en peluche*, c'est la chanson pour glaces, okay ? Y aurait pas une chanson pour frites ?

– Non. Je... Non, je crois pas...

– Ce taré, fais gaffe ! Le laisse pas te doubler ! Ah, nom de Dieu ! C'est moi qui conduirai pour rentrer, okay ?

Ils traversèrent Howth et grimpèrent en direction du sommet pour voir comment le van aborderait la colline. Ils firent demi-tour avant d'arriver en haut : ça s'imposait.

– On aura jamais à aller aussi loin, dit Jimmy Sr.

Le van descendait tout seul, à l'aveuglette.

– Non, t'as raison.

– Personne mange de frites là-haut, n'importe comment.

– Tu l'as dit, bouffi.

Ils passèrent sur un chien devant l'Abbey Tavern mais ne prirent pas le temps de s'arrêter.

– Te tracasse pas le cul, le rassura Jimmy Sr quand il vit Bimbo s'apprêter à freiner. On leur enverra une couronne mortuaire. Personne nous a vus.

Bimbo ne dit rien jusqu'à Harbour Road. Il se retourna – évidemment, il n'y avait pas de rétroviseur – mais il n'y avait rien à voir à part l'arrière du van.

Puis il risqua :

– C'était quoi comme chien ?
– Jack Russell.
– Le pauvre !
Alors Jimmy Sr partit d'un grand rire qui ne cessa vraiment que lorsqu'ils arrivèrent au Green Delphin à Raheny. Ils s'arrêtèrent pour prendre une bière, parce que Bimbo tremblait encore un peu.
– Bien fait pour lui ! Ça lui apprendra à s'arrêter pour pisser au milieu de la route.
Il régla les bières.
– Je peux conduire le reste du chemin ?
– Évidemment, répondit Bimbo.
– Merci..., dit Jimmy Sr, sans trop savoir pourquoi. (Le moteur était autant à lui qu'à Bimbo, après tout.) Bravo.

Maggie leur avait trouvé un terrain à Dollymount, près de la plage, pour l'été. Elle avait appris qu'on louait des emplacements à la municipalité et elle s'était empressée d'y aller. C'était une idée de génie, et un emplacement du tonnerre. Tout près de la plage, au sommet de la route, au départ et terminus des bus. On n'aurait pu trouver mieux. Il y avait une trouée dans les dunes à cet endroit par où, les jours fastes en fin de journée, passaient des milliers de gens, brûlés par le soleil, qui se seraient damnés pour avoir des frites ou du Coca-Cola. Sauf que des jours fastes, jusque-là, il n'y en avait pas eu des masses.
– L'effet de serre, mes couilles ! grommela Jimmy Sr.
Il n'y avait même pas eu une demi-journée potable.
Ils grimpèrent au sommet de l'une des dunes pour avoir une vue d'ensemble. Il n'y avait pas âme qui vive sur toute cette putain d'île, à part eux et un couple de vieux gros richards qui jouaient au

golf le long du chemin, quelques apprentis conducteurs sur le sable dur, et deux jeunes à cheval. Ils rentrèrent dans le van pour se faire à manger et ils furent les seuls clients de toute la journée. C'était de l'argent fichu en l'air. Même dans le van, on se les caillait.

– C'est encore tôt dans la saison, se justifia Bimbo. Le temps va s'arranger, tu vas voir.

Il disait ça uniquement parce que c'était Maggie qui avait tout organisé, Jimmy Sr n'était pas dupe.

– De mémoire d'homme, c'est le pire des étés qu'on ait jamais connus.

– Qui dit ça ? risqua Bimbo.

– Moi. Putain, je me les gèle !

– On est seulement en juillet. Il reste encore août et septembre.

L'un des cavaliers était près du hayon, sur son cheval pie.

– Des déchets, m'sieur ?

– Quoi ? dit Jimmy Sr.

– Des trucs pourris, quoi !

Jimmy Sr s'adressa à Bimbo.

– Putain, qu'est-ce qu'il veut ?

Le jeune gars expliqua.

– Des frites pourries. Pour mon cheval.

– Va te faire foutre ! Y a rien de pourri dans cet établissement, Tonto [1].

– Je demandais juste.

Jimmy Sr et Bimbo regardèrent son cheval. Ce n'était pas vraiment un cheval, plutôt un poney. Un gros chien.

– Il a coûté combien ? demanda Jimmy Sr.

– Cent livres.

– Pas plus ?

---

1. Allusion à un dessin animé, *The Lone Ranger*, dont le héros a pour ami un Indien prénommé Tonto *(NdT)*.

– Je vous le vends pour cent cinquante.

Ils se marrèrent.

Le gars tapota la tête du cheval.

– Vous vous y retrouverez sans problème. Je peux aussi vous l'abattre, si vous voulez.

Ils se marrèrent de plus belle.

– Il aime les Twix ? demanda Jimmy Sr au gars.

– Ouais, bien sûr. Moi aussi, d'ailleurs.

– Tenez.

Il tendit deux Twix et le jeune gars approcha le cheval du hayon pour les attraper.

– Il aime aussi les canettes de Coca.

– Alors, il a qu'à aller se faire voir dans les boutiques là-bas dessous.

Le copain du jeune gars passa au galop sur sa mule et l'autre s'apprêta à le suivre. Il fourra les Twix dans sa poche et aiguillonna le cheval comme on le fait au cinéma, même sans éperons ni selle.

– Tu vas pas avoir les couilles en miettes à chevaucher comme ça ?

– Pas vraiment. On s'habitue.

– Toi peut-être. Moi, pas.

– Yheupp !

Le type disparut le long de la route. Ils le regardèrent depuis la portière du van, ses pieds raclant presque la chaussée.

Ce fut le seul moment fort de la journée.

– C'était un jeune assez sympa, déclara Bimbo.

– Plutôt, ouais.

Mais c'était sans aucun doute leur plus gros problème, les jeunes. Jimmy Sr aimait bien les gosses, il les avait toujours aimés. Bimbo les adorait aussi mais, nom de Dieu, ce qu'ils pouvaient changer d'avis vite fait ! Tout le monde adorait les gosses intrépides. Ils étaient mignons. Il n'y avait rien de plus drôle que d'entendre un gamin de trois ans dire Putain. Mais cette bande de crétins-là n'était pas mimi. C'étaient des cons, de sales petits cons. Dangereux, en plus.

Il y en avait une bande qui rôdait autour du parking du Hikers, de jeunes mecs, entre quatorze et mettons dix-neuf ans. Même sous la pluie, ils restaient là. Ils se contentaient de relever leur capuchon. Certains d'entre eux avaient toujours leur capuchon. Ils avaient tous l'air petits et maigrichons mais avec quelque chose d'effrayant. À la façon dont ils se comportaient, on pouvait voir qu'ils se foutaient absolument de tout. Quand quelqu'un garait sa voiture et entrait dans le pub, ils s'approchaient et commençaient à tripoter la bagnole, avant même que le type soit entré. Ils se fichaient pas mal qu'il les voie. Jimmy Sr en vit un qui pissait contre la vitrine du magasin de vins et spiritueux, en plein jour, sans se biler. Parfois, ils sortaient un litre ou un canette de bière blonde et le passaient à la ronde, buvant au nez et à la barbe des gens qui entraient et sortaient de Crazy Prices, des gens qui vivaient à côté de chez leurs parents. C'était triste. Quand ils se promenaient par là, comme un troupeau en migration, genre, ils essayaient tous de marcher pareil, comme des durs, comme si leurs calcifs étaient trop serrés. Mais ça, c'était seulement normal, il se disait. Le pire, c'est qu'ils ne rigolaient jamais. Tous les gosses traversent une phase où ils font des conneries, des choses qu'ils ne sont pas censés faire. Ils fument, boivent, montrent leur cul aux vieux depuis la vitre arrière du bus. Mais ils font ça pour rigoler. C'est le but de l'opération. Ça fait partie du passage à l'âge adulte. Jimmy Sr comprenait ça, l'avait toujours compris. Il avait vu ses propres gosses en passer par là. Avec de la chance, on ne s'en sortait jamais totalement. Un petit reste d'enfance subsistait en vous. Mais ces gosses-là étaient différents. Ils ne faisaient rien pour rigoler.

En tout cas, ça ne se voyait pas, pensait Jimmy Sr. C'étaient de sacrés zombies. Quand Jimmy Sr les voyait, surtout quand il pleuvait, il lui venait toujours la même idée : ils seraient morts avant d'avoir vingt ans. Dieu merci, Dieu merci, Dieu merci, aucun de ses gosses n'était comme ça. Jimmy Jr, Sharon, Darren, il n'aurait pas pu avoir de meilleurs gosses. Leslie – Leslie avait été un peu comme ça –, mais non.

Les morts vivants, les appelait Bertie.

Lui-même et Vera avaient eu des problèmes pendant un temps avec leur plus jeune, Trevor, mais Bertie l'avait remis dans le droit chemin.

– Comment ?

– Facile. J'avais promis de lui acheter une moto s'il réussissait à son Inter.

– C'est tout ?

– Si. Marrant, non ? On se faisait un sang d'encre à son sujet, surtout Vera. Il grandissait et se lavait jamais la tignasse, tu vois, quoi. Il ressemblait à un drogué, tu vois.

Jimmy Sr hocha la tête.

– Tout ce qu'il faisait toute la sainte journée, c'était écouter cette merde de hard rock. Megadeath et Anthrax. Ça me débecte. J'ai dit à Vera de pas se biler, et j'ai essayé de lui parler, tu vois.

Il leva les yeux.

– D'homme à homme. Mon cul. J'étais pas plus inquiet que ça, mais il était trop jeune pour en arriver là. C'est tout ce que je me disais.

– Alors tu lui as promis la moto ?

– Si. Et maintenant il veut rester à l'école et passer le Leaving. Le premier de la famille. L'est comme son père.

– Un couillon de mercenaire !

Ils se gondolèrent.

– Il ira loin, affirma Bimbo.

– Putain, c'est sûr ! Pas né de la dernière pluie, notre Trevor.

– Leslie aussi a réussi à son Inter.

– C'est vrai.

– Deux mentions. Pas des bidon pour autant. Des vraies.

En tout cas, les morts vivants causaient de sérieux problèmes à Jimmy Sr et à Bimbo. C'était comme ce film, *Assault on Precinct 13*, le van aurait comme qui dirait été Precinct 13. Ce n'était pas aussi violent que ça, mais c'était du pareil au même. Jimmy Sr et Bimbo ne pouvaient jamais vraiment se détendre. Les morts vivants secouaient le van, à trois ou quatre de chaque côté. L'huile se renversait, toutes les provisions tombaient par terre, le gobelet qui servait à recueillir le gras sous la plaque de cuisson basculait et la graisse tombait en plein dans les barres de Mars. Il était difficile de sortir du van quand ça tanguait comme ça, et c'était sacrément inquiétant aussi. Il n'était pas bien lesté du tout. Ils auraient pu le renverser assez facilement. La deuxième fois qu'ils essayèrent, Jimmy Sr réussit à en attraper un et lui administra une bonne raclée, contre le flanc du van. Il le tabassa un max. Il se disait qu'il lui donnait une leçon mais quand il s'arrêta pour le laisser filer, le gosse lui cracha dessus. Rien que ça, il lui cracha dessus ! Et il s'en alla rejoindre les autres. Ils se fichaient pas mal d'être pris. Ils ne lui dirent pas un mot et ne lui répondirent pas. Ils se contentèrent de le dévisager de dessous leur capuchon. Jimmy Sr n'était pas en colère quand il remonta dans le van. Il avait peur. Pas qu'ils recommencent, pas ça, mais peur de ne rien pouvoir faire pour les arrêter. Et, nom de Dieu, c'étaient seulement des gosses. Pourquoi est-ce qu'ils ne rigolaient pas et ne le traitaient pas de gros enculé ou une injure du genre ?

Ils allumèrent des feux sous le van. Ils volèrent

les barres qui soutenaient le hayon. Ils tailladèrent les tuyaux du gaz. Ils enlevèrent les briques qui étaient sous les roues.

Jimmy Sr regardait par le hayon défiler les maisons, quand il se fit la réflexion que les maisons n'auraient pas dû bouger. Ce putain de van avançait ! C'était avant d'avoir le moteur. Bimbo et lui sautèrent par la portière arrière, mais Sharon ne voulait pas. Le van ne rentra dans aucun obstacle, et la pente n'était pas très forte. Il s'arrêta de lui-même. Les morts vivants avaient enlevé les briques derrière les roues, voilà ce qui s'était passé. C'était drôle maintenant mais, sur le moment, c'était loin de l'être, putain !

Jimmy Sr les connaissait, c'était ça le pire. La dernière fois qu'il avait traversé O'Connell Bridge, il avait vu un gosse mal foutu, un petit gringalet, accroupi contre le mur tout seul, avec un sac en plastique contre le visage. Il sniffait de la colle. C'était terrible – comment ses parents pouvaient le laisser faire ça ? – mais au moins il ne le connaissait pas. C'était comme quand il avait appris que la sœur de la femme du frère de Veronica avait trouvé, un matin en se levant, son bébé mort dans son berceau. C'était affreusement triste, mais il ne connaissait pas ces gens, alors c'était comme la mort de n'importe quel bébé, juste triste. Mais, ces gosses-là, il les connaissait tous par leur nom, ou presque. Les gamins de Larry O'Rourke, par exemple. Laurence, c'était l'un d'eux. Ça le déprimait, oui, vraiment. Dieu merci, Leslie en était sorti, et travaillait quelque part.

Les gosses ordinaires des environs, les plus normaux, ils faisaient toujours les imbéciles, aussi, autour du van. Mais, au moins, on pouvait bien rigoler avec eux, même s'ils vous tapaient sur le système. L'un d'eux – Jimmy Sr ne le connaissait pas, mais il l'aimait bien – avait dit à Bimbo de lui donner un billet de cinq livres, sans quoi il ferait semblant de vomir près du hayon chaque fois que quelqu'un s'approcherait du van. Et il avait tenu parole. Un jour qu'une femme venait vers eux, qui avait l'air de faire son choix, le gamin s'était penché en avant et avait fait entendre des bruits significatifs. Il avait quelque chose dans la bouche et il l'avait laissé tomber sur la route, des chips mastiquées, genre. Et après ça, la femme avait fait le choix qu'on peut imaginer. Jimmy Sr avait couru après le gosse avec l'une des barres du hayon mais il n'avait pas envie de l'attraper. Les loubards ordinaires volaient les barres du hayon, bricolaient avec le gaz et secouaient aussi le van, mais c'était différent. Quand ils se sauvaient, ils pouvaient à peine courir tellement ils se bidonnaient. Jimmy Sr et Bimbo aimaient presque ça. Les gosses, Sharon leur avait tapé dans l'œil aussi, alors ils venaient pour la voir. Ç'aurait été bon pour les affaires, simplement ils n'avaient pas d'argent, putain. Parfois, surtout le vendredi, ils étaient bourrés. Jimmy Sr n'aimait pas ça. Ils s'affalaient un peu partout, se poussant les uns les autres sur la route. Ils étaient trop jeunes. Ils achetaient le cidre et les canettes chez un marchand de vin à deux arrêts de là, sur le DART. C'est Darren qui le lui avait dit. Jimmy Sr était prêt à téléphoner à la police pour dénoncer le commerçant, mais il ne put jamais s'y décider.

Un soir, les gosses allèrent trop loin. Ils se mirent à lancer des pierres sur le van. À les lancer de toutes leurs forces. Bimbo, Jimmy Sr et Sharon eurent une peur bleue quand ils entendirent les premiers coups, avant de deviner ce qui se passait. Ils lançaient les pierres du côté de la plaque de cuisson. Quand il vit les trous que faisaient les pierres, des saloperies de trous gros comme des cratères, Jimmy Sr faillit sortir par le toit. Ils faisaient vraiment des dégâts. Il saisit une des barres du hayon et poussa un formidable hurlement en sautant par la portière arrière. Ils n'allaient pas lui jeter des pierres, il le savait. Ce qui les amusait, c'était seulement le bruit. Il savait qu'il ne courait pas précisément à sa perte, mais il fut tout de même content de toucher terre, il se tourna vers eux et vit la peur s'emparer de leurs visages. Alors il leur tomba dessus. Ils cavalèrent et il les pourchassa. Un coup de pied au cul servirait de leçon à ces enfoirés. Ils n'étaient pas comme les morts vivants. Ils étaient cinq et, quand ils obliquèrent pour franchir le talus en direction du Green, ils s'étaient multipliés, une bande mixte, des ados et des gamines, des petits gamins qui collaient à leurs grands frères. Jimmy Sr n'était plus en colère. Il allait continuer jusqu'au milieu du Green, peut-être choper un des gosses ou sa copine, et les garder en otages. Il se rapprochait d'un tout petiot qui essayait de ne pas perdre son pantalon de survêt'. Jimmy Sr sentait l'affolement dans la respiration du moutard. Il lui restait à lui-même juste assez de souffle pour l'attraper, après quoi il s'en tiendrait là.

C'est à ce moment-là qu'il les vit.

Il s'arrêta et faillit tomber à la renverse.

Les jumelles ! Il voyait à peine Linda mais c'était Tracy, à tous les coups, qui plongeait, quasiment, dans l'allée derrière la clinique. S'agrippant au pull d'un jeune mec pour ne pas tomber. Puis elle disparut. Mais il en avait vu assez.

Les sales petites garces. Attends un peu qu'il en parle à Sharon, tiens. Il retourna au van. Il trouva la barre là où il l'avait laissée.

Ses propres filles, qui envoyaient des mecs lancer des pierres contre leur père ! Avec la nouvelle coupe de cheveux qu'il leur avait payée, putain, samedi dernier !

Il allait les scalper, ces meufs.

– T'as pas de preuve, dit Linda.
– Je vous ai vues, point.
– T'as pas de témoins.
– Je vous ai vues comme je vous vois, putain !
– Ben, de toute façon, c'était pas moi, crâna Tracy.
– Ni moi, renchérit Linda.
– C'étaient vous deux. Et si j'entends d'autres mensonges et d'autres foutaises de votre part, je vous retiendrai ces saloperies de coupes de cheveux. Et autre chose : si vous partez avant d'avoir nettoyé cet endroit correctement – proprement, hein ? – je vous prive de sortie.
Il descendit du van.
– Le sol et les murs, okay. Et si vous faites du bon travail, je vous dispenserai peut-être de faire le plafond.
Il se pencha à l'intérieur pour les regarder.
– Ça vous apprendra, bordel, à traîner avec des gangsters !
Linda se croisa les bras et resta à le regarder.
– J'ai pas dépensé une fortune pour vous chez le coiffeur pour que vous vous laissiez prendre par des petits morveux du coin de la rue.
Il adorait regarder les jumelles quand elles étaient fâchées, c'était tordant.
– La prochaine fois que vous cherchez des mecs, descendez vers les maisons snobinardes et sortez avec des types corrects et respectables, okay.
– Non mais c'est pas vrai ! entendit-il Linda dire à Tracy.
– Il y connaît que dalle.
– C'est ça. Allez-y. Plus tôt vous commencerez, plus tôt vous aurez fini. Attention à pas salir vos pattes d'eph.
– C'est pas des pattes d'eph, tu piges ? C'est des pantalons flottants.

Il ferma la porte sur elles.

Elles allaient faire un sale boulot, il le savait. Mais ça leur apprendrait. Ça leur donnerait de quoi réfléchir, ça et la raclée que Sharon leur avait flanquée la veille au soir. Il avait fallu que Veronica s'en mêle pour mettre fin à la bagarre.

Il écouta à la porte. Il tenait la poignée. Il n'entendait rien. Il l'ouvrit précipitamment.

Linda essuyait les murs. Enfin, à peu près. Tracy poussait du pied un chiffon sur le sol.

– Faites ça comme il faut !

– C'est ce que je fais !

– COMME IL FAUT !

– Nom de Dieu, y a pas de quoi hurler, tu sais.

– Putain, je...

– On peut avoir la radio ? demanda Linda.

– Non !

– Ah, nom de Dieu...

Jimmy Sr ferma la porte.

Le temps resta assez moche tout le mois de juillet. Mais ça allait. Le terrain de Dollymount était un investissement à long terme, avait expliqué Maggie. Ils ne s'en faisaient pas. Ils sortaient le van le soir seulement, sauf le vendredi à l'heure du thé pour les spécialités à une livre. Ils avaient le temps de faire une partie ou deux de minigolf. Leur jeu n'avait pas trop pâti de leur manque d'entraînement. Jimmy Sr gagnait toujours.

Ils restaient fidèles à Barrytown mais ils gardaient un œil sur les journaux pour voir si ça valait le coup d'aller se poser plus loin. Maggie épluchait l'*Independent* le matin et le *Herald* ensuite, pour voir si on annonçait des concerts importants ou des matches de football. Ils allaient installer le van le plus près possible de Croke Park pour la finale de Leinster entre Dublin et Meath. Il leur faudrait être sur place avant le début parce que tous les types de Meath qui viendraient de la campagne n'auraient pas dîné. Du coup, ils avaient retenu ce dimanche après-midi. Maggie avait fait un tableau. Le Salon du cheval allait aussi avoir lieu, mais ils n'allaient pas se tracasser pour ça. La foule des passionnés d'équitation ne mangeait pas de frites.

– Ils mangent carrément du caviar et ce genre de merde, railla Jimmy Sr.

– Et du tétras, et du faisan en veux-tu en voilà ! ajouta Bimbo.

– Exactement. On passerait toute la sainte journée à essayer de faire tenir la pâte à frire sur un faisan.

On annonçait aussi des concerts importants.

– Darren m'a dit que c'était des concerts de rock, déclara Jimmy Sr à Bimbo et à Maggie.

Maggie tenait son stylo à bille au-dessus du tableau.

– Et celui de samedi prochain ? demanda-t-elle.

– C'est qui déjà ? dit Bimbo.

– Les « Les ».

– C'est ça leur nom ? Les « Les », c'est tout ?

– C'est ce qui est écrit.

Maggie tenait le *Herald* ouvert sur la table de la cuisine.

– Et alors ?

– Darren dit qu'ils sont très bons. Il dit qu'ils sont importants.

– Ils seront nombreux là-bas ?

– Il en sait rien. Il croit que oui, mais il est pas sûr.

– Ma foi...

– Je crois qu'on devrait s'y essayer, proposa Jimmy Sr.

– Ouais, mais...

Maggie prit le relais.

– Vous allez décevoir vos habitués.

– Y a ça à prendre en compte, admit Bimbo. Ouais.

– Où vous voulez en venir ?

– C'est un samedi soir, expliqua Maggie. On s'en sort très bien devant le Hikers le samedi soir.

Qu'est-ce qu'elle voulait dire, *On* ? Elle n'avait jamais mis les pieds dans le van depuis...

– Je vois ce que tu veux dire. Mais il pourrait y avoir des milliers de gens à ce concert de rock.

– C'est un peu risqué quand même, osa Bimbo. Non ?

– Ma foi. C'est à vous de voir...

Jimmy Sr ne voulait pas de querelle. De toute façon, ils avaient sans doute raison. Ils décidèrent de ne faire que les concerts de rock de milieu de semaine et de se concentrer sur le marché de la fermeture des pubs le week-end.

– Il y a un festival à Thurles.

– Rien à foutre, qu'il y reste !

Jimmy Sr allait se défendre cette fois-ci. Il n'y avait pas de raison qu'il fasse tout ce trajet jusqu'à Tipperary rien que pour vendre trois frites. Mais c'était okay. Bimbo avait failli tomber sur le cul quand Maggie mentionna Thurles.

– Oh non, pas ça !

– C'était juste une idée, précisa Maggie.

– On s'en tient à Dublin. T'es dac, Jimmy ?

– Absolument.

Jimmy Sr était rassuré. Un moment, il avait cru que Bimbo et Maggie préparaient ce qu'ils allaient lui dire.

Sharon avait commencé à sortir avec un type prénommé Barry, un mec assez sympa – une espèce d'assureur. Elle avait déjà rompu deux fois et lui une, mais ils étaient de nouveau ensemble et follement amoureux, à en juger par la taille des morsures d'amour que Jimmy Sr avait vues dans le cou de Barry la dernière fois qu'il était venu chez eux. Aussi Sharon ne tenait-elle plus vraiment à travailler le soir. Ils essayèrent quelques soirs sans elle, rien que tous les deux, mais c'était crevant. Alors Jimmy Sr dit qu'il avait recruté Darren – avant que Maggie arrive avec une idée lumineuse. Darren avait déjà son boulot au Hikers mais il n'y allait que deux soirées par semaine, si bien que Jimmy Sr comptait qu'il sauterait sur l'occasion de gagner quelques shillings en plus. Mais...

– Je suis végétarien, lui annonça Darren.

– Quoi ! ?

Darren haussa les épaules.

– Toi aussi ? Nom de Dieu... Mais attends...

Il avait vu Darren à table depuis qu'il était bébé.

– Depuis quand ?

– Oh... mardi.

– Ah, bon, ben...

– Y avait longtemps que j'y pensais et je viens de me décider, euh...

– D'accord... D'accord.

Jimmy Sr leva les bras au ciel.

– Grand bien te fasse... Est-ce que les végétariens mangent du poisson ?

– Ouais. Certains.

– Et toi ?

– Ouais.

– Alors c'est super ! Tu peux faire juste le poisson et Bimbo et moi on se charge du reste. Qu'est-ce t'en penses ?

Darren était un végétarien fauché.

– Okay. Euh – Okay.

– Tope là !

Ils se serrèrent la main en signe d'accord. C'était super. Ce serait formidable d'avoir Darren qui travaille avec lui, carrément merveilleux.

– Et les hamburgers ?

Darren n'eut pas l'air content.

– C'est que de la saloperie de viande, tu sais ça, affirma Jimmy Sr.

– Non.

– Très bien.

Il aimait la façon dont Darren avait dit non.

– Je tentais juste ma chance. Comment va Miranda ?

– Ça va.

– Parfait... Elle est jolie.

Darren voulait éviter le sujet mais ce qu'avait dit son père nécessitait une espèce de réponse.

– Merci. Ouais, elle est canon. Quelqu'un a écrasé son chien il y a quelques semaines. Elle a été un peu..., mais ça va maintenant.

– C'était où ?

– Howth.

– Un Jack Russell.

– Euh... ouais. Comment tu l'as su ?

– J'ai rien su. C'est simplement que presque tous les chiens que tu vois morts sur la route ont comme qui dirait l'air d'être des Jack Russell. T'as jamais remarqué ça ?

– Non.

– Prêtes-y attention et tu verras ce que je veux dire.

Le temps s'améliorait. Il y eut quelques belles journées ensoleillées d'affilée et soudain tout le monde eut l'air bronzé.

– Tout baigne, déclara Jimmy Sr.

Ils arrivèrent à Dollymount à trois heures et demie. Sharon les accompagnait. Il y avait un Mister Whippy sur leur emplacement. Bimbo avait une photocopie du permis de la municipalité dans sa poche arrière. Jimmy Sr la prit pour aller s'expliquer avec Mister Whippy. Il fit la queue avec Sharon.

Bimbo resta avec le van. Le gosse devant Jimmy Sr dans la queue partit en courant avec ses deux glaces à 99s pour regagner la plage avant qu'elles fondent, et ce fut son tour.

– Ouais ? dit Mister Whippy.

Jimmy Sr leva les yeux vers lui.

– Qu'est-ce que vous voulez ?

– La justice, assena Jimmy Sr.

Il sortit le permis et l'agita.

– Zieute un peu ça.

Mister Whippy, un jeune type boutonneux, eut l'air affolé.

– C'est quoi, ça ?

– Tu sais pas lire ?

– C'est un permis, expliqua Sharon.

– C'est juste. Ma brillante assistante, Sharon, a parfaitement raison.

Le jeune Mister Whippy était encore assez décontenancé mais il reprenait courage.

– Et alors ?

– Alors va te faire foutre !

Il reprit le permis.

– C'est à nous. On a payé cet emplacement ici, là où t'es. Nous, on a payé, pas toi. T'as aucun droit à être ici, alors dégage. Allez !

Mister Whippy n'arrivait pas à prendre une décision.

– Allez ! T'as qu'à traverser pour te mettre de l'autre côté du rond-point.

– Personne me verra là-bas.

– On leur dira que t'es là. Pas vrai ?

– Ouais, dit Sharon.

– Et, de toute façon, tu peux faire marcher ta musique : ils t'entendront.

Mister Whippy n'avait toujours pas l'air trop sûr.

– Écoute. Pousse-toi maintenant ou on te rentre dedans carrément.

Il s'éloigna du van et cria à Bimbo :

– Amène-le ici !

Bimbo tourna la clé de contact, alors Mister Whippy se mit au volant pour en faire autant, et se dirigea vers l'autre côté du rond-point, loin des dunes.

– Salut !

Sharon fit un signe de la main.

Bimbo amena le van près d'eux.

Mister Whippy brancha *Le Pique-Nique des ours en peluche.*

– Il joue notre chanson, dit Jimmy Sr à Bimbo.

Pendant environ une semaine, le beau temps se maintint, super radieux, pas l'ombre d'un nuage. Ils arrivaient à Dolly à trois heures et demie environ et y restaient jusqu'à six heures et demie, avant de rentrer chez eux dans un cliquetis de nouvelles pièces d'une livre qui tintaient dans la caisse. Ça se passait assez bien. C'était calme jusqu'à cinq heures. Sharon allait sur la plage prendre le soleil et Jimmy Sr et Bimbo traînaient autour du van et regardaient les gens passer. Puis, à l'heure du thé, ils montaient dans le van et alimentaient la chaudière. Les gens arrivaient en foule par les dunes et l'odeur les frappait. Personne ne peut résister à l'odeur des frites.

La seule chose désagréable, c'était d'avoir à regarder tous ces visages qui pelaient et vous dévisageaient fixement de l'extérieur du van. Des nez, des bras, des fronts. C'était carrément répugnant. Des filles rouge vif, avec des jambes qui avaient la tremblote, prenaient leur sachet de frites. Elles vous filaient le pognon, puis elles se tournaient pour se tirer et de l'autre côté elles étaient cachet d'aspirine. Sharon n'était pas comme ça. Elle avait plus de bon sens. Elle se faisait bronzer homogène, devant, de dos et sur les côtés, régulier partout.

– Comme un hamburger bien cuit, lui dit Jimmy Sr.

– Nom de Dieu !

– C'est un compliment, c'est un compliment, Sharon !

– Merci !

La seule autre chose désagréable à propos de la plage, c'était le sable. Il se fourrait partout. Même quand il n'y avait pas de vent pour le faire voler, ils en trouvaient une fine couche sur le comptoir et sur les étagères, ou des grains qui flottaient à la surface de l'huile de cuisson avant qu'ils allument le brûleur : partout. Jimmy Sr se fit un hamburger. Quand il mordit dedans, il sentit le sable dans l'épaisseur du truc. Il mâcha prudemment. Quand ils ramenaient le van chez Bimbo, il leur fallait prendre des torchons mouillés et essuyer partout, pour retirer le sable, mais ils n'arrivaient jamais à tout enlever. Jimmy Sr prenait toujours une douche avant de ressortir pour la vente devant le pub et il avait assez de sable dans le cul et dans les oreilles pour bâtir tout un pâté d'immeubles. Il n'arrivait pas à comprendre pourquoi, parce qu'il ne descendait jamais à la plage, à part une ou deux fois pour voir s'il y avait quelque chose à voir. Il n'y avait jamais rien, d'ailleurs, presque jamais. Il avait les yeux rivés au sol jusqu'à ce qu'il arrive à la plage, puis il regardait autour de lui, plein d'espoir. Et tout ce qu'il voyait, c'étaient des connards cramoisis qui se faisaient griller. Et des marques blanches là où les bretelles de soutien-gorge avaient caché le soleil. Dolly, décidément, ça n'avait rien à voir avec une station balnéaire dans une foutue île grecque ou cet endroit qu'il avait vu dans une vidéo porno que Bertie lui avait prêtée quelques années plus tôt. Oh, nom de Dieu, les gonzesses par là-bas ! Elles se promenaient avec tout à l'air, putain, on devait pas s'emmerder avec elles. Elles te ressortaient de la piscine avec les nibards bien comprimés l'un contre l'autre, exprès. Ou elles se penchaient pour qu'on voie l'eau dégouliner des poils de leur chatte. Il n'y avait pas de meufs comme ça à Dolly. C'étaient surtout des mamans avec leurs gosses. Mais elles faisaient marcher les affaires. Il n'y a rien de tel qu'un gosse qui hurle pour faire ouvrir son porte-monnaie à une mère. Il n'imaginait pas les gonzesses cuivrées de cette vidéo devenir cinglées pour des frites. N'importe comment, elles les auraient probablement voulues pour rien.

Une grande animation régnait, la nuit tombait. Les morts vivants rôdaient quelque part, là dans le noir. Bimbo avait dû foncer chier chez lui, si bien que Jimmy Sr était seul au hayon à prendre les commandes. Il avait trois hamburgers sur la plaque de cuisson et il demanda à Darren de les retourner : il refusa.

– J'te demande pas d'les manger (Jimmy Sr essayait de ne pas avoir l'air trop prétentieux devant les clients), j'te demande simplement de les retourner, putain merde !

Darren ne broncha pas.

– Darren ?

Mais Darren commençait seulement à remplir les sachets de frites.

– Va te faire foutre, tiens !

Jimmy Sr retourna à la plaque de cuisson et ramassa la tranche de poisson qui venait de tomber par terre.

Les hamburgers étaient soudés à la plaque. Plus exactement, ils faisaient partie de la plaque.

– Regarde ce que t'es en train de faire.

Darren ne broncha pas davantage.

L'un des clients à l'extérieur déclara :

– Si c'est avec mon hamburger que vous vous amusez, là, je le prends pas.

Jimmy Sr en avait ras lc cul.

– Okay. Alors, allez vous faire foutre ! Et achetez votre hamburger ailleurs... Quelqu'un d'autre a une réclamation à faire ?

Bimbo revint à ce moment-là et prit la relève au hayon. Avec lui comme écran, Jimmy Sr réussit à décoller les hamburgers de la plaque et à les mettre dans leur emballage sans trop les abîmer. Il les plongea dans la friteuse pour qu'ils soient moins secs puis les emprisonna dans les sachets avant qu'ils dégoulinent ou se désagrègent.

– Voilà. C'est pas pour toi.

Darren ne broncha pas.

Les dunphies étaient également hors de question, pour Darren. Il fallait les plonger dans la friture avec le poisson, alors Darren se reculait pour laisser passer Jimmy Sr et Bimbo qui allaient à la pêche aux dunphies. C'était idiot. Mais bon, il fallait respecter les croyances de Darren. C'est ce que Jimmy Sr déclara à Maggie quand Bimbo lui eut raconté que Darren était végétarien.

– Au moins, il a le courage de ses convictions, ajouta-t-il.

Il n'était pas très sûr de ce que ça voulait dire, mais ça cloua le bec à Maggie. Non pas qu'elle ait fait une remarque quelconque. Elle s'était juste dit que c'était drôle pour quelqu'un qui s'appelait Rabbitte d'être végétarien. Jimmy Sr ne voyait rien de particulièrement drôle à ça.

Là où Darren avait franchement exagéré, exagéré oui, parfaitement – juste une fois –, c'est quand il avait trouvé à redire qu'on mette les dunphies dans la même huile que le poisson.

– Quoi ! ?

– Il reste une partie de la viande dans l'huile.

– Et alors ?

– Elle va dans le poisson.

– Elle reste dans son coin. Y a rien qui peut entrer dans cette pâte à frire. C'est Bimbo qui l'a faite !

Darren rit, mais il continua toute la soirée à parler de l'huile contaminée et à faire la grimace chaque fois que Jimmy Sr se penchait et laissait tomber un dunphy dans la friteuse. Ça lui tapait sur les nerfs.

Personne n'avait commandé de dunphy. Il en fit juste pour agacer Darren. Bien fait pour sa gueule.

– Xcuse-moi, Darren, faut que j'mette ça dans le saint des saints.

Il bénit le dunphy alors qu'il sombrait et refaisait surface entre deux morceaux de morue.

– Vérifie qu'ils se touchent pas. On tient pas à ce qu'un morceau de morue pénètre dans le beignet et empoisonne quelqu'un.

Darren fit une dernière tentative pour expliquer ce phénomène d'osmose à Jimmy Sr. Il était loin d'avoir fini quand Jimmy Sr se tourna vers lui.

– Épargne-moi ce putain de discours, okay, et contente-toi de faire ton putain de boulot.

D'une chiquenaude, il lança un dunphy dans la friteuse en s'arrangeant pour envoyer de l'huile en direction de Darren, qui s'en ramassa sur les bras. Il ne broncha pas mais sortit.

Les oreilles de Jimmy Sr bourdonnaient : il attendait le retour de Darren. Il pria pour qu'il revienne mais il ne voulait pas aller à la porte regarder dehors. Il ne jetterait même pas un coup d'œil dans cette direction.

Il sentit Darren passer à côté de lui, et retourner vers la friteuse.

– Pardon, lui dit-il.

Il observa Darren : ça avait l'air d'aller.

– D'accord ? demanda Jimmy Sr.

– Ouais.

– Super... Pardon.

Ils étaient tous prêts à partir. Jimmy Sr estimait que c'était le jour le plus chaud. Tout ce qu'ils attendaient maintenant, c'était Sharon.

– Qu'est-ce qu'elle fout ?... De Dieu, ce soir ?

Elle avait Gina avec elle, dans sa poussette.

– Maman peut pas s'en occuper, déclara-t-elle avant que Jimmy Sr ait pu poser une question. Et les jumelles veulent pas.

– Tu peux pas amener la petite.

– Donne-nous plutôt un coup de main, dit Sharon.

Elle fit le tour, ouvrit la porte arrière et monta dans le van.

– Seigneur Jésus !

La chaleur la saisit.

Jimmy Sr souleva la poussette avec Gina toujours dedans et la fit passer à Sharon.

– C'est sacrément dangereux, tu sais.

– Ça sera super, hein, Gina ?

Gina regardait autour d'elle. Elle aimait bien ce qu'elle voyait. Elle chercha à se dégager. Sharon s'assit sur le comptoir du hayon et tint la poussette tout contre elle, entre ses jambes.

– J'sais pas.

Jimmy Sr ferma la porte.

Bimbo conduisait très lentement. Un vieux avec des béquilles serait allé plus vite.

– Il va faire carrément nuit quand on arrivera là-bas, s'impatienta Jimmy Sr.

– J'ai pas envie d'être responsable d'un accident, lui dit Bimbo. Surtout avec un bébé.

Mais ils finirent par arriver. Jimmy Sr fit asseoir Gina sur une étagère et lui donna un Twix pour qu'elle reste tranquille un moment. Sharon plia la poussette et la rangea sur le siège du conducteur. Ça allait à peu près. Bimbo montra à Gina comment faire la pâte à frire. Il la fit descendre de l'étagère et lui laissa plonger un petit morceau de morue dedans. Il avait mal manœuvré parce que désormais il fallait qu'elle plonge tout dans la pâte, y compris sa pomme. Mais c'était bien de l'avoir là dans le van. Ça avait quelque chose d'excitant, comme s'ils faisaient leur numéro pour elle. Bimbo la remit sur l'étagère à l'abri du danger, et Jimmy Sr lui donna l'autre moitié du Twix.

Mais elle faillit tomber dans la friteuse. Elle avait rampé tout près et se penchait déjà par-dessus pour regarder la graisse fumer et bouillonner, lorsque Jimmy Sr l'aperçut. Il poussa un hurlement et l'attrapa. Ce n'était pas vraiment le mot, car elle ne tombait pas, mais il dit à Sharon qu'il l'avait fait. La pauvre gosse était trempée de sueur, alors Jimmy Sr la mit à sécher sur le comptoir du hayon. Elle fit tomber le sel et le poivre et plein de sachets sur le chemin. Un tas de filles la virent et s'approchèrent pour lui dire bonjour, lui faire coucou, risette, mais elles n'achetèrent rien, tu parles.

– Ramasse-nous le sel et le poivre, là, tu veux bien, ma belle, demanda Jimmy Sr à une fille.

– Ramasse-le toi-même !

Elles se barrèrent en se marrant.

– Allez donc crever d'un cancer de la peau ! leur gueula Jimmy Sr.

– Nom de Dieu, p'pa !

– C'est des salopes.

– Sa'opes, répéta Gina.

– Mais toi, t'es une gentille petite fille.

Ils ne purent pas la laisser sur le comptoir car elle aurait été dans leurs pattes et elle finirait par tomber. Alors Jimmy Sr alla dans les dunes chercher une planche. Il la rapporta dans le van, la brossa bien et utilisa presque toute une bouteille d'eau pour la nettoyer. Elle était assez longue pour tenir sur le sommet du seau à frites et elle servit de siège à Gina, dans le coin, à l'écart du danger. Elle râla un peu :

la planche était mouillée. Bimbo mit un torchon sous ses fesses.

Le service ici était plus facile qu'à l'heure de fermeture du pub parce qu'il n'y avait pas une affluence folle. C'était parfait, un flot de clients progressif et régulier. Jimmy Sr aimait ça. Une bonne façon de commencer la journée de travail.

– Vous avez des hamburgers aux épices, m'sieur ?

– Y en a au menu, répondit Jimmy Sr, sans faire de manières.

– Ah ouais, dit le gamin. Ils sont à combien ?

Jimmy Sr indiqua le prix marqué sur l'ardoise.

– Là, r'garde.

– Ah ouais.

Le gosse était un peu simplet, d'après lui. La façon dont il restait bouche ouverte.

– Tu veux aussi des frites ?

– Ouais.

– T'as l'argent sur toi ?

– Ma mère arrive.

– Très bien. Elle veut aussi quelque chose, à ton avis ?

– Quoi ?

– Elle en a pour longtemps ?

– Elle arrive.

– Ça gaze.

Pauvre petit abruti ! il lui donnerait sa commande même si sa mère ne venait pas. Il se retourna pour prendre un hamburger aux épices.

– Qu'est-ce tu fous... ?

– Hein ?

– Tu peux pas faire ça ici, putain !

Sharon était en train de changer la couche de Gina.

Nom de Dieu, si un inspecteur de la santé ou un policier passait par là et mettait le nez dans le van, et qu'il voie le petit cul du bébé pointant vers lui, ils seraient sacrément baisés. Ou même Mister Whippy de l'autre côté du rond-point. S'il voyait ce que

Sharon était en train de faire, il courrait les dénoncer au poste de Raheny, et il ferait marcher *Le Pique-Nique des ours en peluche* tout le long du chemin, pétard !

Jimmy Sr ferma le hayon d'un claquement sec.

– Je reviens..., dit-il au gamin qui attendait dehors. Vite ! Dépêche-toi. Et laisse rien tomber dans les frites.

Sharon gloussa. Bimbo battait sa pâte. Il ne faisait pas exactement nuit. On voyait bien. C'était vraiment très agréable.

– T'as fini ? demanda Jimmy Sr.

– Presque.

Sharon mit la couche usagée dans un sac en plastique et le tout dans son propre sac.

– Je plains le pauvre connard qui va te voler ton sac à main, dit Jimmy Sr.

Ils rirent et Jimmy Sr ouvrit le hayon. Le gosse était encore là.

– Toujours là ?

– Ma mère arrive.

– Grand bien lui fasse ! dit Jimmy Sr.

– P'pa !

Jimmy Sr plongea le hamburger aux épices dans l'huile de cuisson.

– Bon.

Il mit quelques frites dans le sachet, de belles grosses, et il les tendit au gamin.

– Prends ça en attendant.

– Un à une livre pour moi, s'il vous plaît.

Jimmy Sr regarda pour voir qui avait dit ça. C'était un homme d'environ son âge à lui, qui portait un T-shirt à la « Hawaï 5-0 » et avait les cheveux coupés à la Bobby Charlton [1]. Bimbo plongea la morue dans la friteuse.

---

1. Frère de l'entraîneur de l'équipe irlandaise. Il est chauve. *(NdT).*

– Encore une journée superbe, déclara Jimmy Sr à l'homme.

– Ah, pour ça, on est gâtés.

– L'eau était comment aujourd'hui ?

– Un désastre. Dégueu. Vous feriez pas nager votre pire ennemi là-dedans.

– Moi, si, lui dit Jimmy Sr. J'en ai pour une minute.

– Y a pas le feu.

Sharon tendit au gosse les frites et le hamburger aux épices. Il ne les prit pas.

– Ma mère arrive, répéta-t-il.

– C'est bon, c'est bon. Tape dedans, va, elle nous paiera quand elle arrivera. Vas-y.

Gina commença à chanter.

OLÉ... OLÉ OLÉ OLÉ...

Ils l'accompagnèrent.

Jimmy Sr sortit la morue de la friteuse, secoua les gouttes de graisse, et la mit dans un sachet puis dans un sac marron. Un gros morceau de poisson superbe. Sharon lui donna le sachet de frites et il le glissa avec la morue.

– OLÉ... OLÉ OLÉ OLÉ... Tout le tralala ? demanda-t-il à l'homme.

Il tenait le sel au-dessus du sac.

– Allez-y !

– C'est parti ! Vous me dites quand.

L'homme prit le sachet. Il tendit deux pièces neuves d'une livre à Jimmy Sr mais s'arrêta juste un peu avant que ce dernier puisse les prendre.

– Ma mère arrive, ajouta-t-il.

Ils se gondolèrent. Ensuite de quoi, il donna l'argent à Jimmy Sr qui lui rendit la monnaie, et on en resta là.

– Bonne chance, maintenant, dit Jimmy Sr. Bon appétit.

– Salut !

Jimmy Sr le regarda essayer de faire rouler son

vélo tout en mangeant ses frites. Il y avait une femme dehors à présent, qui tentait de faire en sorte que son avalanche de moutards se décide.

– Un milk-shake, couina l'un d'eux.

Ils se serraient contre elle. Il était difficile de savoir exactement combien elle en avait. Environ six, et un autre en route, maintenant que Jimmy Sr la regardait attentivement.

– C'est pas McDonald's ici, dit-elle au gosse au milk-shake.

– C'est quoi, alors ? demanda le gosse.

– Un piège ! railla sa sœur, et elle lui donna une claque sur la bouche avant de se sauver.

– Regarde ça, dit Jimmy Sr à Sharon.

– Six simples, dit la femme quand elle s'approcha du comptoir. Non, sept. Moi aussi.

– Je veux pas de frites, dit l'un des garçons.

– Eh ben, t'en auras quand même ! Et, n'importe comment, toi, t'es même pas un gamin à moi, alors tu devrais t'estimer heureux.

La femme regarda Sharon.

– Y en seulement trois qui sont à moi.

Ce fut tout.

On avait l'impression qu'elle aurait pu se coucher sous le van et s'endormir profondément, sans peut-être même se réveiller.

– Jamais plus, dit-elle.

– Ils sont mignons, pourtant, dit Sharon.

– C'est des sales morveux. Tous autant qu'ils sont.

On aurait dit qu'elle se sentait mieux après avoir réussi à sortir ça. Elle se redressa et se tapota le ventre.

– Ça, ça sera l'dernier... Il aura qu'à se la foutre dans une bouteille de lait si ça lui chante.

Sharon était choquée. Elle n'avait jamais vu cette femme auparavant.

Il y eut un cri. On avait déversé sur les fringues

du plus petit un seau d'eau rempli de crabes et de pierres. La femme se tapota de nouveau le ventre.

– Avec un peu de chance, celui-là, il sera sourd et muet.

Elle ne souriait pas. Elle le pensait vraiment.

– Okay ! hurla Jimmy Sr. Mettez-vous en rang pour vos frites !

– Moi !

– D'abord ta maman ! Recule.

– C'est toujours elle la première !

– Recule, j'te dis !

– Pas juste...

– En rang, ou je jette vos frites dans le sable !

Il brandit un sachet de frites, prêt à le jeter.

– En rang, bien droit. Du sel et du vinaigre, ma belle ?

– Des tas.

C'est à ce moment-là que Bobby Charlton revint. Il jeta son vélo contre le van.

– Approche un peu si tu l'oses... !

Jimmy Sr laissa tomber le sel.

– Espèce d'ordure !

La femme glapit.

– Approche ! répéta l'homme.

Le vélo dérapa sur le sol et il essaya de le ramasser mais il mit la jambe du mauvais côté de la barre. Il avait seulement une main libre parce qu'il tenait les frites de l'autre. Il renonça à essayer de soulever le vélo, l'enjamba et faillit tomber. Il s'appuya contre le van.

Il avait laissé le temps à Jimmy Sr de se ressaisir.

– C'est quoi votre problème ? lui demanda Jimmy Sr.

– J'vais vous dire...

– J'suis en train de m'occuper d'une cliente, là. Il va falloir que vous attendiez votre tour.

Le type était tout contre le hayon, comme s'il s'apprêtait à rentrer à l'intérieur.

– J'vais vous raconter c'que c'est, mon problème...

– Il y a la queue, se défendit la femme.

– Ça sera plus le cas quand j'en aurai fini.

Jimmy Sr, Sharon et Bimbo étaient au hayon. Jimmy Sr faisait passer les simples à la femme qui les passait aux gosses.

– Excusez-moi ! poursuivit l'homme.

– Du calme, dit Bimbo. Du calme.

– Abruti !... murmura Sharon. Trois quatre-vingt-cinq, ajouta-t-elle à l'intention de la femme quand elle leva les yeux.

– Faites gaffe en les mangeant ! souffla le type à la femme.

Ça se corsait.

– Oh, bon Dieu, dit Bimbo.

Il se retourna vers la friteuse.

– Bon, alors ? déclara Jimmy Sr, quand Sharon eut rendu sa monnaie à la femme. C'est quoi, votre problème ?

Il y avait réfléchi. Il n'avait pas la moindre idée de ce qui allait se passer. Il baissa les yeux vers l'homme.

– C'est le vôtre !

– C'est quoi ?

– Ceci.

Il brandit le sac en l'air, assez loin pour qu'on ne puisse pas s'en saisir.

Jimmy Sr se pencha pour voir.

– Les frites ?

– Non !

Le poisson !

L'homme avait l'air vraiment sens dessus dessous.

– Il est frais, assura Bimbo. Il était superbe et ferme quand il est sorti de la...

– Frais ! hurla l'homme.

Jimmy Sr dut le répéter une nouvelle fois.

– C'est quoi, votre problème ?

– Vous voulez bien regarder ?

Mais il ne voulait toujours pas rapprocher sa main du hayon.

– J'peux pas voir, putain ! Quel que soit...

Peut-être que c'étaient des vers.

– J'ai mordu dedans...

– Ce que vous étiez censé faire, en effet...

La tronche de cake, putain !

– Vous pensiez que vous étiez censé en faire quoi ? Le baiser ?

L'homme s'approcha et donna un coup dans le van.

– Oh, nom de Dieu ! dit Sharon.

Elle recula près de Gina.

Le type fit une horrible grimace. Il avait l'air carrément allumé. Ils pouvaient voir ce qu'il y avait dans le sac.

– C'est pas du poisson..., reconnut Bimbo.

– Oh, putain. C'est quoi ?... Mais attendez un peu.

– C'est blanc, dit Jimmy Sr.

– C'est une couche ! hurla l'homme.

– Quoi !... Allez vous faire foutre, okay.

– Il a raison, Jimmy. C'est une Pamper. Pliée. Mon Dieu, c'est scandaleux.

– Ta gueule ! lui siffla Jimmy Sr.

– J'ai dû la mettre dans la pâte à frire...

– Ta gueule !

– Qu'est-ce qui se passe ? demanda Sharon.

L'homme n'était plus en colère. Il avait l'air d'avoir besoin de réconfort.

– Elle est sale ? lui demanda Jimmy Sr, et il croisa les doigts.

– Non !

– Ah bon ! Alors ça va.

– Voilà comment ça s'est produit, dit Bimbo. Pliée comme ça, on dirait un morceau de morue. Ah, c'est marrant.

– Excusez-moi, dit Jimmy Sr au type. On va vous

rembourser et vous aurez en plus une canette de Coca. Ça vous va ? Les frites, elles étaient bonnes ?

L'homme n'était pas convaincu. Il plia le sachet dans un paquet plus propre et le mit sous son bras.

– Je vais chez les flics avec ça.

– Oh, c'est pas nécessaire de...

– C'est la preuve, l'interrompit l'homme.

Il vérifia qu'il avait bien toujours le paquet sous le bras.

– Vous aurez de mes nouvelles, je vous le garantis ! Un coup pareil, je suis pas près de m'en remettre.

– Un billet de dix livres, suggéra Jimmy Sr. Ça vous va ?

– C'est quoi votre nom ? demanda-t-il à Jimmy.

– J'ai pas à vous le dire.

– Ça fait rien. J'ai la preuve ici.

– Vingt, dit Jimmy Sr. Dernière offre. Allez-y.

– J'ai la preuve.

– Mettez-vous-la où je pense, votre preuve ! Nous, on veut rien savoir.

– Vous n'allez pas m'acheter.

– C'est aux fournisseurs que vous devriez le signaler, dit Jimmy Sr, pas à nous. Nous, on veut rien savoir de ces couches.

Gina se remit à chanter. Sharon lui mit la main sur la bouche, mais l'homme n'écoutait pas. Il regardait le panneau sur le flanc du van.

– C'est lequel d'entre vous, Bimbo ?

– Demande à mon cul, dit Jimmy Sr.

Il tira Bimbo vers lui.

– Sors et fais démarrer le van.

– Mais...

– Fais c'que j'te dis, putain !

Bimbo se dirigea vers la porte arrière.

– Fais le tour par l'autre côté, lui dit Jimmy Sr.

Il se rappela quelque chose.

– Le gaz !

Bimbo souleva la bonbonne de gaz et la poussa à l'intérieur du van. Il ferma les yeux quand elle racla le sol. Jimmy Sr distrayait l'homme.

– Ça doit être terrible d'avoir la boule à zéro avec un soleil pareil. Non ?

Bimbo parvint à la porte du conducteur, en faisant le tour par l'autre côté du van, sans que l'homme le voie. Il retira la poussette du siège.

– Je vous réserve un chien de ma chienne...

– Cause toujours, va ! lança Jimmy Sr.

Quand il entendit démarrer le moteur, il ôta les barres du hayon.

– Bon ben salut, Boule-de-conscience-à-zéro ! On se donnera des nouvelles.

Et il claqua la porte du hayon. Le sel et le vinaigre tombèrent sur le chemin. Il ferma la porte arrière.

– Vas-y, fonce !

Le van fit une embardée. Jimmy Sr tomba en avant et s'accrocha à une étagère. Il dérapa encore une fois, puis tout rentra dans l'ordre.

Jimmy Sr se calma. Il s'appuya contre le comptoir.

– Doux Jésus...

– Il va noter le numéro d'immatriculation, dit Sharon.

– Non.

– Pourquoi pas ?

– On en a pas. Il est dans le hangar de Bimbo. On l'a jamais fixé à l'arrière. C'est pas plus mal, tu crois pas ?

– Il risque de nous suivre.

Elle marqua un point.

Jimmy Sr entrouvrit la porte arrière. Ils étaient toujours sur le chemin des dunes, et l'homme était là derrière eux, qui pédalait comme un foutu connard.

– Je l'aurai, ce trou du cul, décida Jimmy Sr.

Son regard fit le tour du van. Il s'approcha de la plaque de cuisson et sortit d'en dessous une boîte de Coca. Ils passèrent sur un nid-de-poule, genre, au moment où il se penchait. La plaque de cuisson et la friteuse étaient toujours en marche.

– Nom de Dieu ! j'ai failli m'ébouillanter la gueule.

Il atteignit la bonbonne et coupa le gaz.

Il soupesa le Coca dans sa main, puis l'essuya sur sa chemise pour en enlever la graisse.

– Tu vas le tuer !

Sharon avait probablement raison. C'est lourd quand c'est plein, ces machins. Il saisit quelques morceaux de morue. Ils étaient encore assez durs.

Bimbo tourna à gauche au lieu d'à droite au bout du chemin des dunes.

– Qu'est-ce qu'il fout ?

– C'est pour que le type nous suive pas jusque chez nous, dit Sharon.

– Pas con !

Il ouvrit la porte arrière : l'homme les suivait toujours, mais loin derrière. Ses jambes, elles, ne suivaient pas. Jimmy lança un morceau de morue, le fit ricocher, pour voir jusqu'où il pouvait aller. Il le regarda rebondir sur la route, tout près du type.

– Tiens donc, voilà encore une preuve pour toi !

Il ferma la porte.

Bimbo les conduisit à Clontarf, puis par Lawrence's Road, jusqu'à la route de Howth. Il monta Collins' Avenue à Killister, jusqu'à Malahide Road.

Jimmy Sr regarda dehors. Il vit la maison Cadbury à Coolock.

– On va finir par atterrir à Galway.

Il lança Gina en l'air et la rattrapa plusieurs fois, mais pas trop haut parce qu'il lui avait déjà cogné la tête contre le toit. Il le faisait maintenant juste pour qu'elle l'oublie.

Ils arrivèrent à la maison. Jimmy Sr et Sharon

dégoulinaient de sueur quand ils sortirent par l'arrière. Jimmy Sr dut se mettre devant la porte ouverte du frigo.

– On évitera Dolly pendant un bout de temps.

– Ouais, grogna Bimbo.

Il était en colère.

– Ça serait jamais arrivé si elle avait...

– La ferme, coupa Jimmy Sr.

Question idées, Maggie était un grand chef. Jimmy Sr devait le reconnaître. Elle avait fait imprimer des prospectus et envoyé Wayne, Glenn et Jessica les distribuer dans les maisons du quartier. Linda et Tracy en avaient fait aussi, jusqu'à ce que Darren les surprenne à en fourrer des centaines dans la boîte aux lettres devant le Gem.

BIMBO'S BURGERS

AUJOURD'HUI LES FRITES DU JOUR

Vous avez un anniversaire à fêter ?
Vous avez simplement la flemme ?
Offrez-vous un petit plaisir
Laissez-nous cuisiner votre repas
Appelez le 374693 et demandez Maggie.

Voilà ce que disait le joli papier bleu.

– Des repas à quatre plats ? s'inquiéta Jimmy Sr, tandis qu'elle leur détaillait son projet. Comment on va se démerder pour faire ça ?

– Facile.

Elle collerait le melon au frigo dans l'après-midi, comme ça il serait toujours bien frais quand Bimbo et Jimmy Sr le livreraient. Pour la soupe, ils utiliseraient une bouteille. Ils la verseraient simplement dans les bols et l'apporteraient dans les maisons, sur les tables, toute fumante. Il n'y avait pas à se tracasser pour le plat principal parce que, n'importe comment, c'était ce qu'ils faisaient tout le temps.

– Mais le dessert ? Le temps que les gens aient fini leur truc principal, la glace aura fondu.

Il n'était pas contre cette idée. Seulement, il voyait les difficultés.

– Eh ben. Vous pourriez aussi garder des morceaux de glace dans une bouteille.

– Quoi ? Avec la soupe ?

– À tous les coups il y aura des confusions, dit Bimbo. Quelque part le long de la chaîne.

Ils convinrent que l'un d'eux ferait un saut chez Bimbo pendant que les clients en seraient au plat de résistance et irait prendre les glaces dans le frigo pour les rapporter à pinces. Ça, c'était le boulot de Darren. Ça lui était égal. Les gars qui le virent traverser le Green en courant avec une coupe de jelly et de glace dans chaque main se moquèrent royalement de lui, mais c'était mieux que d'entrer dans les maisons et de servir les clients, comme un serveur à la con. Ça, c'était le boulot de Bimbo.

Jimmy Sr secoua la bouteille au-dessus du bol. Les derniers bouts de pomme de terre glissèrent et tombèrent dans la soupe.

– Voilà...

Il n'y avait rien de tel que quelques bons gros morceaux de légumes pour donner à une soupe en sachet l'air d'une vraie.

– Elle a l'air top, cette soupe. Qu'est-ce t'en dis ?

– Délicieuse, approuva Bimbo.

– Ces enculés sont pas capables d'apprécier.

– Bof !

Ce soir, ils servaient les O'Rourke, Larry et Mona. Leur vingt-troisième anniversaire de mariage.

– On devrait les faire casquer avant de leur filer la bouffe. Même si on était en train de crever de soif, ce salopard de Larry donnerait pas la vapeur de sa pisse.

Jimmy Sr prit deux brins de persil dans le sac que lui avait donné Maggie, visa et en laissa tomber un brin dans chacun des bols.

– La touche finale !

Bimbo enfila sa veste.

– Comment ça va, derrière, Darren ?

Darren passa la main dans le dos de Bimbo, de haut en bas, pour enlever les faux plis.

Bimbo posa le torchon sur son avant-bras.

La veste que Maggie avait achetée à Bimbo était la chose la plus tocarde que Jimmy Sr ait jamais vue. Il se sentait humilié rien que de regarder Bimbo dedans. Elle était blanche à boutons dorés et les manches étaient trop longues. Mais Bimbo s'en foutait. Il se prenait pour Dieu le Père – le mec responsable, style.

– Alors on y va, frima Bimbo.

Il vérifia à nouveau sa montre.

– C'est bon, là. On leur a dit de mettre le couvert pour sept heures et demie.

Il prit les bols, se servant du bout des manches de sa veste pour ne pas se brûler les doigts.

– Tire la sonnette pour moi, Darren.

– Entendu.

– Bravo. Apporte les bougies aussi, s'il te plaît.

– Ah, putain...

– Allez, Darren. C'est pas la mort ! Elles sont végétariennes, les bougies.

– De l'humour, avec ça...

Bimbo descendit prudemment du van.

– Revenez vite pour le plat principal, leur cria Jimmy Sr.

– Ça baigne.

Les frites étaient un must. Jimmy Sr plongea le panier dans la friteuse. Larry et Mona auraient tôt fait de venir à bout de leur soupe. Remarque, il se pourrait qu'ils ne sachent pas ce qu'ils mangeaient. Chez eux, on mettait de l'eau dans ses cornflakes, c'est dire. Enfin, c'est ce que tout le monde racontait.

Bimbo et Darren étaient de retour.

– Comment ça s'est passé ?

– Plutôt gênant, dit Darren.

– Comment ça ?

– Il s'est mis à chanter.

– Il est toujours en train de chanter.

Bimbo enchaîna.

– Dès qu'il a vu les bougies, il s'est mis à chanter pour Mona. Cette chanson-là : *Je peux pas m'empêcher de tomber amoureux de toi.*

– Quoi ? *Wise men say*
Only foo-ils rush in [1]. Celle-là ?

– Ouais.

– Nom de Dieu, il s'arrange pas ! Ils ont apprécié la soupe, au moins ?

– Arrête... Les cuillères cliquetaient dans les bols tellement ils allaient vite. Il chantait et buvait en même temps.

– Mais ils ont pas pensé grand-chose du persil, compléta Darren.

– Allons bon. Tu m'étonnes !

– Il a dit que s'il avait voulu des herbes dans son dîner, il serait allé dans son jardin et en aurait pris des siennes.

– Des trous du cul comme eux sont pas capables d'apprécier les raffinements.

Retour au travail.

– C'est quoi le plat principal ?

– De la morue fumée pour Larry. Même chose pour Mona, dit Bimbo. Et ils veulent tous les deux des beignets d'ananas en plus.

---

1. « Les hommes prudents disent que seuls les idiots se précipitent » *(NdT).*

– Et des rondelles d'oignon frit, se rappela Darren.

– Oh, c'est vrai. Mona a dit qu'elle prendrait aussi deux oignons frits.

– Nom de Dieu, dit Jimmy Sr. Ça va la tenir éveillée toute la nuit, même si Larry s'en charge pas.

Il laissa tomber la commande dans la friteuse, sauf les ananas. Il leur fallait seulement quelques secondes, sinon ils se transformaient en bouillie.

– Ils veulent du vin ? demanda Jimmy Sr quand tout le reste fut prêt.

– Ouais.

– Rouge ou blanc ?

– Blanc.

Jimmy Sr plongea la tête sous la table de cuisson et en sortit une bouteille de clairette.

– Débrouille-toi avec ça.

Jimmy Sr tendit la bouteille à Darren.

– Je ferais mieux d'aller m'occuper de leurs desserts, dit Darren.

Jimmy Sr se tourna vers Bimbo.

– Tiens. Enlève-moi ce bouchon.

Bimbo s'acharna sur la bouteille avec le tire-bouchon. Jimmy Sr mit les deux assiettes sur le comptoir et déposa une montagne de frites sur chacune d'elles.

– En tout cas, il y aura pas de réclamations en ce qui concerne la quantité, hein. Donne à quelqu'un plus que ce à quoi il pense avoir droit, et t'as un ami pour la vie.

– Parce qu'ils savent qu'ils en ont pour leur argent, dit Bimbo.

– Parce qu'ils pensent qu'on est de foutus abrutis, ouais, tu veux dire.

– Le bouchon est naze.

– Pousse-le dans la bouteille.

Les assiettes étaient pleines maintenant. Trop

pleines. Jimmy Sr retira quelques frites et glissa le poisson au milieu, sous les frites.

– Voilà. Tu vas te démerder ?

– Pas de problème. Faudra que je revienne chercher le vin.

– J'te l'apporterai jusqu'à la porte.

– T'es sympa. Merci.

Jimmy Sr savait que Bimbo croyait qu'il voulait parler de la porte d'entrée des O'Rourke, mais il n'irait pas plus loin que la porte du van, pour rigoler.

En revenant, Bimbo ne releva pas.

– Très drôle.

– Oh, arrête ton char !

Ils ne dirent rien pendant un moment. Puis...

– Ils se disputent là-bas, dit Bimbo à Jimmy Sr.

– Putain, c'est géant ! À quel sujet ?

– Je pourrais pas te dire. Je leur ai juste donné leur dîner et ciao.

– Ah, putain, t'es nul !

Il tendit la clairette à Bimbo.

– Retourne et tâche de savoir.

– À qui tu crois que t'es en train de donner des ordres ?

Darren était de retour avec la jelly et la glace.

– Dis donc, Darren. Va voir pourquoi Larry et Mona se disputent.

– Vas-y toi-même.

– Nom de Dieu, quel personnel ! Quelle paire de foutus bons à rien j'me trimbale !

Il se tourna vers Bimbo, qui le regardait d'un air furibard. Il n'avait pas eu le temps de changer d'expression. Ça étonna Jimmy Sr.

– Euh... Ils sont dans le salon, la cuisine ou quoi ?

– La cuisine, dit Bimbo d'un ton normal.

– Merde. On aurait dû ramper sous la fenêtre...

Larry O'Rourke sortit de la maison à toute

vitesse, essayant d'enfiler sa veste. Il ne claqua pas la porte.

– Comment t'as trouvé la morue, Larry ? lui demanda Jimmy Sr.

– Fais chier avec ta morue de merde !

Il partit sur la route, en direction du Hikers.

– Ta jelly et ta glace, Larry !

– Fais chier avec ta jelly et ta glace de merde ! entendirent-ils.

Il se retourna vers eux.

– Elle a qu'à se les bouffer ! Sa bouche est foutrement assez grande !

– Vous voyez un peu comme il nous parle ! dit Bimbo à Jimmy Sr et à Darren. Qui c'est qui va payer les repas ?

– Euh... Je suppose que...

Bimbo regarda la route puis la maison.

– C'est Mona qui a téléphoné à Maggie.

– Très juste.

Jimmy Sr monta l'allée et entra dans la maison avec le vin.

Bimbo et Darren l'attendaient.

Jimmy Sr ressortit.

– Elle veut sa jelly.

Darren lui tendit un bol.

– Il vaut mieux lui donner les deux. Elle va les payer.

– Elle ? dit Bimbo.

– Un peu qu'elle va les payer, tiens !

Il retourna dans la maison. Darren et Bimbo remirent la bonbonne de gaz dans la camionnette et essuyèrent les étagères. Bimbo mixa un supplément de pâte à frire pour plus tard dans la soirée. Darren pêcha quelques débris de pâte frite dans l'huile de friture.

– Peut-être qu'elle est en train de le séduire, suggéra Darren.

– Oh non.

Ils fermaient la porte arrière du van quand Jimmy Sr ressortit.

– Qu'est-ce tu fichais ?

– J'ai bu un verre avec Mona.

– Ça va, elle ?

– Ça va super. Y a pas de souci à se faire pour elle.

Il agita deux billets de dix livres devant eux.

– Qu'est-ce que vous pensez de ça... ? Et de ça ?

Il tendit une pièce d'une livre pour Bimbo.

– Ton pourboire. Elle a dit merci beaucoup. Allez, prends ça. Vous savez pourquoi ils se disputaient ? demanda Jimmy Sr quand ils furent dans le van, en route pour la maison.

– Pourquoi ?

– Les pigeons de Larry ont chié sur la lessive de Mona.

– Ah, c'est tout ?

– Elle est pas mal comme meuf, Mona. Si elle s'arrangeait un peu... Elle est vraiment pas mal.

Bimbo et Darren ne disaient rien. Jimmy Sr regretta de ne pas l'avoir fermée. Darren rougissait près de lui. Il sentait presque la chaleur qu'il dégageait. Et il rougissait aussi, à présent. Bimbo faisait mine de siffler, mais aucun son ne sortait de sa bouche.

Bien qu'ils ne se soient jamais écartés de leurs façons de fourguer leurs frites et le reste, l'heure de fermeture du Hikers était toujours leur ressource principale. Dolly était génial par une belle journée ensoleillée, mais les jours de pluie ou même quand le temps était juste couvert, là-bas, il n'y avait pas un chat à qui vendre une frite. Et des belles journées ensoleillées, il n'y en avait jamais tellement dans un été irlandais. Il y avait toujours de la pluie qui vous arrivait dessus de quelque part. Mais des gens qui sortaient du pub après quelques verres se foutaient pas mal de la couleur du temps, ils voulaient leurs frites, et basta, avec peut-être un morceau de morue et une bonne pâte croustillante par-dessus. En tout cas, la pluie n'est jamais si mouillée que ça quand on est à moitié bourré.

Avec les soupers intimes aux chandelles arrosés de vin, ils rentraient tout juste dans leurs frais. Ils faisaient ça pour rigoler plus que pour autre chose. Bimbo les faisait pour plaire à Maggie, parce qu'elle était à l'origine de cette idée géniale, et Jimmy Sr était d'accord avec Bimbo.

Simplement elle ne cessait pas d'avoir des idées géniales. Des fois Jimmy Sr avait envie de lui dire de laisser son foutu cerveau se reposer.

Un lundi de la fin juillet, ils rentraient de Dolly couverts de sable, avec que dalle dans la caisse, parce qu'il y avait eu des averses tout l'après-midi, et elle était là à les attendre, passant d'un pied sur l'autre à la porte d'entrée, avec sa dernière trouvaille : des petits déjeuners à Malahide Road.

– Non mais, tu blagues ou quoi ! ? s'inquiéta Jimmy Sr, une fois qu'il sut ce qu'elle mijotait.

Elle voulait qu'ils garent le van au carrefour de Coolock tous les matins et fassent des sandwiches au bacon pour les gens qui partaient travailler en voiture.

– À quelle heure ?

– Sept heures et demie.

– Nom de Dieu... !

– Huit heures si tu préfères. Ça a pas d'importance. Aux heures de pointe.

– Écoute, Maggie. S'ils sont tellement pressés, ils vont pas s'arrêter pour acheter un sandwich au bacon. Ni même une tranche de bacon et un dunphy.

– Il y a plein de gens qui adoreraient avoir un sandwich au bacon en allant au boulot.

– Je sais. Mais on les verra passer dans le bus ou ils seront encore au lit parce qu'ils sont au chômage.

Bimbo restait bien silencieux, un peu trop silencieux au goût de Jimmy Sr. Putain !

– Les seuls qui seront par là en voiture, c'est les jeunes cadres dynamiques. Et, que je sache, ils peuvent se faire leur foutu petit déjeuner eux-mêmes !

– C'est juste que t'as pas envie de te lever tôt.

Jimmy Sr ne fit pas attention. Il n'avait pas fini.

– C'est sûr, nom de Dieu ! Aucun jeune cadre dynamique ne voudrait qu'on le voie en train de manger un sandwich au bacon en allant à son travail. Pense à ça.

– Vous pourriez essayer.

Maggie s'adressait à tous les deux, mais surtout à Bimbo.

– Attends...

Jimmy Sr n'était pas encore mort. Et il ne se levait pas à six heures et demie le matin.

– Y a combien, de Malahide jusqu'en ville ?... Environ ?

– Sept kilomètres, dit Bimbo.

– Environ ?

– Ouais.

Jimmy Sr regarda Maggie pour lui donner une chance. Elle était d'accord avec Bimbo.

– Sept kilomètres, donc. Peut-être un peu plus. C'est pas très loin, non ? On risque pas d'avoir faim sur un trajet de sept kilomètres. Sauf si on marche sur les mains et les genoux.

– Alors, la route de l'aéroport, suggéra Maggie. Ça serait mieux. Ils viendraient de plus loin sur cette route. Drogheda, Dundalk, et...

– Belfast, ajouta Bimbo.

– C'est ça. Eh bien ?

– Je suis partant. Et toi, Jim ?

Il n'avait pas le choix.

– D'accord. Mais promets-moi un truc : si ça marche, tu nous fais pas ressortir plus tard pour leur préparer aussi leur foutu thé.

Ça ne marcha pas. Jimmy Sr se débrouilla pour.

– Viens voir un peu, dit-il à Bimbo.

Ils étaient sur la route du nouvel aéroport. Il était sept heures.

– Tu veux faire ça tous les matins ?

– Quoi ?

– Commence pas. Tu veux, oui ou non ?

– Quoi ?

– Tu veux te lever avant les mouettes tous les matins ? Oui ou non ?

– Non.

– Bon ; alors gare-toi là.

– Où ça ?

– Là.

– Sous le pont ?

– Ouais.

Ils restèrent là sur l'autoroute, sous l'autopont, une heure et demie. Ils ouvrirent le hayon et tout le saint-frusquin. Sans tricher. Ils firent trois sandwiches au bacon : Jimmy Sr en mangea deux et Bimbo le troisième, ainsi qu'un Twix chacun. Ils n'auraient pas dû se trouver là, mais la police ne vint pas les y dénicher. Ils se penchèrent par-dessus le hayon à regarder défiler les voitures et les camions dans un fracas à tout casser. Puis ils fermèrent le hayon et rentrèrent chez eux.

– Pas un mot ! ordonna Jimmy Sr à Bimbo en guise d'avertissement.

– Non, non.

Jimmy Sr apprécia le retour à la permanence ce matin-là. Il laissa Bimbo expliquer.

– Où vous l'avez garé ?

– Juste là, à Whitehall. À l'église, là où t'as dit.

– Et personne s'est arrêté ?
– Personne.
– Et personne n'a ralenti, tu peux ajouter.
– Ah bon.

Terminé. C'était géant. Maggie ne s'imposait pas. Elle n'était ni Hitler ni j'sais pas, moi. Mais elle s'emballait sacrément vite.

Bimbo et ses gosses ne mangèrent que des tranches de bacon pendant les deux semaines qui suivirent, et Maggie emmena Wayne, Glenn, Jessica et les deux autres gosses en ville, à Stephen Green, où ils en donnèrent dix-sept grands plats aux canards.

Bimbo et Maggie étaient les responsables. Quelquefois, Jimmy Sr ne pouvait s'empêcher de se dire ça. Pas seulement Maggie. Tous les deux.

Ce n'est pas qu'ils lui donnaient des ordres ou qu'ils le faisaient marcher – il aurait fait beau voir qu'ils essaient ! Simplement il était certain qu'ils parlaient affaires au lit chaque soir, et il n'était pas au lit avec eux. Il n'y avait rien d'anormal à ça, remarque. Il aurait été pareil si ç'avait été Veronica. Mais il avait parfois l'impression qu'ils avaient déjà tout décidé, ils avaient calculé d'avance la marche de la journée, avant qu'il tire leur sonnette.

Il se sentait un peu tenu à l'écart. C'était plus fort que lui.

Quand Maggie avait annoncé les soupers en tête à tête avec vin et chandelles, Bimbo n'avait rien dit mais Jimmy Sr s'était bien aperçu qu'il était déjà au courant. Il ne se tenait pas près de Maggie en approuvant de la tête comme s'il avait déjà tout entendu avant, mais il ne lui posait pas non plus de questions : il n'en avait pas besoin. Il aurait même pu annoncer lui-même le truc des chandelles.

C'était le genre de merde romantique que Bimbo adorait.

Mais, là encore, il n'y avait rien d'anormal. L'idée avait du bon. Ce n'était pas parce qu'il n'y avait pas pensé lui-même que ça diminuait la valeur de l'idée, ni parce qu'il n'avait pas été là quand Maggie y avait pensé. De toute façon, même s'il n'aimait pas ça, il n'y pouvait rien. Il aurait pu rester en bas et regarder la télé chez Bimbo jusqu'à ce qu'ils aient fini de se grimper ou de faire autre chose, peu importait quoi, quand ils allaient se coucher, puis monter à l'étage et se mettre entre eux deux pour bavarder pendant deux heures. Mais il n'imaginait pas qu'ils puissent être d'accord.

Un autre jour encore. Jimmy Sr allait jouer au golf miniature contre Sinbad McCabe. C'était pour le Prix du Hon Sec [1] qu'il jouait contre lui, et Sinbad McCabe était le Hon Sec en personne. Jimmy Sr détestait ce connard. Il voulait à tout prix gagner, battre ce con dans sa propre coupe. Il était en train d'avaler des sandwiches – pas au bacon, notez bien – et un bol de soupe. En même temps, il se préparait psychologiquement. Il y avait deux choses que Jimmy Sr détestait chez Sinbad McCabe, deux choses principales : la façon dont il attendait toujours que le Hikers soit plein avant d'inscrire les résultats sur le tableau des rencontres, comme si c'était le foutu Concours de chanson de l'Eurovision qu'il organisait, et la façon dont on voyait les marques de son slip à travers son pantalon. Il y avait encore d'autres choses, mais c'étaient les deux trucs majeurs. Jimmy Sr allait regarder les marques du slip de Sinbad avant de jouer. Ça l'aiderait à se concentrer. Il ne lui parlerait pas non plus, pas un mot, et il se tiendrait juste derrière lui quand Sin-

1. Honourable Secretary *(NdT)*.

bad putterait, aussi près que possible, sans pour autant aller se frotter contre lui. Il était en train de raconter ça à Veronica et à Sharon quand Bimbo entra.

– Qu'est-ce qui t'arrive ?

– Tu viens me regarder ?

Il n'était pas sûr de vouloir Bimbo à ses côtés pour cette partie. Bimbo était trop gentil avec tout le monde. Il ferait la conversation avec McCabe et tous les travaux d'approche de Jimmy Sr seraient gâchés.

– Quoi ?

Il était venu demander à Jimmy Sr de se dépêcher. Ils emmenaient le van à Dolly. Avec Maggie, ils avaient regardé par la fenêtre, vu le ciel plein de bleu, et chargé le van. Seulement, Jimmy Sr n'était pas avec eux, donc il n'en savait rien. Ils attendaient juste qu'il prenne les choses en route. Ce n'était pas juste. Ce n'était pas normal.

Cela le contraria. Mais il battit quand même Sinbad McCabe.

Une autre chose à laquelle il avait réfléchi plusieurs fois – il n'arrivait pas à décider si c'était important ou non –, c'est Bimbo qui avait acheté le van. Jimmy Sr était avec lui pour l'occasion, mais c'est Bimbo qui avait payé. Pas grand-chose. Il ne pensait pas que ça avait de l'importance – il n'en était pas certain. Il ne se sentait pas coupable. Peut-être qu'il aurait dû donner à Bimbo la moitié du prix du van. Il avait l'argent maintenant. Libre à lui. Mais qu'est-ce qui se passerait s'il faisait ça ? Rien, sans doute. Il ne savait pas. Il y réfléchirait, en parlerait peut-être à Veronica. Il ne voulait rien faire qui fiche tout en l'air. En même temps, il n'était la bonne à tout faire de personne. Des associés : c'était le mot que Bimbo avait utilisé tout au début, au Hikers, le jour où ils avaient poussé le van jusque chez Bimbo. Peut-être qu'il était temps de le lui rappeler. Mais il ne voulait pas heurter les sentiments de Bimbo, ni même ceux de Maggie. Il hésitait.

Il y réfléchirait.

C'était super de savoir qu'il y avait de l'argent, là, quand il mettait la main dans la poche. Non qu'il eût beaucoup de temps pour le dépenser. Il pouvait aller au Hikers quand il voulait, s'il en avait envie. Il achetait parfois le journal le matin et l'apportait au pub où il prenait tranquillement une bière tout seul, mais ça sentait toujours la nuit passée et la cire, et cette odeur que laissent derrière eux les vieux aspirateurs. Sauf le samedi et le dimanche. C'était mieux.

Il s'acheta un costume, un gris. Veronica le trouva bien. Elle alla même avec lui jusqu'au Hikers le premier samedi qu'il le porta. Il n'était pas tape-à-l'œil, et Jimmy Sr ne portait pas de cravate bien qu'il en eût aussi acheté une.

– Beau costume, compadre.

– Ça a dû te coûter quelques shillings, lui décocha Paddy, mais il ne fallait pas faire attention à lui.

Bimbo ne dit rien mais, le dimanche suivant, il portait un nouveau costume. Il avait donc dû être impressionné. Lui ou Maggie.

Ils songeaient à s'acheter une voiture. Ils en avaient toujours eu une avant, ou un van, en tout cas ils avaient toujours eu quelque chose. Veronica mettait de l'argent de côté.

– On va avoir un Noël convenable cette année, crois-moi, déclara-t-il tandis qu'ils se promenaient, lui et Veronica, le long du front de mer.

– Jimmy.

– Quoi ?

– On est en août.

– Tu vois ce que je veux dire...

Mais ils se mirent à rire.

Ils allèrent tous au zoo. Darren et les jumelles ne voulurent pas venir, mais tous les autres, oui. Jimmy Sr et Veronica, Sharon et Gina, et Jimmy Jr et sa meuf, Aoife. Ils passèrent une journée super. Les animaux, Gina n'en avait rien à fiche. Elle voulut juste faire du toboggan toute la journée. Jimmy Sr et Jimmy Jr firent le tour du zoo en rigolant. Aoife riait de presque tout ce qu'ils disaient, mais surtout quand Jimmy Sr dit que l'hippopotame sentait comme la mère de Veronica, qui ne le contredit pas. C'était une jolie fille, Aoife. Drôlement jolie. Ils pique-niquèrent. Jimmy Jr engueula Jimmy Sr parce qu'il ne voulait pas s'asseoir dans l'herbe à cause de son nouveau costume.

Après le zoo, ils prirent un verre à l'hôtel Park Lodge. On était bien là-bas, du moins quand Jimmy Jr eut obtenu qu'on baisse la télé. Au moment de rentrer, Jimmy Sr commanda un taxi – la classe !

– Donnez un coup de klaxon, suggéra Jimmy Sr quand le chauffeur de taxi s'arrêta à leur porte.

– Non, dit Veronica.

Tous sortirent pendant que Jimmy Sr réglait la course avec le type du taxi. Huit livres, putain. Mais il ne dit rien. Il se contenta de lui tendre l'argent. Ce n'était que de l'argent. Mais il s'assura qu'il lui rendait bien la monnaie exacte. Puis il lui donna cinquante pence.

– Tenez. Allez vous acheter une casquette.

Jimmy Jr voulut payer la moitié de la course.

– Va te faire foutre ! Remets ça dans ta poche.

– T'es sûr ?

– Un peu, qu'je suis sûr !

Il parlait plus calmement à présent.

– Je me souviens quand j'étais fauché et que tu m'as dépanné. Ça, je m'en souviens.

– Je peux le récupérer ? railla Jimmy Jr.

Ils riaient encore en entrant dans la cuisine mais

ils ne voulurent pas dire aux femmes ce qui les faisait rire.

Il était minuit passé. L'ambiance était fiévreuse. Ils dérapaient partout mais ils n'avaient pas le temps d'essuyer par terre. Ils s'y étaient habitués, comme les marins. Sharon était avec eux ce soir et elle transpirait même à travers ses vêtements.

– Jésus Marie Joseph, dit Jimmy Sr.

Il s'apprêtait à dire ce qu'il avait sur le cœur. Bimbo et lui s'occupaient de la friteuse et de la plaque de cuisson. Ils essayaient d'aller aussi vite que Sharon, qui leur transmettait les commandes. Bimbo poursuivait une rondelle d'oignon qui n'arrêtait pas d'esquiver les pinces.

Jimmy Sr s'essuya le front avec le bras.

– Tu sais quoi ?

C'était parti.

Il gloussa tout d'abord, pour que ça sonne juste, une sorte de vanne.

– Cet endroit devrait s'appeler Bimbo's et Jimmy's Burgers.

– Non, rétorqua Bimbo très vite, foutrement trop vite.

Le cœur de Jimmy Sr battait très fort.

– Ça sonnerait pas bien.

– Ouais, reconnut Jimmy Sr. T'as raison.

– Trop long.

– Exact. Je plaisantais...

– Je sais... Pourtant...

– Non, t'as raison.

– Vous êtes super copains depuis des années, dit Veronica.

Jimmy Sr hocha la tête.

C'était vrai. Ça l'était encore.

Il hocha la tête à nouveau.

– Vous devriez faire en sorte que ça reste comme ça. Tous les deux.

Jimmy Sr eut un petit rire.

– T'en fais pas, ma chérie. De toute façon, c'est pas Bimbo en fait... je sais pas. C'est elle.

Veronica ne dit rien.

Darren se recula juste à temps. Jimmy Sr portait un sac en papier marron qui était déjà tout trempé. Le fond allait lâcher. Il avait mal calculé son temps. Il avait collé la morue et le hamburger aux épices dans le sac mais, quand il alla chercher les frites, il n'en restait plus, alors, le temps qu'il en mette une nouvelle fournée dans la friteuse et qu'il attende qu'elles soient cuites, la morue avait glissé de la pâte à frire et imbibait le fond du sac. Mais il n'avait pas le temps d'en changer. Dehors, c'était de la folie. Une fois de plus. Et il ne faisait pas encore nuit. Les petites bandes de gosses faisaient semblant d'en être des grosses. Ils n'étaient que six à attendre d'être servis mais ils hurlaient tous en même temps, en se poussant et changeant de place. C'était une nuit à chier, une de plus, lourde et étouffante, pire que la précédente.

– Deux morues, un épices, trois gros.

Jimmy Sr vérifiait avec la fille qui les avait commandés.

– Ouais, dit-elle comme si elle les avait attendus toute la journée.

Il balança du sel et du vinaigre dessus et ferma le sachet.

– Un simple et un...

– T'attends ton tour, merde !

Il se tourna vers Darren et Bimbo.

– Si l'un de vous pouvait venir ici...

Il se retourna vers la fille et lui tendit le sachet.

– Voilà !
– Ah, je prends pas ça, moi !
– C'est quoi, ton problème ?
– Le sachet. Il va péter avant que je le rapporte chez moi.
Jimmy Sr ne pouvait pas discuter avec elle. Elle avait raison.
– Nom de Dieu, on en pleurerait !
Il se retourna pour prendre un autre sachet et buta contre Bimbo. Il n'y eut pas de casse.
– Tu pourrais pas regarder où tu fous les pieds !
– Regarde où tu fous les tiens ! rétorqua Bimbo.
– Où est parti Darren ?
– Chez les Fleming pour avoir de l'eau.
– Il nous sert à rien là-bas.
Bimbo prit la relève au hayon.
– À toi !
Jimmy Sr désigna un gosse.
– Un simple.
– Autre chose ?
– Non.
– Un simple, cria Bimbo dans les oreilles de Jimmy Sr. Pardon.
Jimmy Sr tendit le sachet tout neuf à la fille.
– Bon, tiens. Ton fric, maintenant...
La fille regarda sous le sachet avant de tendre les pièces d'une livre, cinq au total. Les pièces étaient chaudes.
– T'as les mains qui transpirent.
– Comme tes couilles !
La gamine se contenta d'attendre sa monnaie, debout, sans se biler. Elle n'avait pas plus de douze ans. Elle leva les yeux vers lui.
À l'extérieur, ils se gondolaient.
Il prit vingt-cinq pence dans la caisse. Il se dit que c'était ce qu'il lui devait, il n'en était pas sûr.
– Voilà.

– C'est pas trop tôt, dit-elle, et elle bouscula tout le monde pour franchir la foule.

Elle fut remplacée par un jeune mec avec une queue de cheval.

– À nous, Geronimo.

– Je m'appelle pas...

– Okay. Tu veux quoi ?

– Des frites au curry.

– On en fait pas.

– Pourquoi ?

– Nos frites sont trop bonnes, fiston !

– Quoi ?

– On voudrait pas insulter nos frites en les gâchant avec ces saletés, expliqua Jimmy Sr. Ils utilisent de la sauce au curry seulement parce que leurs pommes de terre sont dégueu, pour cacher le goût qu'elles ont. Bon, y a un menu ici, si tu veux y jeter un œil.

Il commençait à se sentir mieux. Bimbo retourna à la plaque de cuisson et à la friteuse. Il était temps qu'il se mette vraiment au boulot, au lieu de juste se cacher dans un coin avec le poisson.

– Alors, tu veux des frites normales, ou quoi ?

– Okay. Mais elles ont intérêt à être bonnes.

Jimmy se pencha en arrière et prit une frite dans le panier à friture.

– Ça te paraît comment, ça ?

Jimmy Sr tendit la frite.

Ils se mirent tous à pousser des cris. Ils étaient plus nombreux encore dehors, maintenant. Une vingtaine, tous des gosses.

– Hourra ! Bravo !

– C'est pas des frites ! hurla dans la foule un jeune à la voix pointue. C'est des patates à la mords-moi-le-nœud !

– Mettez-m'en un sachet ! dit le jeune avec la queue de cheval.

– Un simple ! rugit Jimmy à l'intention de Bimbo.

Darren était de retour, avec trois bouteilles pleines.

– Qu'est-ce qui t'a retenu ? demanda Bimbo.

– Y a fallu que je négocie, expliqua Darren.

Jimmy Sr choisit son client suivant.

– À toi... avec ta tête, là...

– Un gros et un dunphy.

– Un gros et un dunphy ! hurla Jimmy Sr.

– Elle regardait *Jake et le Gros Con* quand j'ai sonné.

– Oh oh !

Mrs Fleming leur avait déjà supprimé leur approvisionnement en eau, quand Jimmy Sr avait sonné pendant *Coronation Street*, puis frappé à la fenêtre du salon parce qu'elle n'avait pas répondu assez vite. Ils avaient dû lui acheter une boîte de chocolats Terry's Moonlight, et envoyer Maggie la lui porter, avant qu'elle leur redonne le droit de passage.

– Un gros, un fumé et un épices ! hurla Jimmy Sr. Et grouille-toi avec le gros et le dunphy !

Darren remplit un sachet de frites et pêcha un hamburger aux épices dans la friteuse.

– Il a dit un dunphy, lui dit Bimbo.

– C'est pas pour lui. C'est pour Mrs Fleming.

Il sauta dehors par l'arrière.

– Où il est parti encore ? râla Jimmy Sr. Pour l'amour du ciel, on peut pas laisser cette vieille salope nous rançonner ! Deux gros, un bun et un dunphy... Arrêtez de pousser, là. Vous allez renverser le van.

Il se tourna vers Bimbo.

– Pourquoi elle peut pas juste nous faire faire une clé comme j'y ai demandé ? Deux Seven-Up avec la dernière commande, okay ?

Bimbo avait du mal à assurer. Ça se voyait.

Bien.

Jimmy Sr balança du sel et du vinaigre, ferma le sachet marron et le tendit à un jeune type dehors.

– Un... euh... quatre-vingts.

– Et un Twix, ajouta le jeune.

Jimmy Sr alla chercher le Twix et revint au hayon : le gamin avait foutu le camp sans payer. Ils se marraient tous là dehors. Jimmy Sr se sentit obligé de rire avec eux.

– T'as vu ça ? demanda-t-il à Bimbo.

– Quoi ?

– M'sieur Rabbitte, par ici !

– On saute pas la queue juste à cause qu'on connaît mon nom.

– Je t'emmerde.

– T'es rayé.

– Il est en train de rayer Anto, dit un autre môme. Il va vous mettre son père au cul, m'sieur Rabbitte.

– Il peut aussi me mettre sa mère si ça lui chante !

Ils applaudirent.

– Remarque, son père me plaît plus.

– Haaaaa !

Ils s'amusaient beaucoup.

– Là, c'est sûr, y va aller chercher son père.

– Si ça lui chante. Je lui crèverai son fauteuil roulant.

Il se retourna pour voir ce que fricotait Bimbo. Il tenait un hamburger aux épices au-dessus de deux sachets. Il ne savait pas lequel était le bon.

– Tu veux qu'on permute ? suggéra Jimmy Sr.

– Non. Non... Ouais.

Jimmy Sr parlait à ses clients.

– Il faut que je vous quitte maintenant. On manque un peu de personnel aux cuisines.

– Au revoir, m'sieur Rabbitte.

– Bonne chance, hein !

Il laissa la place à Bimbo.

– Vas-y. Assure-toi qu'ils te donnent l'argent avant de leur tendre la marchandise.

Ça lui avait bien plu d'être au hayon et l'air frais

qui entrait lui avait donné une pêche d'enfer. Il aplatit un hamburger, pour lui. C'était pas du luxe.

– Un beignet, un gros, du Coca ! hurla Bimbo.

– J't'entends, hé, ça va !

Il ne savait pas comment les gens pouvaient manger ces beignets de hamburgers : répugnants. On pourrait en laisser un dans la friture pendant des heures et la viande aurait toujours cette couleur rose. Sans compter qu'il fallait des ciseaux pour couper la pâte. On jouait avec la mort à manger un de ces machins. Pourtant, ils étaient gros, de très bonne qualité. Il le plongea délicatement dans la graisse. C'était comme le lancement d'un navire.

Darren était de retour.

– Elle est aux anges maintenant ?

– Ouais. À peu près.

– Pisse sur ses frites la prochaine fois !

Jimmy Sr fit passer un sachet marron à Bimbo.

– Beignet de hamburger, un gros.

– Et un Coca avec ça, lui rappela Bimbo.

– Ah ouais, c'est vrai.

Jimmy Sr se baissa et prit une canette sous la plaque de cuisson, s'assurant que sa tête n'était pas trop près. Il essuya la graisse de la canette avec le T-shirt de Darren et la tendit à Bimbo.

– Du fond du frigo.

– Deux cinq, calcula Darren à l'intention de Bimbo.

– Deux livres et cinq pence, dit Bimbo au jeune gars devant le hayon.

– J'ai que deux livres.

Jimmy Sr prit le sachet des mains de Bimbo quand il entendit ça. Il l'ouvrit, sortit le beignet de hamburger, en mordit une énorme bouchée et laissa le reste retomber dans le sachet. Il ferma le sachet et fit passer le morceau de beignet dans un coin de sa bouche.

– Deux livres, s'arrangea-t-il pour dire, et il tendit le sachet au jeune type.

– Nom de Dieu ? T'as vu ce qu'il a fait ? hurla le gamin.

Bimbo lui arracha le sachet.

– Tu l'as cherché, dit Jimmy Sr.

Dehors, ils devenaient fous.

Jimmy Sr mâcha le hamburger. Ce n'était pas si mauvais, une fois en morceaux. Il revint à son poste et retourna son hamburger. Darren trempait les morceaux de morue dans la friteuse, pour fixer la pâte à frire. Il riait aussi.

– C'est révoltant, dit-il à son père.

– Ils n'ont pas si mauvais goût que ça. Si tu les regardes pas d'abord. Oh, mais j'oubliais, t'es végétarien, c'est vrai. Je suppose que tu m'prends pour un cannibale, Darren, non ?

– Même pas. Je pense simplement que t'es un foutu imbécile.

Ils se marrèrent. Jimmy Sr cracha le reste de la viande par la porte arrière. Son vrai hamburger était prêt. Il n'allait pas encore ajouter la sauce !

Dieu du ciel, il se sentait bien à présent.

– Gros, fumé ! dit Bimbo.

– C'est ton rayon, Darren, déclara Jimmy Sr.

La viande était d'un beau brun rassurant.

– Ça a l'air mieux maintenant, non ? dit-il avant de poser par-dessus la moitié supérieure du bun.

– Petit ! cria Bimbo.

– T'aimes pas l'odeur ? lui demanda-t-il.

– Non, dit Darren. Nom de Dieu !

– Tu devrais.

– J'aime pas, j'te dis.

– Je sais pas, moi...

Jimmy Sr allait laisser Darren tranquille. Il fit passer un grand sachet à Bimbo.

– Gros, fumé.

– Un quatre-vingt-cinq, dit Darren.

La nuit tombait. Darren alluma les lampes. Jimmy Sr tendit un autre sachet à Bimbo.

– Petit.

– Cinquante-cinq, dit Darren.

– Ça, je sais ! dit Bimbo.

Jimmy Sr poussa Darren du coude.

– Je suis pas si bête, quand même.

– Putain, si, que tu l'es ! dit quelqu'un dehors.

Darren connaissait cette voix.

– Bébé Harrison, expliqua-t-il à Jimmy Sr.

Jimmy Sr vint au hayon.

– Bébé Harrison ! hurla-t-il. T'es rayé.

Ils applaudirent.

– Hourra, Bébé !

– Lequel c'est, Bébé ? dit Jimmy Sr quand ils se furent un peu calmés.

– C'est lui, m'sieur Rabbitte.

Ses copains le soulevèrent. Les gars qui jouaient avec Darren pour Barrytown United.

– Arrêtez ce bordel ! hurla Bébé.

Ils le hissèrent par-dessus leurs têtes et le firent passer par le hayon. Il se tenait aux montants comme Sylvestre le Chat, mais un des gars lui enleva une chaussure et lui frappa les articulations avec.

– Aaah ! Va te faire foutre ! C'est ma main pour jouer de la guitare !

– Mon œil, c'est ta main pour te branler !

Bimbo sauva le sel et le vinaigre et dégagea le passage. Il n'était pas impressionné.

– Bonté divine !

Bébé s'écrasa sur le comptoir, sur le sel et la graisse renversés. Son pied envoya valser le menu. Il serait tombé tête la première à l'intérieur si Jimmy Sr ne l'avait pas attrapé sous les aisselles et soutenu jusqu'à ce que ses pieds ne soient plus sur le comptoir.

Bébé fourra sa chemise dans son pantalon.

– Regardez le bronzage de Bébé !

– Donnez-lui un boulot, m'sieur Rabbitte.

Bébé se retourna pour faire face aux gars dehors. Il prit la bouteille de sauce rouge des mains de Bimbo.

– Ouah ! Espèces de connards !

Il serra la bouteille à deux mains avant que Bimbo ait pu la lui enlever. Du ketchup ruissela sur les mecs. Le van trembla. Une canette à moitié vide atterrit à l'intérieur. Elle ne toucha personne mais elle fit un bruit considérable en heurtant le mur et flanqua la frousse à Bimbo. Elle tomba sur une étagère puis dans la friteuse et envoya une gerbe d'huile sur le sol.

– Oh sacré nom de Dieu !

– Eh là ! rugit Jimmy Sr en gardant la tête baissée au cas où d'autres canettes seraient envoyées. Pas de ça !

– Allez, dit Bimbo à Bébé. Dégage. Ça va trop loin. Dégage, j't'ai dit !

Bébé n'avait pas besoin de se l'entendre dire deux fois.

– J'ai pas demandé à venir ici ! On m'y a jeté !

Il dérapa dans l'huile.

– Nom de Dieu !

Il s'agrippa à la plaque de cuisson pour se remettre debout, mais Darren l'en empêcha d'un coup sur la main et il tomba sur le cul, en plein dans l'huile.

– Lève-toi, ordonna Bimbo.

Bébé ne fit pas attention. Il se dit qu'il était cuit. Il demanda à Darren :

– Qu'est-ce que j'vais faire ?

Darren tendit les mains pour l'aider. Il gardait les pieds en dehors de l'huile. Les mains de Bébé glissèrent dans celles de Darren. Bébé eut l'air terrifié quand ça se produisit. Il essaya de se redresser. Darren lui empoigna les manches, le retira de la flaque d'huile et l'entraîna jusqu'à la porte.

– Merci, Darrah.

Bébé était debout. Il allait mieux. Il était prêt à se mettre à râler à cause de ses vêtements. Bimbo essayait de repêcher la canette de Coca dans la friteuse.

– Tout est fichu.

L'huile clapotait sous ses baskets. Il renonça à la canette de Coca et regarda par terre.

– Salauds de loubards !

Jimmy Sr jeta une serpillière sur le sol.

– Tu devrais pas les encourager.

– On veut Bébé ! On veut Bébé !

Les types dehors s'étaient de nouveau rassemblés.

Jimmy réapparut au hayon.

– Il vaut combien, pour vous ?

– Pas tripette !

Bébé ne sortit pas de la même façon qu'il était entré. Il allait le faire quand Jimmy Sr le renvoya à la porte.

– Oh ouais !

– Fais gaffe à l'huile, là, l'avertit Bimbo. Regarde.

Bébé descendit le marchepied à reculons, lentement, parce que l'huile avait trempé son pantalon et qu'elle était carrément chaude.

– Salut, Darren !

– Bonne chance, Bébé !

Darren était accroupi par terre, tordant la serpillière au-dessus du seau à frites.

Il n'y avait plus personne dehors. Jimmy abaissa la porte du hayon pour remettre de l'ordre.

C'était leur unique serpillière, et elle épongeait très peu d'huile à la fois.

– C'est dingue, dit Darren.

– C'est une honte, renchérit Bimbo.

– Tu crois... ? demanda Jimmy Sr.

Un mot de plus, et ça aurait foutu le feu aux poudres. Alors ils préférèrent se taire.

C'était dégueu. On n'entendait que le bruit des

chaussures baignant dans l'huile et le souffle de leur respiration. Puis Jimmy Sr se rappela quelque chose.

– T'as déjà vu *Cocktail*, Darren ?

– Tu te fiches de ma poire ou quoi ?

– Je l'ai regardé avec Linda et Tracy. Elles l'ont vu treize fois.

– C'est juste parce que Tom Cruise montre son cul.

– Ah bon ? Je crois pas, t'es sûr ? J'ai dû aller aux chiottes à ce moment-là... Moi d'ailleurs, j'ai trouvé ça bien.

Il observa l'expression de Darren.

– C'était de la merde, expliqua-t-il. Mais de la bonne merde, tu vois.

– Les tours. Au bar. Entre Tom Cruise et ce type de Thornbirds. Ils étaient super marrants.

– T'en as vu un, au moins, Bimbo ?

La première pierre toucha le van avant que Bimbo ait pu répondre. Elle s'écrasa en plein sur le côté au-dessus de la plaque de cuisson. La suivante rasa le toit.

– Nom de Dieu !

Jimmy ferma la porte.

La suivante ébranla la porte du hayon.

Les morts vivants étaient de sortie. Il y avait longtemps qu'ils n'avaient pas fait ça, plus de trois semaines. Jimmy Sr avait oublié que c'était leur truc.

– Les cons.

Darren les connaissait. Lar O'Rourke était dans la même classe que lui à l'école primaire. Ils savaient qu'il était dans le van.

La suivante atteignit de nouveau le côté. Des écailles de peinture tombèrent à la surface de l'huile.

Ils ne pouvaient rien faire. Ils n'avaient plus qu'à attendre qu'ils s'arrêtent. Ils ne faisaient jamais vraiment de dégâts. Ils n'avaient jamais cassé le pare-brise ni les vitres de côté.

La suivante fut lancée sur le toit. Elle fit le plus gros boum et resta sur le toit. Parfois, ce n'était pas des pierres qu'ils lançaient, mais les piles usagées de leur ghettoblaster. Tout ce qu'ils écoutaient, c'était UB 40. Rien d'autre, jamais.

Jimmy Sr se mit à chanter.

– *Plus près de toi mon Dieu !...*

Il ne se mettait plus en colère. Ça ne servait à rien. Une autre pierre roula sur le toit. Il ne restait plus qu'à attendre que ça passe. Mais ils ne pouvaient pas s'asseoir par terre à cause du désordre. Ils devaient rester debout, à l'écart des murs.

– Quelle soirée, soupira Jimmy Sr.

– Ouais, dit Bimbo. J'espère...

La pierre faillit transpercer le mur.

– Merde alors !

Il toucha le creux à côté du hayon.

– Y en a un là, dehors, qui se prend pour Popeye, putain !

Ce fut la dernière, mais c'était difficile à dire.

Ils étaient au salon.

– *For goodness' sake*
I got the hippy hippy shake[1]...

– Putain ! Pardon, Darren.

Il avait encore fait tomber la bouteille de sauce Kandee.

Darren poussa le bouton Pause.

Jimmy Sr n'arrivait pas à saisir le coup de main pour la bouteille de sauce Kandee. Avec le vinaigre, c'était super. Sa main s'adaptait bien à la bouteille. Elle était assez facile à prendre. Mais pour la sauce, c'était merdique.

1. « J'ai le swing dans la peau... » *(NdT).*

Jimmy Sr arriva à en enlever une bonne dose du tapis, presque tout. Il se lécha les doigts.

– Prêt ? demanda Darren.

– Attends.

Il frotta le tapis et la tache s'atténua puis disparut. Super.

– Okay.

Jimmy Sr avait le vinaigre dans la main gauche et la sauce dans la droite. Il se tenait à côté de Darren, à quelques pas, pour être à l'abri.

– Vas-y, Darren.

Darren releva le bouton Pause.

– *Ouais*
I got the shake
I got the hippy hippy shake...

– Vinaigre !

Ils lancèrent en l'air leur bouteille de vinaigre.

– *I got the hippy...*

Et la rattrapèrent, ensemble.

– Ouaiiiiiiiis !

Ils rirent.

– *Wuuu*
I can't sit still[1].

– Sauce !

Ils réussirent : les bouteilles retombèrent à plat dans leur main droite.

– *Yeah*
I get my fill...

– Les deux !

– *Now with the hippy hippy shake...*

C'est alors que Veronica entra et les surprit. Darren s'arrangea pour attraper ses deux bouteilles mais Jimmy Sr fut complètement déconcentré. Il s'immobilisa et manqua les bouteilles qui tombèrent sur le sol. Le vinaigre y resta mais la bouteille

1. « Je ne tiens pas en place » *(NdT)*.

de sauce rebondit et roula plus loin : la matière gluante qui était sur le goulot tomba sur le tapis. Darren écrasa le bouton Pause.

Veronica mit un certain temps avant de pouvoir parler. Elle était plus surprise qu'eux. Ils étaient en short et en T-shirt, tenant les bouteilles de vinaigre et de ketchup. En train de jongler, peut-être.

Ça aurait expliqué qu'elle voyait à présent du ketchup au plafond.

– Oh non, regardez !

– Quoi ?... Où ?... Nom de Dieu, comment c'est allé jusque là-haut ?

– Je sais pas ce que vous fabriquez, mais comme fouteurs de merde...

– On fout pas la merde, Veronica, lui assura Jimmy Sr. On monte un truc.

– Eh ben, allez le monter ailleurs.

Elle aperçut alors le tapis.

– J'en crois pas mes yeux...

Et l'odeur de vinaigre, aussi...

– C'est un tour pour le van, expliqua Jimmy Sr. On s'entraînait.

Il suivit le regard de Veronica.

– T'inquiète pas pour ça. Ça partira au lavage.

Veronica regardait les taches sur les rideaux.

– Sortez ! Sortez, allez ! Espèce de sale gros con, oui, toi, dit-elle à Jimmy Sr.

Elle se borna à regarder Darren.

– Allez, Darren. On va sortir par l'arrière et laisser Veronica tranquille.

Darren voulut dire quelque chose à sa mère. Pas *Pardon* – il ne savait pas quoi.

– Apporte le truc, Darren. On est dehors derrière, Veronica, si quelqu'un nous demande. Tu veux que j'ouvre la fenêtre, là ? Ça nous débarrasserait peut-être de l'odeur.

– Non. Allez-vous-en !

Darren débrancha le radiocassette des jumelles.

Il le remit en marche rapidement pour vérifier que les piles marchaient.

Shake it to the...

Ouais. Ils étaient géants.

Il y avait juste sa mère dans la pièce à présent, mais il ne pouvait toujours rien dire. Il sortit et suivit son père par la cuisine.

Il avait laissé la boîte de la cassette derrière lui, sur le canapé. Veronica la ramassa.

Cocktail, lut-elle. Bande originale du film. Il y avait d'un côté la photo d'un beau mec. Il avait la bouche fermée mais elle était sûre qu'il avait de jolies dents. Elle regarda dedans pour voir qui c'était. Tom Cruise. Alors comme ça, c'était lui ! Les jumelles n'arrêtaient pas d'en parler.

Elle examina de nouveau les dégâts. Pas trop méchants. De toute façon, les rideaux avaient besoin d'être lavés. Avec un chiffon humide, on se débarrasserait du ketchup au plafond. Darren pourrait le faire.

Elle retourna à la cuisine. Elle voulait voir ce qu'ils fabriquaient.

For goodness' sake
I got the hippy hippy shake
Yeah – I got the shake...

Elle ouvrit le robinet d'eau froide et remplit l'évier, mais elle n'avait rien à faire de spécial avec l'eau. Elle voulait juste avoir une excuse pour être à la fenêtre de la cuisine.

Wuuu...
I can't sit still...

– Vinaigre !

Elle regarda.

Ils étaient là, dehors, côte à côte, les jambes écartées.

With the hippy hippy shake...

Ils attrapaient les bouteilles au vol.

– Youhouuu ! dit Jimmy Sr.

Darren regarda autour de lui pour voir si quelqu'un les observait par-dessus la haie, et derrière lui dans le champ. Il n'y avait personne, autant qu'il pouvait en juger. Mais il devait bien y avoir quelqu'un qui regardait par une fenêtre. Il y avait toujours quelqu'un. Pauvre Darren.

Well I can shake it to the left...

– Concentre-toi maintenant, Darren.

I can shake it to the right...

– Sauce !

I can do the hippy shake shake...

La bouteille de sauce lui échappa, mais Jimmy Sr s'arrangea pour l'attraper avant qu'elle ne touche le sol, puis retrouva sa place.

With all my might

Oooochh[1]...

Darren excellait là-dedans, mille fois meilleur que l'autre cinglé. Ils lancèrent leurs bouteilles. Darren fit un tour complet sur lui-même, juste à temps pour les attraper. Son short lui allait bien aussi. Celui de Jimmy Sr était remonté derrière et descendu devant, soutenant sa bedaine comme une sous-ventrière.

Elle ferma le robinet.

For goodness' sake...

Elle plongea les bras dans l'eau – c'était agréable – et regarda dehors. Elle aurait aimé que Sharon soit là, ou même les jumelles. Elles auraient adoré ça. Darren fit passer le vinaigre par-dessus son épaule et l'attrapa.

– Arrête ta frime.

Il la vit qui le regardait. Jimmy Sr aussi. Elle baissa les yeux sur l'évier. Elle leva une main et la laissa retomber dans l'eau, comme si elle faisait quelque chose dans l'évier.

---

1. « Un coup de swing à gauche / Un coup de swing à droite / J'ai le swing dans la peau / J'y vais à fond. » *(NdT)*.

Yeah – I got the shake.
I got the hippy hippy shake...

La nuit tombait. Elle leva les yeux et fit un bond en arrière : Jimmy Sr avait le visage aplati contre la fenêtre. De l'eau froide entrait dans son corsage. Elle poussa un cri et se mit à rire. Le nez de Jimmy Sr était crochu et blanc contre la vitre. Il mimait les Georgia Satellites.

Oooh I can't sit still...

Il embrassa la vitre. Derrière lui, elle vit Darren qui regardait autour de lui pour voir si personne ne les observait. Veronica frappa au carreau.

– Va-t'en. Tu taches la vitre.

– Ah, merde !

Mais il disparut du rebord de la fenêtre et retourna dans le jardin sans cesser de mimer, la main agrippée à l'entrejambe.

Shake it to the left
Shake it to the right
Do the hippy hippy shake...

Il se retourna, baissa son short et se tortilla. Mon Dieu, il était épouvantable. Le pauvre Darren était tout rouge.

With all of your might...

– Remonte ton short ! hurla Veronica.

Darren lui désigna quelque chose. Elle se pencha au-dessus de l'évier et vit Mary Caprani, deux jardins plus bas, pendue à sa corde à linge, qui regardait bêtement la danse guerrière de Jimmy Sr. Veronica crut qu'elle allait s'affaler, le rire lui ôtant toute sa force. Elle était pliée en deux au-dessus de l'évier, le visage contre le robinet, mais elle ne pouvait se redresser.

La tête de Mary Caprani ! Elle avait attendu des années pour assister à un scandale comme celui-là.

Darren donna une tape sur l'épaule de Jimmy Sr et lui montra Mrs Caprani.

Jimmy Sr courut vers la porte de derrière en

essayant de remonter son short par la même occasion. Il tomba dans la cuisine.

– Nom de Dieu, Veronica, t'as vu Radar Caprani me regarder ?

– Je me fiche pas mal d'elle. Elle est jalouse, simplement, c'est sûr.

– Nom de Dieu !

Il était assis par terre. Il souleva son T-shirt, rentra le ventre et regarda ses bijoux de famille.

– T'as peut-être raison, dit-il.

Le corsage de Veronica était trempé. Il allait falloir qu'elle en change.

Les Satellites étaient toujours en train de brailler dehors.

Jimmy Sr attrapa l'ourlet de sa jupe quand elle passa près de lui. Il se joignit à l'orchestre.

I can't sit still

With the hippy hippy shake...

Il mit la tête sous sa jupe.

– Maman, Darren se sert de notre radiocassette.

Linda arrivait en trombe dans la cuisine.

Jimmy Sr sortit de sous la jupe.

– Fiche le camp !

Linda s'en alla en courant. Veronica aussi.

– Ils ont pas compris.

Ils étaient au lit, la lumière éteinte. Jimmy Sr avait raconté à Veronica le tour de *Cocktail*.

– Ils croyaient qu'on fichait la pagaille, pour rigoler.

Veronica soupira. Elle avait pensé la même chose. Il fallait qu'elle dise quelque chose.

– Je suis sûre que non, le rassura-t-elle.

– Mais si. Maggie, en tout cas. Elle serait pas juste rentrée chez elle, si elle avait pas...

– Eh ben, explique-le-lui.

– Non, je veux pas. Pour quoi faire ?

Veronica soupira de nouveau, plus fort cette fois-ci. Une autre variété de soupir.

– C'est pas de ma faute, putain, si elle reconnaît pas une bonne stratégie de marketing quand elle en voit une.

– Tu te mets à nouveau dans tous tes états. Tu vas encore pas pouvoir dormir.

– Ah, laisse béton, t'es aussi nulle qu'elle. Veronicaaa... Ne commence pas à faire semblant de dormir... Allez... Veronica !

– Fiche le camp de ma foutue lumière, tu veux bien, grommela Jimmy Sr.

Puis il se vit lui-même, petit couillon ronchon, le type de petit couillon qu'il avait toujours détesté. Mais presque en même temps, il se sentit mieux et les idées plus claires. Il avait eu une idée.

– Tu sais de quoi on a besoin, Bimbo ?

Il était environ dix heures et demie, devant le Hikers.

Il attendit que Bimbo interrompe ce qu'il était en train de faire, ouvrir des sacs et les aligner sur le comptoir.

– Quoi ?

– De boire. D'une beuverie, genre.

Bimbo regarda le tas de poisson.

– Pas cette putain de « beuffe ». Si tu peux pas te rappeler ce que c'est, une beuverie, ça prouve juste que t'as travaillé comme un abruti.

Bimbo ne rit pas.

– Tu piges ? Ça nous fera du bien. Qu'est-ce t'en dis ?

– Okay, Jim. Okay.

– Bravo.

Jimmy Sr frappa dans ses mains.

– On aura une chiée soirée.

– C'est vrai.

Tous deux se mirent à pouffer.

Jimmy Sr voulut vérifier que Bimbo l'avait bien compris.

– Rien que nous deux, hein ?

– D'accord.

– En ville, hein. On ira en ville ?

– Nom de Dieu...

– Pourquoi pas, hein.

– D'accord. Où ça, en ville ?

– Dans n'importe quel foutu endroit.

Ils se marrèrent de plus belle.

Ils avaient mis leur costume. Jimmy Sr avait insisté. Ils étaient dans la gare du DART à Barrytown. Une affreuse coquille grise, cet endroit, avec du plastique branlant aux portes et une odeur dégueu. Il prit les billets et la monnaie que lui rendit le jeune type derrière la vitre, un gros connard à l'air débile. Quand il se retourna, il vit Bimbo qui essayait de déchiffrer les horaires sur le panneau.

– Y en a un dans une minute.

– Non, précisa Bimbo. C'est le dernier que je cherche, pour voir à quelle heure il est.

– On s'en tape, du dernier !

Il prit Bimbo et le poussa par la porte sur le quai.

Il y avait une flopée de gens sur le quai direction sud. Un groupe de jeunes près du bout qui voulaient probablement ne pas payer leur billet, quelques couples, une famille qui donnait l'impression d'aller rendre visite à quelqu'un à l'hôpital.

– Y en a une canon là-bas. Vise un peu.

Il y avait une fille seule direction nord, le teint hâlé, avec une minijupe rouge et des cheveux qui faisaient paraître sa tête trois fois plus grosse qu'elle n'était.

– Ah ouais, admit Bimbo.

– Elle doit aller à Howth.

– Pour quoi faire ?

– Pour le poisson.

Il y avait des choses dont Bimbo n'avait aucune idée. Jimmy Sr le voyait qui hésitait à croire que, réellement, elle allait à Howth acheter du poisson.

– Je croirais plutôt qu'elle va voir son petit ami ou quelqu'un comme ça.

– C'est peut-être un pêcheur.

Le DART arrivait.

– On est partis ! Y a un magasin hors taxe dans la dernière voiture ?

Bimbo se marra.

Heureusement, putain ! se dit Jimmy Sr. Il commençait à croire que Bimbo avait perdu son sens de l'humour, à force d'être resté penché au-dessus de la friteuse.

Le trajet fut super. Un connard et un couple qui se disputait les firent bien rigoler jusqu'à Connolly. La rame était pleine de filles pomponnées. Bimbo avait l'air de se détendre peu à peu. Les choses s'amélioraient.

– Qu'est-ce qu'il fait, ce con ?

Le train s'était arrêté une minute au dépôt derrière Fairview Park.

– Je commence à saliver.

– Moi aussi. Il y a des gens qui vont devoir se passer de frites ce soir, hein.

– Et alors ?

Le train oscilla, puis repartit.

– On est repartis..., annonça Jimmy Sr. À peu près à l'heure, putain.

Ça allait être une nuit d'enfer. Il le sentait. Il recommençait à bien aimer Bimbo et Bimbo l'aimait bien. Il se rapprocha de lui. Tous les deux ensemble là, épaule contre épaule. Loin du van, de Maggie, de la pression, des disputes et de cette merde de tout le reste, ils allaient boire leurs bières et bien se marrer, se disputer sérieux, et ils redeviendraient eux-mêmes, comme ils en avaient l'habitude, comme ils seraient toujours.

Bimbo commença à se lever quand le train ralentit pour entrer dans Connolly.

– Reste donc assis !

– Quoi ?

– On descend à Tara.

– Ah.

– On en boira bien quelques-unes au Mulligans, d'abord.

– Okay.

– La meilleure bière de Dublin.

– C'est ce qu'on m'a dit.

Jimmy Sr savait où il les emmenait. Il avait plus ou moins un plan.

Au moment de sortir, après être passés devant le contrôleur, ils étaient vraiment surexcités et ils se ruèrent au Mulligans, se poussant l'un l'autre pour s'amuser. Ils faillirent être renversés par une voiture de pompiers quand ils traversèrent Tara Street au pas de course.

– Klaxonne un coup, enculé ! hurla Jimmy Sr, et il courut derrière Bimbo jusqu'au Mulligans.

Il y avait deux femmes qui descendaient de leur tabouret quand Jimmy Sr retrouva Bimbo au bar.

– Vous nous les gardiez au chaud, les filles ?

L'une d'elles le dévisagea.

– On est pas des filles.

– Ça, c'est vrai, dit Jimmy Sr quand elle passa devant lui.

Ils s'assirent sur les tabourets. Jimmy Sr se frotta les mains.

– Ha ha !

– Nous y voilà, confirma Bimbo.

– Très juste, Auguste. Et voici le serveur. Deux pintes, s'il vous plaît.

Ça faisait drôle d'être assis là en costume. Il fallait s'asseoir bien droit. C'est le veston qui les tenait. Et on ne peut pas mettre les coudes et les bras sur le comptoir quand on porte son habit du dimanche. Ça vous rend plus ou moins nerveux. Mais malgré tout, ils en avaient besoin pour plus tard.

– Qu'est-ce t'as pensé des meufs ?

– Bof.

– Des gouines, à mon avis.

– Oh non.

– C'est mon avis. Tu l'as entendue ? *On est pas des filles.*

– Ça veut pas dire...

– Y a pas que ça. Le fait de boire ici, toutes seules, tu sais. Comme des hommes. Tiens, voilà les pintes.

Les bières arrivaient, et Jimmy Sr eut une idée. Il se leva, ôta son veston, le plia, le posa sur le tabouret et s'assit dessus avec précaution.

– J'me sens mieux. C'est une sacrée pinte, putain, non ?

Bimbo, pour l'essentiel, était ailleurs.

– Tu parles !

– Une sacrée pinte, putain !

Ils prirent deux autres sacrées-pintes-putain, puis Jimmy Sr décida de sortir avant qu'ils ne se sentent trop cosy dans le pub. Ils remirent leur veston, allèrent pisser (La première fois, c'est toujours la meilleure) et partirent vers quelque chose de nouveau.

– Où ça ? demanda Bimbo.

Chez Doyle, chez Bowe, au Palace. Deux bières dans chaque. C'étaient des lieux nouveaux pour Bimbo. Pour Jimmy Sr aussi, même s'il était déjà passé devant pour jeter un coup d'œil à l'intérieur. Il s'était promis que, si jamais il avait à nouveau du fric, il les passerait tous en revue, systématiquement. Voilà, c'était chose faite.

– De bonnes pintes bien tassées. Jusqu'ici, en tout cas.

– Très bonnes, ouais.

Ils étaient au Palace, debout contre le mur, près de la porte, parce qu'il n'y avait pas de place au-delà. Les meufs étaient décevantes, pas ce qu'il avait imaginé, lui, Jimmy Sr. Des meufs genre hippy avec la peau sur les os. Il avait imaginé un peu de paillettes – pas au Mulligans : ils y étaient allés pour les bières – mais dans les autres. C'était pour ça qu'ils étaient au Palace en ce moment, en ville, en costume. Jimmy Sr avait envie qu'il se passe quelque chose. Peut-être qu'ils auraient dû aller à Howth. Pourtant, c'était bien, d'être de sortie, simplement, avec Bimbo, loin de tout.

– T'as fini ?

– On s'en va déjà ?

– C'est pas terrible, ici. Tu trouves pas ?

– Okay, reconnut Bimbo, c'est toi le patron.

Bien vu, se dit Jimmy Sr tout en attendant que Bimbo ait bu sa bière jusqu'à la dernière goutte. C'est moi le patron.

Ça s'était toujours passé comme ça.

Dehors, il faisait bon et frais.

– Par ici, viens.

Jimmy Sr était toujours celui qui avait pris les décisions, qui avait planifié leurs week-ends. Jimmy Sr disait : Rendez-vous au Hikers après la messe de midi et demi, et Bimbo était là. Jimmy Sr inscrivait le nom de Bimbo pour jouer au golf miniature et Bimbo venait jouer. Jimmy Sr avait loué les deux caravanes à Courtown deux ans auparavant et les deux familles étaient parties en convoi passer là-bas la quinzaine.

– Où on va, maintenant ?

– Dans un endroit différent. Tu vas voir.

– J'ai sacrément envie de pisser.

– Arrête de râler, putain.

Il y avait des tas de gens dans les rues, plein de gosses – ils étaient dans Grafton Street –, de grosses bandes de filles devant chez McDonald's. Pas les mêmes qu'à Barrytown. Celles-ci étaient habituées à l'argent. Elles avaient de l'assurance et faisaient plus mûres. Elles parlaient fort et elles se fichaient pas mal qu'on les entende – elles voulaient qu'on les entende. Elles avaient un accent comme les présentatrices des journaux télévisés. Leurs jambes leur montaient jusqu'aux épaules. Jimmy Sr fit un compte grossier. Il n'y en avait que trois parmi elles qui n'étaient pas le top des top.

C'était déjà mieux.

– Y a pas de pubs par là, dis donc ?

– La ferme.

Bimbo voulait s'en aller, Jimmy Sr avait compris. Il avalait la Budweiser sans l'apprécier. Il l'engloutissait et rotait en même temps pour la finir le plus vite possible et qu'ils puissent partir. Mais Jimmy Sr n'allait pas partir n'importe où. Il détestait cet endroit et il l'aimait bien. C'était dingue. Bimbo et lui étaient les deux seuls dans ce pub à avoir besoin de bretelles pour maintenir leur pantalon et ils étaient les deux seuls qui n'en portaient pas. Ils étaient aussi les deux seuls à ne pas être de parfaits enculés, autant qu'il put en juger. Les autres se bidonnaient, pas discrets pour deux sous. Les femmes, cela dit... Pas toutes si jeunes que ça, d'ailleurs.

La foule se déplaça plus ou moins et deux femmes se trouvèrent à côté de Bimbo et Jimmy Sr, toutes seules. Jimmy Sr poussa Bimbo du coude.

– J'apprécie pas des masses la tienne, déclara-t-il à Bimbo, mais c'était le contraire.

– Hein ?

– Tes meufs, là.

– Qu'est-ce qu'elles ont ?

– Aide-moi, bordel. Salut ! lança-t-il à celle qui était le plus près de lui.

– Oh, salut !

Elles se fondirent à nouveau dans la foule, toutes les deux, les gonzesses.

– Des putes bêcheuses, dit Jimmy Sr. Y en a une qu'avait les jambes sacrément arquées, t'as remarqué ?

Mais c'était un début. Il se sentait la super pêche. Il sourit à Bimbo.

– T'en as pensé quoi, de ces meufs ?

– Qu'est-ce tu veux dire ?

– Commence pas. Elles t'ont plu ?

Bimbo était au supplice.

– Oui ou non ?

– Ben... elles étaient plutôt pas mal.

– Plutôt pas mal ? Si... si Sophia Loren s'approchait de toi et te flanquait ses nibards dans la tronche, tu dirais qu'elle était plutôt pas mal, non ?

Mais il était assez content.

Une femme d'environ son âge lui rentra dedans.

– Fais attention, mon chou.

– Pardon.

– Pas de problème.

Et elle disparut, mais rien à battre. Tout ce dont il avait besoin, c'était d'un peu d'entraînement. Si elle revenait dans une heure environ, il filerait avec elle sans problème. Ou avec n'importe laquelle, en fait. Il glandait simplement. Il cherchait à savoir s'il pouvait faire une touche s'il le décidait. Il regarda autour de lui.

– On va là-bas.

– Pourquoi ?

Mais Bimbo suivit Jimmy Sr. Il n'avait pas envie qu'on le laisse sur le carreau.

Si Jimmy Sr avait juste voulu attirer une femme derrière un mur, la peloter ou même la sauter, il n'aurait pas fait tout ce trajet jusqu'en ville. Il y avait des tas de femmes à Barrytown qui seraient allées avec lui derrière la clinique. Tout ce qu'il aurait eu à faire, ç'aurait été de leur acheter quelques bouteilles de Stag, d'écouter un moment leurs problèmes et de leur dire qu'elles étaient encore jolies quand elles se mettaient à pleurer. Il les connaissait toutes et certaines étaient encore jolies. Mais il n'avait jamais été tenté, et pas parce qu'il aurait eu peur d'être surpris.

Ils étaient maintenant au beau milieu de la foule. Pas en retrait.

Ce qu'il voulait voir, c'était s'il pouvait s'offrir une fille ou une de ces femmes plus toutes jeunes, bandantes, pétées de fric. Il n'insisterait pas quand il saurait que c'était possible. En fait, baiser n'était pas du tout ce après quoi il courait – il voulait juste savoir s'il *pouvait* le faire.

– Tu veux un autre verre ici, Jimmy ?

Peut-être qu'il aurait bien aimé tirer un coup avec une femme de ce genre, une fois en passant, juste une fois, dans une chambre d'hôtel ou chez elle, et alors il aurait été satisfait. Jimmy Sr n'avait jamais mis les pieds dans une chambre d'hôtel.

– Tu parles, si je veux ! dit-il à Bimbo.

– Mais ici ?

– Ouais, ici. Juste un dernier, okay ?

Bimbo acquiesça d'un signe de tête et se glissa jusqu'au bar.

Jimmy Sr sourit à une femme, par-dessus l'épaule d'un petit jeune. Elle lui rendit son sourire, furtivement, au cas où elle le connaîtrait. Jimmy Sr attendit qu'elle regarde à nouveau dans sa direction, mais il pouvait toujours courir. Elle avait une quarantaine de balais mais portait une minijupe. Le petit jeune devait valoir une fortune.

Bimbo était revenu.

– C'est de l'arnaque, ici.

– Tu paies le style, lui expliqua Jimmy Sr.

– Je paie plus rien une fois que j'ai fini ça, en tout cas.

– Bon, bon... Vise un peu les putes, là, à six heures !

– Quoi ?

– Salut, les filles. Vous prenez quelque chose ?

Elles le dépassèrent sans un regard pour lui. Elles ne devaient même pas s'être rendu compte qu'il leur parlait. Pourtant, si. Il s'était adressé directement à elles.

– Putain, les salopes ! R'garde-la. C'te meuf ! Avec ce mec là-bas.

– Ah ouais.

– Elle est vraiment canon, tu trouves pas ?

– Ouais.

– Elle a le regard de quelqu'un qu'aime ça.

Elle était carrément jolie.

– Ouais.

– Le regard de quelqu'un qu'aime ça, répéta Jimmy Sr. Et une bouche en cul de poule.

Ils rirent.

Bimbo avait presque fini sa Budweiser.

– On s'en va ?

– Ouais. Okay.

Bimbo regarda sa montre. Il était onze heures passées.

– Je prendrais bien une vraie bière.

– Bien vu, Batman ! Allons-y.

– Tu sais comment taper dans l'œil des meufs de ce genre ? demanda Jimmy Sr.

– Comment ?

– Le pognon.

– Ah ouais.

Ça faisait du bien de se retrouver dans un vrai pub.

Bimbo prit deux pintes maousses et Jimmy Sr deux supplémentaires tout de suite, parce qu'on approchait de l'heure de la fermeture et Jimmy Jr l'avait prévenu que les pubs du centre-ville faisaient chier à fermer à onze heures et demie tapantes.

Ils s'emparèrent de deux tabourets bas à une table.

– Ouais. Neuf meufs sur dix, si elles avaient le choix entre le pognon et la bonne mine, ben elles choisiraient le pognon.

– Et Maggie et Veronica ?

– Pas les meufs comme Maggie et Veronica. Je parle pas des femmes comme ça. Des femmes ordinaires, si tu vois ce que je veux dire.

Il attendit que Bimbo acquiesce.

– Je veux dire le genre de meufs qu'on a vu dans l'endroit où on était avant. Chics et bandantes.

– Je crois que Maggie est une...

Jimmy Sr l'arrêta.

– Je sais ce que tu vas dire, Bimbo. Et je suis d'accord avec toi. Elles sont tout aussi belles. Mais elles ressemblent pas aux putes qu'il y avait là-bas, c'est évident, non ?

– Ouais, t'as raison.

– Dieu merci, hein ! Tu imagines une de ces poufiasses élevant tes gosses ?

– Mon Dieu !

Jimmy Sr se redressa sur son siège.

– Mais regardons les choses en face, Bimbo. C'est des putes, non ?

– Ah, je sais pas...

– Comment, tu sais pas ! Espèce de con ! Avoue.

Ils se fendirent la gueule. C'était super, se dit Jimmy Sr. Ils n'étaient pas encore rentrés.

– Et pourtant, voilà le problème.

Jimmy Sr était redevenu sérieux.

– Veronica et Maggie. On est de sacrés veinards. Mais... ce sont des épouses. Est-ce que je me fais bien comprendre ?

– Ouais.

– Pas celles de là-bas. Elles sont peut-être mariées

et tout le truc mais... elles sont plus gonzesses qu'épouses, euh... Bordel de merde, je peux pas le dire autrement !

– Je vois ce que tu veux dire.

Jimmy Sr se sentit tellement soulagé, comme s'il s'était débarrassé d'un fardeau qui lui pesait sur la poitrine.

– Est-ce que j'essaie de voir s'ils nous en servent une autre ?

– Et pour rentr... ?

– On prendra un taxi. J'essaie, alors ?

– Okay. Mais tu ferais mieux d'en prendre une petite, Jim. Je suis plein comme une outre.

Jimmy Sr choisit le plus jeune barman et s'arrangea pour lui soutirer deux Jameson. Il s'en trouva encore mieux.

– Qu'est-ce que tu dis de ça ?

– Bien joué ! Bravo.

Bimbo eut toutes les peines du monde à se rasseoir sur son tabouret, tellement il y avait de monde autour d'eux, mais Jimmy Sr y parvint sans pousser personne trop fort. Il crevait d'envie de poursuivre sa conversation avec Bimbo.

– Des meufs comme ça...

Il attendit pour voir si Bimbo le suivait.

– Des meufs comme ces gonzesses couchent pour du pognon. Elles vont mouiller leur culotte pour n'importe quel sale baiseur ou n'importe quel nœud, n'importe quel enfoiré pourvu qu'il soit plein aux as.

– J'en sais rien.

– C'est vrai, quoi. Regarde cette meuf, Jackie Onassis. Tu vas tout de même pas me dire qu'elle aimait ce type, Aristote, non ?

– Peut-être qu'elle l'a aimé.

– Mon cul ! Elle avait un contrat et tout a été inscrit noir sur blanc avant leur mariage, et ça lui garantissait des millions de dollars. Des millions, tu m'entends ?

– Ça veut pas dire que...

– Et Grace Kelly.

– La Princesse Grace ?

– Elle a épousé le Foutu-Prince-Machin-Truc parce qu'il était prince. Et la Princesse Diana pareil.

– Quoi ?

– Elle a épousé cet enculé-aux-Grandes-Oreilles pour la même raison.

– Ouais, j'ai toujours trouvé qu'il y avait quelque chose d'un peu bizarre dans ce mariage, ouais.

– J'te le dis, Bimbo. Y a des meufs qui feraient n'importe quoi pour du fric. C'était le cas de celles de là-bas, en tout cas.

– On pourrait jamais respecter une meuf comme ça.

– Non. Mais tu pourrais la tringler non-stop.

Ils hurlèrent de rire.

– C'est géant (ils se fendaient encore comme des baleines). Quand t'y penses. Enfin, si on a le fric.

– Ouais. Je suppose. Si on est intéressé par ce genre de chose, quoi.

– T'en connais qui le seraient pas ?

Bimbo ne releva pas. C'était assez bon signe. Jimmy Sr avait amené Bimbo à penser avec ses couilles.

Le pub commençait à se vider. Jimmy Sr jeta un coup d'œil à sa montre. Pas tout à fait minuit. C'était bien, en un sens, parce que, maintenant, il pouvait poser la question à Bimbo.

– Qu'est-ce qu'on fait alors ?

Bimbo regarda autour de lui, comme s'il se réveillait.

– Qu'est-ce tu veux dire ?

– Ben, où on va, quoi ?

Bimbo regarda sa montre.

– Je suppose qu'on ferait mieux de se rentrer...

– On va pas rentrer comme des cons ! Pas encore. Bon Dieu ! c'est notre grande nuit dehors, putain !

Pour Jimmy Sr c'était clair : Bimbo avait du cœur au ventre, mais il était perdu. Il le laissa parler le premier.

– Où on peut aller ?

– Quelque part où on pourrait prendre un verre.

– Ah ouais. Sûr.

Jimmy Sr parla dans un bâillement.

– On... on pourrait tenter Leeson Street, hein ? J'sais pas... Qu'est-ce t'en penses ? Ça pourrait être marrant, non ?

Le cœur de Jimmy Sr cognait sous ses pectoraux.

Celui de Bimbo aussi.

– On prendra une pinte là-bas ?

– C'est toujours faisable, ouais. Pas de problème.

Ils étaient en route.

– Mais attends, demanda Jimmy Sr mine de rien. T'as des chaussettes de quelle couleur ?

Ils s'arrêtèrent. Bimbo baissa les yeux. Il remonta une jambe de pantalon.

– Euh... bleues, on dirait...

– Dieu soit loué !

– Pourquoi ?

– Ils te laissent pas entrer si t'as des chaussettes blanches. Les videurs. Ils ont la consigne.

– Pourquoi ça ?

– J'en sais rien. Jimmy Jr m'a prévenu. Les branleurs et les fouteurs de merde ont des chaussettes blanches.

– Tu crois pas qu'ils se démerdraient pour en mettre d'une autre couleur ?

– Qui ?

– Les branleurs.

– C'est vrai. Pourtant, c'est à ça qu'on reconnaît les branleurs, y paraît.

– Ouais. Les tiennes, elles sont comment ?

Jimmy Sr n'avait même pas besoin de regarder.

– Pas blanches, en tout cas.

Ils se précipitèrent pour s'intégrer à la bande de mecs qui descendaient l'escalier menant au sous-sol. Ils étaient tous bourrés et bruyants, sur le point de dégueuler, il s'en fallait de peu. Des hommes d'affaires, à ce qu'on aurait dit, à peu près du même âge que Jimmy Sr et Bimbo. La porte s'ouvrit. Ceux qui étaient devant dirent quelque chose au videur. Tous se marrèrent, y compris Jimmy Sr, et ils entrèrent toutes voiles déployées, pas de problème. Ça ne coûtait rien, exactement ce qu'avait dit Jimmy Jr.

– Merci beaucoup, dit Bimbo quand il passa devant le videur.

– La ferme, merde ! murmura Jimmy Sr. Les bons videurs flairent la peur. Comme les chiens.

– Je lui disais juste merci, hé !

– Oh, ça va, laisse béton. Laisse béton.

De toute façon, ils étaient rentrés, c'était l'essentiel.

– Est-ce qu'on remet nos vestes au vestiaire ?

– Non.

Un costume sans veste, ce n'était qu'un pantalon. Jimmy Sr garda sa veste.

Le papier peint était dans cette espèce de matière pelucheuse, veloutée. Jimmy Sr décida que c'était bon signe. Ça avait quelque chose d'un peu crade. Il sentit la musique vibrer dans les lattes du parquet avant même d'entrer dans la salle de danse et le bar. C'était donc là que ça se passait. Il regarda Bimbo pour voir s'il pensait la même chose, et le trouva bouche bée devant les chiottes pour dames. Deux femmes étaient debout à la porte, l'une d'elles la maintenant ouverte.

– Sacré nom de Dieu, Bimbo, tu veux qu'on soit vidés avant même d'être entrés ?

– Quoi ?

– Allez, viens.

C'était deux vraies pétasses, ces meufs à la porte des chiottes. Des meufs comme ça n'ont pas besoin de pisser. Elles vont là-bas rien que pour se maquiller.

Le bar avait trois côtés. Les barmen étaient vêtus d'un gilet et d'un nœud pap rouges, pauvres ringards. Il faisait très chaud. La piste de danse était au-delà du bar, pas tout à fait aussi grande que Jimmy Sr l'avait imaginée. Au bar, tous les tabourets étaient occupés. Jimmy Sr fit le tour pour aller de l'autre côté, plus près de la piste de danse. Il y avait encore des tables plus loin, après la piste. Difficile de dire, à cause des miroirs, jusqu'où allait la salle. La seule à danser était une petite louloutte qui bondissait dans tous les sens comme si sa chatte la démangeait. Toutes les deux secondes, quand on pensait qu'on allait pouvoir jeter un œil à sa culotte, elle tirait sa jupe vers le bas, sur les côtés. Elle était très jeune.

– Tu prends une bière ou quoi ? demanda Jimmy Sr à Bimbo.

Bimbo regardait la fille danser.

– Elle a un problème ?

Doux Jésus ! Y avait cette pauvre gosse qui essayait de faire en sorte que tous les mecs qui la regardaient jouissent dans leur froc, et Bimbo voulait savoir si elle avait un problème !

– Une bière ?

– Pas ici.

Jimmy Sr acquiesça. Une stout dans cet endroit les obligerait à passer leur vie aux chiottes tout le reste du week-end.

– Une Budweiser, alors ?

– Super.

Il dut crier pour couvrir la musique.

Il y avait deux femmes au bar, plus très jeunes et plutôt pas mal. Jimmy Sr s'avança entre leurs deux tabourets.

– Pardon, les filles.

Il arrêta un barman au passage.

– Deux Budweiser. Quand vous voudrez.

– Bar à vin uniquement.

Le barman avait la tête de quelqu'un qui a déjà dit ça cent fois.

– Hein ?

– Pas de bière ni d'alcool. On a juste une licence pour le vin.

– Vous plaisantez ?

Le barman ne répondit rien. Il se contenta de hocher la tête, et alla plus loin.

– Merde alors !

L'espace d'une seconde, il ne sut plus quoi faire. Bimbo était là, contre son épaule.

– Il veut pas te servir ?

– Si, si, il veut bien. Simplement, il chie sur tout ce que je voudrais.

L'une des femmes gloussa. Jimmy Sr se tourna vers elle et sourit. Elle avait le rire qu'il attendait.

C'était parti.

– Essayez le vin, suggéra la meuf.

Jimmy Sr recula un peu pour laisser Bimbo se mettre à côté de lui.

– Qu'est-ce que vous me conseillez ?

– Qu'est-ce qui va pas ? lui demanda Bimbo, carrément à l'oreille.

– Rien.

Il essaya de désigner les meufs du regard, mais c'était galère.

– Le rouge maison est très bien.

– Ah bon ? C'est ça que vous buvez, vous ?

– En effet, oui. N'est-ce pas, Anne-Marie ?

– Ouais.

– Alors, c'est génial ! On va en prendre une goutte.

Jimmy Sr recula encore d'un pas pour inclure l'amie, celle qui s'appelait Anne-Marie, et il eut un regard furtif vers Bimbo pour voir s'il avait compris. Au poil. Il était bouche bée devant Anne-Marie.

– À propos, moi c'est Jimmy. Et lui, c'est Bim...

Il ne se rappelait pas le vrai nom de Bimbo.

– Brendan, rectifia Bimbo.

Oui, bien sûr.

– Brendan.

– Bonjour, Brendan. Eh bien, moi je m'appelle Dawn, et elle, c'est Anne-Marie.

– Salut, dit Jimmy Sr.

Il parlait à Anne-Marie.

– Deux noms, dites donc ! Un seul vous suffit pas ?

Elle ne pigeait pas. Il sourit pour lui faire comprendre qu'il ne faisait que blaguer et se tourna vers Dawn.

– Je ferais mieux de commander votre petit vino. Le machin maison, vous avez dit ?

Il s'approcha de Dawn – un prénom super, ça, putain – et laissa beaucoup de place à Bimbo pour manœuvrer de son côté.

– Le rouge maison.

– Géant ! Et c'est une bonne affaire, hein ?

– Il est très bien, minauda Dawn. C'est mon avis en tout cas. Et son prix est tout à fait raisonnable.

– Peu importe le prix. Le prix, c'est notre affaire, à Bim... Brendan et moi. Garçon !

Il avait capté l'attention d'un barman.

– Une bouteille de vin rouge maison, okay ?

C'était super. Elles n'étaient pas vilaines du tout, comme gonzesses. Bien fringuées. Juste le bon côté de la pute. La trentaine, en gros. Dawn avait une belle paire de nibards, et son cul épousait harmonieusement le tabouret. Rien ne débordait sur les côtés. Elle avait d'immenses cils, des vrais, à ce qui semblait. Il distinguait les racines sombres de ses cheveux. Encore quelques mois et elle ressemblerait à un sconse. Mais elle se serait fait reteindre les cheveux bien avant que ça se produise. Elle prenait soin de sa personne. Elle ferait super bien l'affaire.

Anne-Marie aussi avait quelque chose.

Bimbo se faufila plus près, mais il ne voulait pas la regarder de façon trop appuyée. Il était accoudé au bar.

Le barman était revenu avec le vin.

– Gare-le là, simplement, fiston.

Anne-Marie était plus grosse que Dawn. Mais pas grosse, c'est pas ça. S'il avait été pile au bar, il aurait même pu zieuter son cul, vu la façon dont elle croisait les jambes. Elle fumait un de ces petits cigares. Et son air, j'te raconte pas, on avait l'impression qu'elle n'avait rien à branler de rien. Il était sûr qu'elle faisait ça comme une putain de machine à coudre, sûr et certain.

– Il veut savoir si vous voulez d'abord le goûter, dit Dawn à Jimmy Sr.

– Et comment que j'veux le goûter, bordel de merde ! Excusez mon anglais, Dawn.

Il se pencha vers elle, la frôla – elle ne recula pas – et s'empara du verre. Il contenait à peine une demi-gorgée. Il approcha son nez du verre, et huma.

– Oh oui.

Dawn rit.

– Très gouleyant, dit Jimmy Sr.

Il but une gorgée, se pencha en arrière et se gargarisa. Même Anne-Marie pouffa. Il avala.

– De premier ordre.

Il fit signe au barman que tout allait bien.

– Vas-y, verse, compadre. C'est combien ?

– Vingt-trois livres, sir.

– Quoi ?

Il ne l'avait pas entendu.

– Vingt-trois livres.

– Formidable...

Saloperie de nom de Dieu... !

Il tendit un billet de vingt livres et un de cinq. Dieu soit loué, sa main ne tremblait pas.

– Voilà, dit-il. Garde la monnaie.

– Merci beaucoup, sir.

– Pas de problème.

S'il n'arrivait pas à tirer un coup, après avoir allongé vingt-cinq livres pour une bouteille de vin naze, il... Il regarda Bimbo. On aurait dit qu'il avait pris une dérouillée d'un pistolet paralysant. Jimmy Sr lui sourit et lui fit des clins d'œil. Bimbo sourit à son tour. Dawn versa le vin. Il faudrait que Jimmy Sr aille aux chiottes dans un moment pour voir combien de fric il lui restait. Ça faisait longuet, à pied, d'ici à Barrytown.

– Santé, Jimmy.

Dawn levait son verre, attendant que les autres en fassent autant.

– Oui, ben ça oui.

Jimmy Sr prit son verre. Il fut obligé de crier pour se faire entendre.

– Santé, euh... Dawn.

Il rit, elle aussi.

Tous entrechoquèrent leurs verres.

– Santé, Brendan, déclara Jimmy Sr.

Bimbo leva les yeux pour voir à qui il s'adressait, puis il se souvint.

– Oh, merci beaucoup.

Vingt-cinq livres, putain. Il aurait pu s'offrir une branlette dans un salon de massage avec ça, et cette putain de bouteille était déjà presque vide. Il faudrait qu'il en achète une autre dans un instant. Il posa la main contre le bar, le bras passé derrière Dawn, l'effleurant à peine. Elle ne bougea pas. Anne-Marie se servit un autre verre. Elle avait carrément l'air d'une poivrote. Encore un an et elle serait une loque. La musique était une vraie merde.

– Super, cette musique, fit remarquer Dawn.

– Ouais, super.

Jimmy Sr hocha la tête tout en parlant parce que la musique était mise à pleins tubes. Des sons merdiques martelés comme un sourd. Ce que Jimmy Jr avait l'habitude de jouer quand il habitait à la maison. Elle fut obligée d'approcher sa bouche de son oreille à lui.

– Quoi ?

C'était sacrément ridicule.

– Vous êtes tous les deux en ville pour la nuit ?

Il comprit qu'elle lui demandait s'ils étaient mariés.

– Ah non. Non. Pas précisément. Rien de particulier.

Elle hocha la tête.

Peut-être qu'elle s'en fichait. Il mit la main dans sa poche pour rajuster sa bite – la façon dont cette meuf continuait à coller sa bouche contre son oreille. Bimbo était parti à bavarder avec Anne-Marie. Tant mieux pour lui. Il s'était dit que Bimbo pouvait s'avérer un poids mort. Mais non, ils hochaient la tête et jacassaient. Bimbo jouait son rôle. Anne-Marie tenait son verre appuyé contre sa lèvre inférieure. Pendant que Dawn se retournait pour prendre son verre sur le bar, Jimmy Sr passa la main sous sa bite et la redressa à la verticale. Anne-Marie le regardait. Il fit semblant d'avoir renversé du vin sur son pantalon et de l'examiner pour voir s'il était taché.

– Qu'est-ce qui va pas ?

Dawn l'observait.

– Oh, rien.

Il regarda : Anne-Marie avait à nouveau les yeux posés sur Bimbo, et le renflement disparut. Tout allait bien. Il espérait que ce n'était pas la boisson.

Il se sentait un peu bourré. Le vin, plus toutes les bières.

Dawn lui parla à l'oreille.

– Qu'est-ce que vous faites, Jimmy ?

– Quand je suis pas ici, vous voulez dire ?

Elle rit, s'appuya en arrière contre son bras, et resta dans cette position.

– Travailleurs indépendants. Bren et moi.

– Trèèès bien.

– Restauration.

– Bieeen.

Il sentait la chaleur qui émanait de Dawn. Il était tout contre elle. Elle ne transpirait pas du tout. Il se demanda comment elle faisait.

– C'est formidable d'être son propre patron.

– Je parierais que vous êtes coriace, comme patron. Pour ceux qui travaillent pour vous, Jimmy.

– Non. Pas vraiment en fait. Je suis assez compréhensif.

Dawn hocha la tête.

– Je n'écrase personne. Mais cela dit... vous savez...

Le disc-jockey prenait un moment de répit, Dieu merci, putain. Il avait mis une cassette, mais le son était deux fois moins fort. Ils pouvaient bavarder tous ensemble à présent, et Jimmy Sr pouvait surveiller Bimbo du coin de l'œil.

– Par ici !

– Oui, sir ?

– Une autre bouteille de vin rouge maison, dit Jimmy Sr. Ça boume ? demanda-t-il à Bimbo et à Anne-Marie.

– Tu vois, dit Bimbo.

Anne-Marie dévisageait Jimmy Sr, droit dans les yeux. Il faisait comme si de rien n'était. Bimbo souriait, comme il faisait toujours quand il avait ingurgité plus de dix bières, et tanguait un peu, mais rien de grave. Le costume le faisait paraître moins bourré qu'il n'était.

Jimmy Sr leva de nouveau les yeux. Cette femme, Anne-Marie, le regardait toujours.

– Vous avez bonne mine tous les deux. Compte tenu de...

– Compte tenu de quoi, Anne-Marie ? demanda Dawn.

– De là où ils travaillent.

Bimbo ! Putain de connard !

– Où ils travaillent ?

– Dans un van, dit Anne-Marie.

Il l'aurait carrément tué. Le sourire niais, de Dieu !

Il resta tout contre Dawn – juste pour se rappeler comment ça faisait.

– Voici le vin, annonça Bimbo. Ma tournée. Vingt-trois livres, n'est-ce pas ?

– Ils vendent des frites.

– C'est ça, confirma Bimbo.

– Brendan's Burgers, précisa Anne-Marie.

Bimbo et Anne-Marie se tenaient la main.

– On en fabrique toute une flopée, dit Jimmy Sr à Dawn. Qu'est-ce tu fais, toi ?

– Est-ce que vous amenez le van aux matches de football, genre ?

Elle se redressa, mais ne sembla pas vouloir se dégager de lui. Peut-être que ça marcherait. Mais il était toujours prêt à tuer Bimbo, ce connard d'abruti, merde !

– Parfois, dit Jimmy Sr. La plupart du temps, on reste dans le quartier. Notre étude de marché a montré que la fiabilité comptait beaucoup.

Il poussa Dawn du bras, essayant de l'amener à s'appuyer contre lui.

– Les clients aiment savoir que s'ils veulent un sachet de frites, ils n'ont qu'à sortir de chez eux et qu'on sera là, dehors, pour leur donner leurs frites.

– Et vous faites vraiment les frites et les hamburgers vous-mêmes ?

– Parfois. Ouais.

S'il la poussait dans le dos davantage, il allait la faire tomber du tabouret.

– Drôle de truc pour gagner sa vie, non ?

– Pas vraiment. Je suppose que ça pourrait, heu...

C'était carrément désespéré, bordel. Il ne parvenait à rien. Il allait prendre un coup de sang sous peu.

Oh, merde ! Bimbo était en train de rouler un patin à Anne-Marie ! Ce n'était pas juste, putain ! Tout contre elle, ses bras à elle autour de lui, qui lui malaxaient le dos, puis ses mains dans ses cheveux.

Il approcha sa bouche de celle de Dawn. Elle eut un mouvement de recul.

– Allons, allons, dit-elle.

Comme s'il lui fallait affronter ça tout le temps.

– Pardon.

Putain, quel enfoiré.

Bimbo et Anne-Marie se bécotaient le visage.

Il avait envie de pleurer et de rentrer chez lui. Il désigna Bimbo.

– Son surnom, c'est Bimbo.

Il se sentait vraiment mauvais coucheur à présent. Il faillit tomber. Son bras passé dans le dos de Dawn était affreusement ankylosé, mais s'il le retirait, c'était cuit, terminé. Il ne trouvait rien à dire. Il n'arrivait pas à penser. À quelque chose de drôle, n'importe quoi. Le goût de la Guinness lui remontait dans la gorge. Anne-Marie mordillait l'oreille de Bimbo.

Jimmy Sr revint à la charge sur la bouche de Dawn.

– Ça suffit !

– Bôôô !

Elle le repoussa, elle en avait la force. Il était carrément nul.

Bimbo alla aux chiottes. Anne-Marie le retint et rajusta sa cravate. Puis il disparut, passant devant Jimmy Sr.

Dawn n'avait pas l'air furieuse ni indignée, ni quoi que ce soit. Comme si rien ne s'était produit. Elle lui souriait même, la salope.

Il s'avança de nouveau et elle le repoussa encore. Elle le repoussa tout en prenant son verre.

– Va te faire foutre !

Jimmy Sr suivit Bimbo.

Les chiottes n'étaient pas dans le passage qu'ils avaient emprunté en entrant. Jimmy Sr écarta quelqu'un d'un geste brutal et entra. Il tomba sur un mur de l'autre côté. Il y avait une seconde porte. Il l'ouvrit et il se trouva en face de quatre lavabos et d'un grand miroir. Il n'y avait personne à l'urinoir. Avec un peu de chance, Bimbo devait être dans un des cabinets, en train de dégueuler. Il y en avait trois, dont deux fermés. Il s'approcha et flanqua un coup aux deux.

– Sors de là, espèce de con !

L'une des portes s'ouvrit un peu quand il cogna dessus. En fait, elle n'était pas fermée. Il n'y avait personne à l'intérieur. Bimbo était donc dans celui du milieu.

– Allez, je sais que t'es là...

Il donna un coup à la porte. Le bois craqua.

– Qu'est-ce qui te prend ?

Jimmy Sr entendit une fermeture Éclair qu'on remontait puis la chasse d'eau. Il poussa sur la porte avant que Bimbo l'ait ouverte complètement. Bimbo ne tomba pas à la renverse comme l'aurait voulu Jimmy Sr. Il faisait tout de travers, franchement, ce soir. Il redonna un coup de pied dans la porte.

– Sors de là !

– J'essaie...

Il vit la moitié du visage de Bimbo derrière la porte. Il poussa la porte sur Bimbo de toutes ses forces et l'atteignit au visage, libérant ainsi toute sa violence.

Il avait fait mal à Bimbo.

Il avait envie de se coucher par terre.

Bimbo sortit et se dirigea vers le miroir. Il avait les mains sur le front. Jimmy Sr le suivit.

– Ça va ?

Bimbo ne répondit pas.

Il examinait son front. Il y avait une écorchure, et il y aurait une bosse. Mais il n'y avait pas de vrais dégâts.

– Désolé, Bimbo... Okay ?

Bimbo ne disait toujours rien.

– Ça va ?... Hein ?

– C'est pas grâce à toi, si ça va.

– Ah, mais écoute. Désolé, okay... J'ai simplement perdu la tête.

À l'instant, à cette seconde même, il n'arrivait pas à se rappeler pourquoi. Puis tout lui revint en mémoire.

– Pourquoi t'es allé leur parler du van ?

– Et pourquoi pas ? Elle m'a demandé ce que je faisais pour gagner ma vie, alors j'y ai dit.

– Eh ben, t'as tout foutu en l'air pour moi, avec cette meuf...

– Comment ça ? C'est toi qu'as tout foutu en l'air. C'est pas ma faute si tu lui plaisais pas !

– Ça marchait bien avant que t'ouvres la gueule.

– Qu'est-ce que j'ai fait ?

– T'as parlé de ce putain de van, voilà ce que t'as fait.

– Et alors, qu'est-ce qui allait pas ?

– Ah...

Jimmy Sr ne savait pas quoi répondre.

Bimbo regarda de nouveau son front.

– Le van est pas assez bien pour toi, maintenant ? lui demanda Bimbo.

– C'est pas ça...

– Ça paie ton salaire, non ?

Jimmy Sr ne savait plus quoi dire.

– Si tu veux pas y travailler, tu peux te faire la malle quand tu veux... Et bon débarras !

– Oh écoute ! nom de Dieu !

– J'en ai ras la casquette de toi et de ta tyrannie ! Ras la casquette...

Ils étaient à la fois ivres et dessoûlés.

– Tu t'es tapé ta meuf et... Pardon.

Bimbo s'effondra, comme si rien ne pouvait le retenir. Jimmy Sr s'approcha et lui mit la main sur l'épaule.

– C'est l'engueulade la plus débile qu'on a jamais eue, hein.

– Débile ! Carrément ridicule.

– On rentre, d'accord ?

– Et Anne-Marie ? dit Jimmy Sr.

– J'ai pas envie... Rentrons.

– D'accord.

C'était la meilleure chose à faire.

– Bien joué en tout cas ! Anne-Marie et tout ça.

Bimbo ne répondit pas. Encore une chance qu'ils aient eu leur veste sur le dos, il n'avaient pas à y retourner.

L'air était agréable. Agréable et froid. Ce fut pénible de monter les marches. Il y avait un type qui était tombé dans les pommes contre la grille.

– Tu veux voir ce qu'il a ?

Bimbo ne répondit pas.

Ils se dirigèrent vers Stephen's Green.

– C'était une boîte atroce, non ?

– C'était des profs, expliqua Bimbo. Toutes les deux.

– Qui ? Dawn et ta gonzesse ?

– Ouais ? Institutrices. En primaire.

– Désespérant.
– Elles étaient mariées, aussi.
– Non ! ?
– Si.
Jimmy Sr s'écarta du chemin puis y revint.
– Les sales garces, hein.
Ils continuèrent à marcher. Jimmy Sr se mit à chanter, pour rattraper la soirée.
Ohhh...
There's hairs on this
An' there's hairs on that'...
Bimbo s'arrêta pour laisser Jimmy Sr le rattraper.
An' there's hairs on my dog tyne-eee...
Bimbo se mit aussi à chanter.
Ah... but I know where
The hairs grow best...
Jimmy Sr passa le bras par-dessus l'épaule de Bimbo.
On the girl I left behind me[1].
Ils étaient au coin de la rue. Un taxi arrivait, sa loupiote éclairée. Ils restèrent debout, appuyés l'un contre l'autre, jusqu'à ce qu'il arrive à leur hauteur.
Ça n'avait pas été du tout une bonne soirée. Ç'avait été un foutu fiasco. Jimmy Sr commençait à avoir mal à la tête par intermittence. Ils montèrent à l'arrière du taxi.
– Barrytown, grommela Jimmy Sr à l'intention du chauffeur. Bientôt chez nous, tu vois, Bimbo.
– Ouais.
Il se laissa tomber dans le coin et regarda par la vitre. Jimmy Sr en fit autant, de son côté.

---

1. « Y a des poils là-dessus, / Y a des poils là-dessous, / Y a des poils sur mon p'tit toutou, / Mais je sais où ils poussent le plus druuuu, / C'est sur la fille que j'ai perduuue » *(NdT)*.

Il y avait comme une émeute au rez-de-chaussée. Il était réveillé à présent. Sa tête lui faisait affreusement mal. Ses intestins grondaient. Il allait péter toute la journée. La lumière derrière les rideaux n'était pas trop vive. C'était bien. Ils n'iraient sans doute pas à Dollymount l'après-midi. Il avait besoin de repos. Il ne voulait pas voir Bimbo. Il retourna vers une zone fraîche du lit. Ça, c'était agréable.

Mais quel raffut en bas ! Ils hurlaient tous et le chien aboyait tout ce qu'il pouvait. Pourtant, ça ne ressemblait pas à une bagarre. Peut-être qu'il y avait eu un accident. Non, on entendait des rires, aussi.

Il allait descendre faire son enquête. Il avait besoin de manger un peu de toute façon, s'il voulait se rendormir.

– Oh, putain de merde !

Il n'arriverait jamais à descendre jusqu'à la cuisine. Il s'assit sur le bord du lit... Saloperie de soirée... Nom de Dieu, quel sacré nul ! Il se laissa retomber jusqu'à ce que sa tête eût retrouvé l'oreiller et ne bougea plus. Pour l'éternité. C'est ainsi que Veronica le trouva.

– Tu t'es vu ?

Elle n'avait pas l'air contrarié, comme elle l'était d'habitude quand elle pénétrait dans un endroit qui empestait l'alcool et les pets.

– Darren a ses résultats.

– De quoi tu parles ?

– Les résultats de son examen. Il les a.

Jimmy Sr essaya de se redresser.

– Et alors ?

– Sept mentions. C'est pas extraordinaire !

– Sept !

– Oui !

– Redis-moi combien il présentait de matières, déjà ?

– Devine, dit Veronica.

– Ben... sept ! Nom de Dieu, c'est fantastique !...

Sept ! Il devait être le meilleur élève de l'école, non ?

Si seulement il s'était senti mieux ! Darren méritait mieux. Le premier des Rabbitte à réussir à son Leaving et son père ne pouvait même pas sortir de son lit dignement !

– Il est en bas, non ?

– Oui. Il est en train de faire du café comme si rien ne s'était passé, rien de spécial.

– C'est du Darren tout craché. Relaxe comme...

Il ne parvenait pas à réfléchir.

– Je ferais mieux de descendre le féliciter.

Il se leva et se tint à la coiffeuse.

– J'ai eu les miens, moi aussi.

Il mit un moment à comprendre ça.

– Tes résultats ? Tu préparais le Leaving, toi aussi.

– Je sais.

– T'as réussi ?

– Tu parles, oui ! C en maths et B en anglais. Mention en anglais, voilà.

– Ah, Veronica. C'est fantastique !

– Je suis ravie.

– Moi aussi. Mais, avec ça, j'ai une sacrée gueule de bois.

– Tu devrais avoir honte de toi !

Veronica n'en pensait pas un mot, et cela ne faisait qu'aggraver les choses.

– On va sortir ce soir, déclara Jimmy Sr.

– Est-ce que tu vas tenir jusque-là ? Sinon, oui, ce serait bien. Mais ton boulot ?

– Je l'emmerde, mon boulot. Je ne pourrais pas voir une frite en peinture. Sharon peut me remplacer.

Il retourna au lit.

– Je féliciterai Darren plus tard. Désolé.

Veronica prit même garde à ne pas faire claquer la porte derrière elle. Il n'allait pas dormir. C'était trop. Darren irait à l'université désormais. Il avait posé sa candidature pour Trinity College, se disait Jimmy Sr, pour étudier... il avait oublié quoi. L'université. Bordel de merde. Et Veronica... Et dire qu'il ne pouvait même pas se lever pour les féliciter. Et hier soir... Il était nul et con. Il grogna... Un connard dans les grandes largeurs.

Il emmènerait Veronica dîner quelque part dans un endroit bien, avec tout ce qu'il fallait. Une bouteille de vin rouge maison et tout le tralala.

Il était quand même con, nom de Dieu.

– Ce sera mieux, expliqua Bimbo. C'est trop bordélique, sinon. Alors... heu, d'accord ?

– D'accord, approuva Jimmy Sr.

Il haussa les épaules. Il redoutait de dire autre chose. Il pensait qu'il n'y arriverait pas.

– D'accord.

Bimbo venait d'annoncer à Jimmy Sr qu'à partir de maintenant il lui paierait un salaire. Le jeudi. Au lieu de l'ancien système, un arrangement fifty-fifty.

– Tu prends encore une bière ? demanda Bimbo.

– Non... Non merci.

– Allez, si ! Si, quoi. On est pas pressés. On a le temps d'en prendre une autre.

– Okay.

– Bravo.

Il aurait dû lui dire de s'le foutre dans le cul, son salaire, voilà ce qu'il aurait dû faire.

Veronica était profondément endormie à ses côtés, la petite salope égoïste.

Non, ce n'était pas juste. Elle l'avait écouté. Elle lui avait même dit de renoncer au van si ça lui chantait, ça lui serait égal.

Mais il n'allait pas faire ça. Il ne pouvait pas revenir à la situation d'avant l'achat du van – avant que

Bimbo ait acheté ce foutu van. Il ne pouvait pas faire ça. Renoncer à nouveau au magnétoscope, cesser de donner une somme convenable d'argent de poche aux jumelles et quelques livres à Sharon, et tout le reste aussi – la nourriture, les vêtements, le papier cul de bonne qualité, les quelques bières, même la foutue pâtée du chien. Tout. Il y avait aussi Darren, maintenant. Combien de gosses allaient à l'université avec un père au chômage ? Non, il se tiendrait à ce boulot.

C'était sans doute ce que Bimbo attendait de lui. Qu'il renonce. Il avait sans doute déniché un cousin de Maggie ou quelqu'un d'autre prêt à prendre le relais. Eh bien, il pouvait toujours courir, putain ! Il faudrait d'abord qu'il le flanque à la porte.

Il n'allait plus l'appeler Bimbo. Veronica avait raison. Ça faisait trop familier.

En un sens, c'était de sa faute à lui, Jimmy. En partie du moins. Il aurait dû acheter la moitié du van quand il en avait eu l'idée. Il y avait des mois de ça. Il s'était cru malin, à décider de ne pas s'en faire, ce n'était pas nécessaire, mon cul ! Il s'était seulement montré gourmand. Et maintenant, il travaillait dans un van à frites qui ne lui appartenait pas, comme s'il avait travaillé chez McDonald's ou Burger King. Maggie était sans doute installée à sa machine à coudre, en train de lui confectionner une de ces espèces d'uniformes tocards.

Il essaya d'en rire, peinard.

– Oui, sir, dit Jimmy Sr.

– Oh, basta, tu veux bien ?

– Basta quoi, sir ?

Bimbo ne répondit pas. Il retira le panier à frites de l'huile de friture, le secoua et le replongea.

Le jeudi, il touchait sa paye. Comme n'importe qui.

Le deuxième jeudi, sa paye était dans une de ces enveloppes marronnasses où on met toujours les salaires pour les distribuer. Il la regarda. Son nom était écrit dessus.

– Où t'as trouvé cette enveloppe ?

– Chez Easons.

– Bravo !

Mais Bimbo était occupé à mélanger la pâte à frire.

Jimmy Sr fourra l'enveloppe dans sa poche arrière.

Bimbo était au hayon. Il transpirait.

– Deux morues, deux gros ! hurla-t-il à nouveau.

Il se retourna et vit Jimmy Sr, appuyé contre l'étagère, qui se versait une tasse de thé avec son nouveau Thermos. Il avait un sandwich entre les dents.

– Jimmy ! Pour l'amour du ciel...

Jimmy Sr posa le Thermos et revissa le gobelet. Puis il sortit le sandwich de sa bouche.

– C'est mon temps de pause.

Bimbo avait son air habituel de celui qui ne savait pas ce qui se passait.

– J'ai droit à dix minutes de repos toutes les deux heures.

Bimbo ne savait toujours pas où il en était.

– Je me suis renseigné.

Il vit que Bimbo commençait à comprendre : ça se voyait sur son visage.

Bimbo recula du hayon. Jimmy Sr but une gorgée de thé.

– J'en avais besoin.

– Cesse de foutre la merde, okay ?

– Je fous pas la merde. J'ai droit à une pause...

– Nom de Dieu, c'est sûr ! on a rien fait de toute la soirée, on a commencé il y a quelques minutes.

– Il s'agit pas de ça. Pas du tout. J'étais là. J'étais disponible pour travailler.

– Grouillez ! s'il vous plaît !

Ça venait de dehors.

– Il me reste cinq minutes. Après je suerai pour toi.

– Filez-moi juste ma putain de morue et mes frites, okay !

Bimbo lança un regard furieux à Jimmy Sr.

Jimmy Sr le regarda à son tour à travers la vapeur qui s'échappait de son thé.

Bimbo alla préparer deux sachets de frites et sortit deux portions de morue de la friteuse. Jimmy Sr leva le bras en direction de la petite foule qui attendait dehors et serra le poing. Mais personne ne poussa d'acclamations ni n'applaudit : rien. Il faisait trop froid, trop humide.

Jimmy Sr et Veronica avaient le salon pour eux. Il venait de regarder les informations télévisées. Saddam Hussein faisait toujours le guignol en Irak. Veronica avait encore son manteau. Elle venait de rentrer. Elle était allée à l'école s'inscrire à des cours du soir supplémentaires. Pour préparer un certif du Leaving en histoire et géographie cette fois-ci.

– Géographie ? C'est géant ! Tu vas enfin trouver la bouilloire quand tu iras à la cuisine.

– De l'humour avec ça..., dit Veronica, singeant Darren.

– Tant mieux pour toi, avait-il ajouté. Je devrais faire quelque chose, moi aussi.

Mais ils avaient abordé un sujet différent à présent. Jimmy Sr allait partir travailler dans quelques minutes.

– Ça se tasse un peu, là...

– Très bien.

– Je l'appelle à nouveau Bimbo.

Veronica sourit.

– Mais je fais toujours la pause. Si je dois rester un simple salarié...

– Tu ne seras jamais un simple quelque chose, t'en fais pas.

– Ah, Veronica ! Tu dis les choses joliment, parfois.

– Ah ?

– Deux fois par an, environ.

Veronica lui donna une grande tape. Jimmy Sr se pencha et lui embrassa la joue. Elle était encore fraîche, à cause du froid du dehors.

– Je suis heureuse que ça s'arrange. Ce serait honteux.

Jimmy Sr hocha la tête et soupira.

– Mais je peux pas m'y faire. Ça me ferait rien de...

Ça faisait des semaines qu'il disait ça. Mais ça ne lui faisait rien à elle. Il avait le droit de se plaindre de son sort – mais c'était son idée, à Bimbo, au tout début, putain. Qu'il soit son associé... Mais ça ne servait à rien de... C'était fait, quoi.

Il arrivait encore à Veronica d'être inquiète à la pensée qu'il errait dans la maison, voûté et malheureux, désœuvré, essayant de lui sourire. Assis sur le perron à regarder passer les filles, sans même se soucier de se tenir droit pour elles. Quelques mois plus tôt seulement. Et elle à attendre qu'il passe de son côté dans le lit.

– Je vais y aller.

– Bien. Viens dans la cuisine et je te préparerai ton Thermos.

– Super. Tu veux que je monte t'arranger la couverture ?

– Oui, merci.

Ils restèrent tous les deux assis encore un petit moment sur le canapé.

Il appréhendait de monter dans le van. Mais le pire c'était l'approvisionnement : il fallait traverser la maison de Bimbo pour rejoindre le hangar derrière. Ça, c'était carrément insupportable. Elle était toujours là.

– Comment va, Jimmy ?

– Super, Maggie. Et toi ?

La conne, il la détestait. C'était plus facile que de détester Bimbo.

C'était elle, la responsable.

Il payait tout ce qu'il prenait.

– Je mets vingt-sept pence, okay ?

Il tenait la monnaie au-dessus de la caisse.

– Quoi ? disait Bimbo.

– J'ai pris un Twix.

Il le montrait à Bimbo.

– Voilà l'argent pour, d'accord ?

Il laissait tomber les pièces dedans.

– Ah, c'est pas la peine...

– Si, si. C'est à toi.

Bimbo allait pêcher les vingt-sept pence pour les rendre à Jimmy Sr.

– C'est pas la peine.

– Si, si. C'est à toi.

Il laissait Bimbo en plan, la main tendue, et nettoyait le comptoir du bar. Il l'entendait jeter les pièces dans la boîte.

Il fit la même chose avec Maggie. Il traversait la cuisine avec un plateau de morue. Elle était à la table en train de découper des formes rondes dans de la pâte.

– Tiens, Maggie, et il mit les vingt-sept pence sur la table devant elle.

Elle leva les yeux.

– J'ai pris un Twix.

Il sortit avant qu'elle ait eu le temps de réaliser.

En fait, il n'avait pas du tout pris de Twix.

Il prenait plutôt son pied à faire le con, c'était triste, en un sens.

– Je branche le gaz ?

– Qu'est-ce tu veux dire ?

– Je branche le gaz ?

Ils venaient de se garer devant le Hikers et étaient montés à l'arrière. C'était une question idiote.

– J'te suis pas, déclara Bimbo, bien que Jimmy Sr vît qu'il commençait un peu à soupçonner quelque chose.

– Tu veux que j'allume le gaz ?

– Pourquoi t'as besoin de m'le demander ?

– Ben... t'es le patron...

– Je l'allumerai moi-même !

Parfois, il allait trop loin, comme par exemple en demandant à Bimbo s'il devait retirer les frites de la friteuse, s'il devait plonger les frites dans la friteuse. Il prenait simplement l'habitude de demander à Bimbo sa permission pour tout.

– Bientôt, tu vas me demander si tu peux t'essuyer le cul ? dit un jour Bimbo.

– Ah non, pas ça. Mon cul, ça m'regarde !

C'est à ce moment-là – à la façon dont Bimbo l'avait dit, avec de la contrariété dans la voix, mais bidon – que Jimmy Sr réalisa que Bimbo aimait ça, être le patron. Comme s'il l'annonçait à un idiot, à un gosse un peu bête qu'il aimait bien : il n'était plus mal à l'aise dans ce rôle.

Il avait vu dans le *Herald* une photographie d'un champ qui ressemblait à un terrain de football entouré d'un talus. Une pancarte, sur le côté, disait : Danger, Baignade interdite. Ce n'était pas un champ. C'était le réservoir Vartry asséché. Et le gars de la municipalité, le porte-parole – le type qui d'habitude courait pour l'Irlande mais ne gagnait jamais rien –, avait dit qu'il y avait la crise parce que c'était le mois de septembre le plus doux jamais enregistré. Mais Jimmy Sr se les gelait, comme tout le monde. Il s'en plaignait mais ça lui était complètement égal. La vente à Dollymount était terminée, alors il avait la majeure partie de la journée pour lui. Il emmenait Gina se promener. Ils prenaient le chien avec eux. Au bout de trois ans, il en était toujours à essayer d'apprendre à Larrygogan à rapporter une balle, mais Larrygogan était soit trop bête, soit trop intelligent pour le faire. Gina allait ramasser la balle à sa place et le chien l'accompagnait.

Désormais, il jouissait du meilleur de chacun de ses deux univers : les journées pour lui et un boulot dans la soirée. Il touchait un bon salaire le jeudi, et il n'avait pas la moindre responsabilité. Les heures de travail ne se passaient pas trop mal, mais manquaient un peu de convivialité. Il avait une sacrée veine. Il n'avait pas de problème à s'en persuader. Il en était persuadé.

Si bien qu'il ne pouvait comprendre pourquoi il se sentait si mal, pourquoi, au moins deux fois par jour, surtout quand il avait faim ou qu'il était fatigué, il était au bord des larmes.

Il se sentait isolé. C'était ça.

Il était complètement réveillé, étendu sur le lit, les mains derrière la tête. Il avait monté le petit radiateur électrique dans la chambre – pour lire, il s'était dit – et il était donc royalement bien au chaud. Il commençait à faire sombre, quatre heures environ. Il s'était allongé sur le dos et avait ouvert le livre, puis il avait dérivé, tout éveillé, mais loin du livre. Imprimé trop fin. Ça prenait trop de temps de lire une page. Mais il ne s'en prenait pas au livre.

Il faisait peut-être trop chaud. Il était étendu, sans penser à rien, laissant vagabonder son esprit. Il ne pensait pas aux femmes – à Dawn ou à... C'était comme si son cerveau s'alourdissait, s'engourdissait, et tout à coup éclatait...

Isolé.

C'était comme s'il avait appris quelque chose, qu'il avait résolu tout seul. Il souriait même.

Ses yeux s'emplirent de larmes, la pièce et les objets qu'elle renfermait se mirent à flotter en morceaux distincts, mais il gardait les mains derrière la tête. Il lui fallait cligner des yeux. Puis il sentit une larme couler de son œil droit le long de l'arête du nez. Il souleva la tête pour voir si elle coulait plus vite, et cligna des yeux pour la gonfler davantage. Elle quitta sa joue par le côté pour atterrir sur l'oreiller. Alors il s'essuya le visage, il était trop mouillé. Mais il ne s'arrêta pas de pleurer.

Il était bien protégé ici, en haut.

Il y avait une boule au-dedans de lui, une boule d'air dur, comme un pet mais trop haut pour qu'il puisse l'atteindre. Parfois ça lui faisait presque mal. Ça l'agaçait, tout le temps. Il se tortillait. Il était assis aux chiottes mais rien ne venait. Appuyer dessus aggravait la chose. La durcissait encore. Il savait qu'il perdait son temps mais il allait de toute façon aux chiottes. Et il savait qu'il n'avait pas de problème physique, même s'il le sentait. Il savait aussi qu'il avait déjà eu cette sensation auparavant. Elle était en quelque sorte familière, nettement familière. Il ne pouvait pas se rappeler exactement. Mais quand il s'était rendu compte qu'il se sentait comme ça, étriqué, rétréci et épuisé, il l'avait reconnue immédiatement.

En allant à Ballsbridge, il bavarda avec Bimbo. Les Shamrock Rovers jouaient sur leur nouveau terrain, le RDS, contre St. Pats. Il avait plu des cordes la nuit d'avant – la première vraie pluie à Dublin depuis des semaines – et ce matin encore, mais ça s'éclaircissait pour l'après-midi. La partie serait sûrement formidable et il y aurait une foule immense. Ils trouvèrent un bel emplacement pour se garer, en haut de l'allée qui longe Anglesea Road du côté de la rivière, et ils montèrent à l'arrière pour tout préparer.

Jimmy Sr sortit la lettre et la posa sur l'étagère à un moment où Bimbo ne regardait pas. Il la reprit encore – Bimbo avait toujours le dos tourné – et l'ouvrit un peu de façon que Bimbo puisse en lire le haut et voir l'en-tête. Puis Jimmy Sr se mit au travail. Si Bimbo la prenait ou même s'il voyait seulement le début, super. Sinon, Jimmy Sr la fourrerait de nouveau dans sa poche et la garderait pour une autre fois.

Mais Bimbo la vit très bien.

Jimmy Sr rougit : ce n'était pas à cause de la chaleur qui montait de la friteuse. Il vit Bimbo tourner légèrement la tête de façon à pouvoir lire la lettre sans la déplacer.

Il ne fit pas de commentaire.

Jimmy Sr laissa la lettre en place. Il la regarda un peu plus tard comme l'avait fait Bimbo, pendant que ce dernier était occupé au hayon, à essayer d'additionner le prix de deux gros hamburgers à la morue et d'un hamburger aux épices, cet imbécile à la con. Il ne pouvait en voir beaucoup, simplement l'en-tête et le Cher monsieur Rabbitte, ainsi que la moitié de la ligne suivante. Mais ça suffisait.

Ils attendaient à présent le moment où la foule sortirait après le match.

En rogne et affamée.

– Tu veux qu'on aille voir le match ? demanda Bimbo à Jimmy Sr.

– Non, pas de ces foutaises.

– Ça va être dingue, je t'le dis.

– Comment veux-tu ! Y a rien que des enculés qui sont pas assez bons pour jouer en Angleterre.

– Ah bon...

– Tu verrais mieux à St. Anne.

Jimmy Sr avait le *Sunday World* et il en donna la moitié à Bimbo : les feuillets intérieurs, les pages pour les gosses et les femmes, ainsi que tous les machins pop et les scandales à Hollywood, les conneries qu'il ne se donnait pas la peine de lire lui-même.

Ils ne parlaient pas.

Jimmy Sr ouvrit légèrement sa vitre. Il était un peu plus de quatre heures, soit plus d'une heure avant que la foule sorte. Il soupira.

– Ça te fait chier d'attendre ? lui demanda Bimbo.

– Je m'en fous. Ça fait aucune différence pour moi. Tant que je suis payé, je veux bien rester là le reste de la saison. C'est ton argent.

– Tu seras payé, t'inquiète pas !

– Y a sacrément intérêt, que je le sois ! railla Jimmy Sr, mais sans trop d'agressivité.

Pour rigoler.

Bimbo rit un peu jaune.

Puis Jimmy Sr pensa à quelque chose.

– En heures sup.

– Quoi ?

– En heures sup pour le dimanche.

– Heu... attends voir...

– Dimanches et jours fériés. Une fois et demie le salaire pour tout ce qui est heures supplémentaires.

Bimbo parla très fort :

– Qui dit que c'est des heures supplémentaires ?

– Inutile de crier. Je t'entends !

– Qu'est-ce que tu veux dire par heures supplémentaires ?

– C'est mieux.

– Alors ?

– Alors quoi ?

– Ces heures supplémentaires.

– Eh ben quoi ?

– Ben...

Bimbo reprit :

– Tu fais ça par dépit, c'est bien ça ?

– Non !

– Ben, pour moi, ça y ressemble.

– Je recherche simplement mon bien-être. C'est tout.

– Ton bien-être ! ? T'es payé, non ? Bien payé ?

– Je le gagne, cet argent, figure-toi.

– Ouais. Mais pourquoi tu crois tout d'un coup que t'as droit à...

– C'est exactement ça ! J'AI DROIT à ça. J'y ai droit, redit-il avant que Bimbo puisse répondre. Je travaille sept jours par semaine, en l'occurrence.

– Pas des jours...

– Alors des nuits. C'est pire !

Jimmy Sr gardait les yeux fixés sur le journal et faisait semblant d'être encore en train de lire.

– Sept nuits. Combien il m'en reste ? Hein, attends que je réfléchisse, heu... Aucune.

Il fit claquer la feuille du journal et regarda la page « Un soupçon de religion ».

– Et maintenant, il va falloir en plus que je renonce à mon dimanche après-midi ?

– Tu seras payé...

– T'es le patron. J'irai où on me dira mais je ne vais pas me laisser exploiter, tu m'entends ? Je veux mes heures supplémentaires.

– Qui t'exploite ?

– Toi. Si tu ne me paies pas correctement.

– Je te paie, franchement.

– Y a des lois, tu sais. On est plus à l'âge des ténèbres... Je devrais être à la maison avec Veronica. Et les gosses.

Bimbo attendit un peu.

– C'est de ça que parle la lettre ? demanda-t-il alors.

– Quelle lettre ?

– La lettre là derrière, sur l'étagère.

Jimmy Sr se pencha en avant et tâta sa poche arrière, à la recherche de quelque chose.

– La lettre des Alliés quelque chose, le syndicat...

– T'as lu ma lettre ?

– Non, je l'ai juste vue là.

La lettre avait été une idée de Bertie. Il avait eu le nom et l'adresse pour Jimmy Sr, auprès de Leo, le barman, et Jimmy Sr leur avait écrit à eux, le Syndicat national des marchands de vin, épiciers et autres commerçants, demandant ce qu'il fallait faire pour adhérer. Ils lui avaient répondu, l'invitant à venir discuter. Il conservait cette lettre dans sa poche arrière. Il ne songeait pas à adhérer. Il n'avait pas de temps à donner aux syndicats. Il avait fait partie de l'un d'eux pendant des années et ils n'avaient pas fait le moindre foutu truc pour lui. Ils étaient nuls.

– Ça te donnera de quoi te défendre, compadre, avait expliqué Bertie.

C'était une idée du tonnerre. Ils s'étaient fendu la pêche. Et il avait raison, Bertie. La lettre lui avait servi, c'était presque un revolver, dans sa poche arrière.

– T'as pas le droit de lire mes lettres.

– Elle traînait là.

– Où ça ?

– À l'intérieur, sur l'étagère.

Jimmy Sr tâta à nouveau sa poche arrière et regarda Bimbo comme s'il avait fait quelque chose de travers.

– C'était ça, le sujet de la lettre ?

– C'est pas tes affaires, le sujet de cette lettre. C'est personnel.

– T'as pas besoin de faire partie d'un syndicat.

– C'est moi qui en suis le meilleur juge, alors calmos ! Lire mes foutues lettres !

– Je l'ai pas lue.

– Pourquoi tu m'en as pas parlé, quand tu l'as trouvée ?

– Je savais pas que tu l'avais perdue.

Jimmy se pencha en avant pour voir s'il pleuvait encore.

– Tu vas vraiment adhérer à un syndicat ?

Bimbo avait l'air un peu blessé et fatigué à présent.

Jimmy Sr ne répondit rien.

– Tu vas le faire ?

Jimmy Sr se cala en arrière.

– Je m'occupe de mes affaires, c'est tout. Et de ma famille.

Bimbo toussa et, quand il prit la parole, sa voix tremblait un peu.

– Je vais te dire. Si tu adhères à un syndicat, il y aura pas de boulot pour toi ici.

– On verra ça.

– Je te le dis ! Ça se passera comme ça.

– On verra ça.

– Si on en arrive là...

– On verra.

Bimbo sortit et fit quelques pas sur la route. Jimmy Sr tourna la page et la regarda avec attention.

Il était allé faire les courses lui-même au lieu d'y envoyer les jumelles – elles ne voulaient plus y aller pour lui, les salopes – et leur avait acheté des bonbons et des glaces, et même une barre de Dairymilk pour le chien. Une soirée géniale, inouïe, et regarder le chien se rendre malade à la porte de la cuisine, ça l'avait rendue encore plus géniale. Même Veronica avait ri de voir ce foutu taré geindre à la porte pour aller vomir son chocolat.

– Heureusement, c'était pas une grosse barre que tu lui avais achetée, dit Darren.

Ç'avait été un moment sympa. Gina était allée récupérer le chocolat en chaloupant, et elle avait déjà la main dessus avant que Sharon soit près d'elle. Jimmy Sr aurait bien voulu avoir un appareil-photo. Il allait en acheter un.

Ils avaient baisé ce soir-là, Veronica et lui, pas seulement baisé – ils avaient fait l'amour.

– Tu as l'air beaucoup mieux, avait constaté Veronica juste avant.

– Oui.

– J'suis contente.

– J'me sens bien à présent. La superforme.

– J'suis contente, avait-elle dit avant de rouler vers lui.

Mais ça n'avait pas duré. Le lendemain, il broyait à nouveau du noir. Il n'arrivait pas à se sortir de là. Quand Darren entra dans le salon pour regarder *Zig et Zag* à la télé, Jimmy Sr avait mal à la mâchoire. Il avait grincé des dents. Il se secoua, mais c'était comme de reprendre précipitamment sa respiration avant de sombrer à nouveau au fond de l'eau.

Les deux jours suivants, il s'obligea à ne pas faire la gueule. Il prenait de grandes inspirations, se forçait à sourire, rentrait le ventre, pensait à sa baise avec Veronica, pensait à Dawn. Mais, une fois que sa détermination se relâchait, il s'effondrait à nouveau. Il avait des douleurs dans la nuque. Il se sentait absolument crevé. Tout le temps. Mais il faisait des efforts. Des efforts réels.

Avec Bimbo, il était vraiment gentil, super affectueux.

– Comment ça va ?

Il lui donnait une tape dans le dos.

Il sifflait et chantait en travaillant.

Dum dee dee dum dee dee... dum dee...

Mais, bon Dieu, quand il interrompait ses efforts, il manquait de s'affaisser dans la friteuse. T'es un mec génial, se disait-il à lui-même. T'es un mec génial, tout va bien pour toi. T'es un mec génial. T'as une chiée veine.

Mais c'était rare qu'ils se sentent bien à travailler ensemble. C'était même pas si bien que ça, parce qu'ils étaient tendus et méfiants, s'attendant à ce que les choses aillent à nouveau de travers.

Comme le film d'un mariage qui capote.

– La morue est plutôt longue à cuire ce soir...

Bimbo vit le visage de Jimmy Sr avant de finir sa phrase, et il s'arrêta. Jimmy Sr essaya de sauver la bonne humeur. Il se redressa et lui répondit.

– Ouais... euh...

Mais maintenant, Bimbo était à cran, il s'attendait à une remarque vache, et ça paralysait Jimmy Sr. Ils avaient tous deux peur de parler. Alors ils ne parlaient pas. Jimmy Sr s'était d'abord senti triste, puis contrarié, et la colère s'accumulait. Sa nuque se raidissait, il avait envie de pousser un formidable rugissement. Il avait envie de prendre la tête de Bimbo, de la tremper dans la graisse bouillonnante et de l'y maintenir. Il supposait que Bimbo ressentait la même chose. Et ça aggravait les choses, parce que c'était avant tout la faute de Bimbo.

Darren ne voulait plus travailler pour eux.

– C'est atroce, expliqua-t-il à Jimmy Sr. On peut pas bouger. Ni même ouvrir la bouche. Lamentable.

– Ouais, reconnut Jimmy Sr. Mais n'en parle pas à ta mère. Dis-lui simplement que le Hikers paie mieux ou ce qui te passe par la tête.

– Pourquoi tu continues à faire ça, p'pa ?

– Ah...

C'était tout ce qu'il pouvait dire à Darren.

– Mais prends bien garde à ne rien dire à ta mère, okay.

– T'en fais pas.

– Ça ne ferait que la troubler. C'est pas nécessaire.

Ils n'étaient que tous les deux dans le van maintenant, sauf peut-être une fois par semaine quand Sharon était fauchée ou qu'elle n'avait rien de mieux à faire. Elle n'était pas aussi timide que Darren.

– Qu'est-ce que vous avez à rouspéter tous les deux ?

Jimmy Sr venait d'arracher les tranches de poisson des mains de Bimbo et Bimbo avait marmonné quelque chose à propos de la politesse.

Ça avait couvé toute la soirée, depuis que Bimbo avait regardé sa montre quand il était allé ouvrir la porte à Jimmy Sr, simplement parce que ce dernier avait peut-être dix minutes de retard, à tout casser.

– Retire-le-moi sur mon salaire, vas-y.

– J'ai rien dit.

– Mes couilles ! avait marmonné Jimmy Sr.

Et ainsi de suite.

Ni l'un ni l'autre ne répondirent à Sharon.

– Alors ? dit-elle.

– Demande-lui, dit Bimbo.

– Demande-moi toi-même, mon vieux.

– Nom de Dieu. C'est comme de faire du babysitting ici, franchement ! Pour deux sales moutards !

Et elle leur donna à tous les deux une tape sur le cul.

– Arrête !

Mais elle flanqua une nouvelle tape à Jimmy Sr, pour rigoler. Il ne put s'empêcher de rire. Bimbo non plus.

– Comment ça s'est passé, ce soir ? lui demanda

Veronica quand il se mit au pieu et que ses pieds froids la réveillèrent.

– Super.

Jimmy Sr regardait parfois Bimbo : à voir son visage, c'était toujours le même homme. C'est quand il était occupé qu'il ressemblait à son ancien moi. Pas quand il était enquiquiné. Quand il plongeait la morue dans la pâte à frire, en sachant qu'il restait peu de temps avant que les gens sortent en foule du Hikers. Dans l'obscurité, avec seulement les deux lampes qui éclairaient le van. Un petit bout de langue dépassait d'entre ses lèvres et faisait un bruit qui aurait ressemblé à un sifflement si sa langue avait été à la bonne place. Il était heureux, l'ami Bimbo.

Sa poufiasse de bonne femme l'avait démoli. Elle avait pris son temps pour y arriver, mais elle y était arrivée. C'était la théorie de Jimmy Sr, en tout cas. Ça ne pouvait pas s'expliquer autrement.

– Écoute, raconta Jimmy Sr à Bertie. Elle était parfaitement heureuse toutes ces années où il rapportait un salaire à la maison.

Bertie parlait d'une façon qui encourageait Jimmy Sr à continuer.

– Elle était heureuse comme ça, parce qu'elle pensait qu'elle pouvait pas avoir mieux. Est-ce que ça tient debout, Bertie ?

– Tu parles, si ! Elle en savait pas plus.

– Tout à fait. Mais maintenant, maintenant... Mon cul ! elle en sait plus long, maintenant. Y a pas assez de morue dans la mer pour elle, putain ! Ou de patates dans les champs, putain de bon Dieu !

– Pour toi, c'est de la cupidité, compadre.

– À qui le dis-tu.

Ça faisait du bien de parler avec Bertie. C'était super.

– C'est elle. C'est pas du tout Bimbo.

– Tu crois ?

– Ah ouais. Absolument.

– Je sais pas. T'as peut-être raison. Tu laisserais ta bourgeoise décider à ta place comme ça, toi ?

– Pas question.

– Pourquoi tu crois qu'il le fait, alors ?

– Elle est différente, dit Jimmy Sr au bout d'un moment. Elle est plus arriviste. Elle est... Ça arriverait pas avec Veronica, ni avec Vera. Il est mou, y a ça, aussi...

C'était ce qu'il croyait, ce soir-là. Ce n'était pas pensable d'être l'une des personnes les plus gentilles, les plus solides qui aient jamais existé, et de devenir brusquement un petit connard mesquin, intrigant et radin. Pas du jour au lendemain, de la façon dont l'avait été Bimbo. À moins d'y avoir été poussé. Il savait ce qu'elle avait dit à Bimbo. Il l'entendait lui dire : c'est lui ou moi. Quelque chose du genre. Le van ou Jimmy Sr.

Bimbo ouvrait des sachets de frites, il y mettait les doigts, les étalait à l'intérieur et d'une chiquenaude jetait les sacs ouverts pour les mettre sur l'étagère au-dessus de la friteuse. C'était tragique.

D'autres fois, il le détestait, tout simplement.

Il lui manquait.

Bertie était un merveilleux compagnon, mais Bertie était Bertie. Bertie n'avait besoin de personne. Il était aussi dur que le roc, putain. Bertie pouvait vous amuser ou écouter le récit de vos ennuis toute une soirée, mais Bertie n'aurait jamais pu être votre ami intime. Bertie n'avait pas besoin d'un ami intime.

Jimmy Sr, lui, n'était pas comme ça. Il aurait aimé être comme ça, mais il ne l'était pas. Quand Bertie n'était pas dans les parages – et il n'était pas souvent dans les parages – il ne lui manquait pas. Il ne ressentait pas un vide. Mais Bimbo lui manquait et ce connard était à côté de lui en train de secouer les frites.

– Ouais ?

Jimmy Sr poussa le sel et la sauce de côté, à l'écart.

– Sécurité sociale, secteur Est, annonça l'homme dehors.

Jimmy Sr se pencha pour lui indiquer la clinique, au-delà du centre commercial, quand il remarqua que l'homme tendait un morceau de plastique. C'était une carte d'identification blanche. Jimmy Sr ne la prit pas. Il recula.

Il n'avait pas l'air d'un inspecteur. Il avait l'air ordinaire.

Puis Jimmy Sr se souvint. Il n'était pas le patron.

– Y a quelqu'un ici qui veut te voir.

Ce n'était pas son problème. Son cœur battit plus vite, puis se ralentit. Mais il avait la gorge vraiment nouée, comme si quelque chose d'important se préparait. Elle lui faisait mal. Son visage le picotait. Il se sentait un peu coupable. Ce n'était pas programmé, ce n'était pas son problème.

Bimbo s'approcha du hayon, s'essuyant les mains sur son pantalon pour en enlever la farine. Il regarda Jimmy Sr puis l'homme dehors, et eut alors l'air inquiet.

On était vendredi soir, à l'heure de réduction [1]. La nuit tombait.

Bimbo se frotta les mains et se força à sourire.

– Oui, monsieur ? Que puis-je pour vous ?

1. *Happy Hour :* l'heure de réduction, dans les pubs, généralement entre cinq et six heures *(NdT).*

L'homme tendit la carte jusqu'à ce que Bimbo la prenne.

– Des O'Callaghan. Je suis fonctionnaire au ministère de la Santé et de l'Environnement, pour la Sécurité sociale, secteur Est.

Comment a-t-il trouvé un boulot pareil ? se demandait Jimmy Sr. Il fut frappé une nouvelle fois par l'aspect parfaitement normal de Des O'Callaghan. Très jeune, avec ça, pour un inspecteur.

Les doigts de Bimbo avaient laissé une marque sur la carte. Il la frotta alors contre sa chemise, puis il vérifia qu'elle était propre, et la rendit à Des O'Callaghan.

– Y a quelque chose qui va pas ?

Bimbo avait besoin d'être épaulé, alors Jimmy Sr se rapprocha de lui. Mais il n'avait pas l'intention de dire quoi que ce soit. Bimbo aurait à résoudre ce problème tout seul.

– Je vais devoir inspecter vos locaux.

– Vous avez un mandat ? demanda Jimmy Sr.

On aurait dit que Bimbo allait s'effondrer, comme s'il avait voulu être d'accord avec Jimmy Sr, mais le redoutait.

– Je n'en ai pas besoin, dit Des O'Callaghan à Jimmy Sr, sans même l'ombre d'une insolence ni d'un sarcasme.

Il était dans son rôle. Jimmy Sr fut impressionné, effrayé.

– J'ai le droit d'inspecter ces locaux en vertu de la loi sur l'hygiène alimentaire.

Des disparut et se présenta à la porte arrière.

– Essuyez-vous les pieds... Allez, j'vous fais marcher !

Des s'accroupit et jeta un coup d'œil à la ronde. Jimmy Sr poussa Bimbo du coude. Il s'attendait à ce que Des passe un doigt par terre puis le regarde, mais il n'en fit rien. Bimbo se demanda s'il devait s'accroupir à côté de Des. Il plia un peu les genoux, puis décida de s'abstenir.

Des regardait sous la plaque de cuisson.

– La licence est à la maison. Vous voulez que je... ?

Il n'était pas facile de parler à cet homme dont on ne voyait que l'arrière du crâne. Bimbo renonça.

Des se releva. Il ne prenait pas de notes ni rien, et ne cochait pas les objets. Il jeta un œil au seau à frites. Pas de mal de ce côté, se dit Jimmy Sr. Les frites n'y restaient que quelques minutes. Des regarda les bouteilles remplies d'eau. Puis, pour la première fois depuis qu'il était entré, il toucha quelque chose. Il ouvrit un des robinets de l'évier et remarqua qu'il ne tenait pas et n'était relié à rien.

– Je vais le réparer.

Des ne dit rien.

Jimmy Sr se demandait ce qu'il pouvait bien examiner maintenant. Il se déplaça un peu pour voir. Les parois. Il fixait les parois.

– Tout va bien ? s'inquiéta Bimbo.

Des ne disait toujours rien. Jimmy Sr décida d'essuyer le comptoir du hayon, histoire de se donner une contenance. Son chiffon était archisec. Il s'apprêtait à le tremper dans le seau à frites pour le rincer quand il vit que Des l'observait. Il changea de direction juste avant que sa main plonge dans le seau et se mit à essuyer l'extérieur du seau. Nom de Dieu, quel parfait connard il faisait ! Il n'avait pas réfléchi. Il se mit à siffler. Il fit tourner un peu le seau pour voir si un bout lui avait échappé, puis se redressa et retourna au hayon.

Il faillit presque ne pas reconnaître Bimbo, à la façon dont il le dévisageait. Il n'avait jamais vu cet air-là à Bimbo, froid et intelligent. Il rougit. Il ne savait pas pourquoi. Puis il réalisa.

Il croit que je l'ai mouchardé. Il croit que je l'ai mouchardé !

Il était incapable de parler.

Alors, Des prit la parole.

– Puis-je voir vos mains, s'il vous plaît ?

– Quoi ?

– Vos mains. Puis-je les voir, s'il vous plaît ?

– Pourquoi ?

Bimbo avait déjà tendu les mains, prêt à se faire passer les menottes. Puis il les retourna et ouvrit les paumes. À présent, Jimmy Sr comprenait. Il fit de même. Il essaya de faire en sorte que Bimbo le voie, sans que l'inspecteur s'en rende compte. Il ne l'avait pas mouchardé. Il fallait qu'il le sache.

Des examina leurs mains.

– Les ongles, s'il vous plaît.

Ils retournèrent les mains d'un coup sec. Bimbo soupira. Un soupir impertinent, semblait-il.

– On est reçus ? demanda Jimmy Sr à Des.

S'il était insolent avec lui, Bimbo saurait qu'il ne lui avait pas joué de tour de cochon.

– Je crains que non.

Il regarda autour de lui.

Jimmy Sr dut s'adosser au comptoir. Oh, putain de merde. Il crut qu'il allait chier, une crampe le parcourut. Bimbo allait penser que c'était de sa faute.

– Crains que non, répéta Des, presque gaiement.

Bimbo avait encore les mains tendues. Des les regardait en hochant la tête.

– J'ai fini.

Bimbo mit les mains dans ses poches. Jimmy Sr s'apprêta à mettre la main sur l'épaule de Bimbo, puis n'en fit rien.

– Il va me falloir fermer votre boutique définitivement, les gars. J'en ai le pouvoir.

Jimmy Sr fut surpris de pouvoir parler.

– Attendez...

– Laissez-moi finir. S'il vous plaît... Merci. Lequel d'entre vous est le propriétaire ?

Jimmy Sr désigna Bimbo.

– Lui.

– C'est moi, en effet.

Bimbo fit un demi-tour, pour que Jimmy Sr sache qu'il devait se tenir à l'écart.

– C'est moi, répéta Bimbo.

– Okay. C'est M... ?

– Reeves.

– Très bien, monsieur Reeves. Je dois vous annoncer que votre van représente un sérieux danger pour la santé publique.

Bimbo regarda le sol. Jimmy Sr aussi.

– Vous êtes fermé, dès ce soir.

– Et nos boulots, merde ? hurla Jimmy Sr.

– Je n'ai pas encore fini de parler.

Bimbo adressa la parole à Jimmy Sr pour la première fois depuis que tout ça avait commencé.

– La ferme.

Il ne s'était même pas donné la peine de le regarder en disant ça.

– Vous fermez dès maintenant... Les murs sont crasseux, le sol est crasseux, il n'y pas l'eau courante...

– On va arranger ça, il vous l'a dit...

– Les produits alimentaires ne sont pas couverts et entreposés convenablement, la plaque de cuisson présente des dangers, l'huile dans la friteuse est... Vous savez bien ce que je veux dire. Vous êtes vous-mêmes sales, surtout votre collègue derrière vous. Je suis désolé mais j'ai les pleins pouvoirs pour faire ces remarques. Je ne souhaite pas heurter votre sensibilité.

Jimmy Sr haussa les épaules.

– Vos vêtements sont douteux et vos ongles sont ce que ma mère appellerait une honte.

Personne ne rit.

– Vos cheveux à tous les deux sont une menace pour la santé publique. Je pourrais continuer comme ça toute la nuit. Il y a ici suffisamment d'infractions aux règlements d'hygiène alimentaire pour vous infliger une jolie contravention et même une peine privative de liberté.

Ben mon cochon... Des laissa tout ça faire son effet.

– La prison, vous voulez dire ?

C'était crétin.

– J'en ai peur, oui.

– Vous vous fichez du monde ou quoi ! À d'autres !

– La ferme, toi. T'en as déjà fait assez comme ça.

– C'est toi qui iras en prison, lui rétorqua Jimmy Sr.

– La ferme, et basta.

Le regard de Bimbo fit le tour du van.

– Il est pas si mal, pourtant...

– Il est pire que mal, vous voulez dire...

Bien fait pour toi, pensa Jimmy Sr. Jimmy Sr avait Des à la bonne.

– On le nettoie.

Des se gratta l'oreille.

– Il faudra que je passe devant le tribunal ?

– Une semaine, monsieur Reeves, dit Des. Ce que je vais faire, c'est...

Il attendit un peu.

– Je vais vous donner une semaine pour rendre vos locaux conformes aux exigences du Service d'hygiène. Je vais vous fournir une liste de ce que vous aurez à faire. Je reviendrai dans une semaine et, si je constate que vous avez fait le nécessaire, nous oublierons que je suis passé aujourd'hui.

Il sourit, puis se ressaisit très vite.

– Ça va être une rude semaine, monsieur Reeves.

Des était super.

Avant que Bimbo ait pu le remercier, il reprit :

– En tout cas, monsieur Reeves, je dois vous avertir... Si vous échouez à mener à bien ne serait-ce qu'une seule des exigences qui figurent sur la liste, il me faudra fermer votre commerce. Au nom du ministre de la Santé.

À présent Bimbo pouvait parler.

– Merci beaucoup.

Des prit un stylo et des papiers dans la poche de sa veste. Il appuya sur le stylo et s'approcha du comptoir. Jimmy Sr le laissa passer. Bimbo le suivit. C'était une espèce de liste. Jimmy Sr ne voyait pas bien. Des cocha à peu près toutes les rubriques mentionnées.

Est-ce qu'ils devraient se raser le crâne ? se demandait Jimmy Sr. Il se sentait bien, maintenant. Il avait besoin de respirer un grand coup.

– Je vais vous demander de me signer ça... Juste là... C'est ça. Merci... Et cette feuille...

Il donna à Bimbo l'une des feuilles.

– Ça, c'est pour vous, monsieur Reeves.

Il recliqua sur son stylo et le rangea dans sa poche avec les autres papiers.

– Eh bien, à dans une semaine alors...

– Ouais. Je vais m'y mettre. Tous les machins... Merci beaucoup.

– Au revoir, dit Des.

– Tchao, dit Jimmy Sr.

– Au revoir, répéta-t-il à Bimbo.

– Alors salut, dit Bimbo.

Des sauta au bas du marchepied, sans problème.

– Sympa, le mec !

– J'espère que t'es content, maintenant, c'est tout ce que je peux dire.

Jimmy Sr avait oublié.

– Quoi ?

Il était trop tôt pour nier quoi que ce soit.

– Tu sais bien.

Bimbo ne voulait pas le regarder.

– Non. Désolé, je sais pas.

Bimbo ricana. Il se déplaça pour la première fois

depuis le départ de Des, et arrêta la friteuse et la plaque de cuisson. Il hésita un peu avant de tourner le bouton sous la plaque. Il sortit les paniers de la friteuse.

– Un gros et une morue, s'il vous plaît.

Il y avait une fille au hayon.

– On est fermés.

– On pourrait aussi bien écouler ce qu'on a, suggéra Jimmy Sr.

– On est fermés.

– On est bouclés, ma grande, expliqua Jimmy Sr à la fille. Reviens la semaine prochaine, dit-il assez fort pour que Bimbo entende.

Bimbo ricana à nouveau. Cette fois-ci, Jimmy Sr eut envie de lui flanquer un coup de pied au cul. Il ergotait comme une pétasse.

Il abaissa la porte du hayon. Il fit noir, à l'exception de la lumière qui passait par la porte arrière.

– J'ai rien eu à voir avec ça.

Bimbo ne disait rien.

– Rien du tout, Bimbo. J'te jure.

– Mmouais...

Il sortit et remonta la bonbonne de gaz à l'intérieur du van.

– Rien. Des a simplement...

– Des..., dit Bimbo.

– Je l'avais jamais vu et j'avais jamais entendu parler de lui avant aujourd'hui.

Bimbo ne disait rien. Il faisait entendre des bruits comme un rire étranglé, mais Jimmy Sr ne distinguait pas bien son visage.

– Ah, c'est dingue, putain ! Écoute, merde ! j'y suis pour rien...

– Tu l'as déjà dit.

Jimmy Sr voyait assez clair pour lui sauter dessus. Il le poussa à la renverse. Bimbo tomba contre le seau à frites. L'étagère derrière lui l'empêcha d'aller plus loin. Le seau se renversa. Il y eut de l'eau partout. Jimmy Sr avait les jambes trempées, mais il n'y fit pas attention. Il tenait Bimbo par la chemise et le dominait, parce que les jambes de Bimbo avaient glissé. Il le secoua.

– Tu m'écoutes ?

Il le secoua à nouveau. Un des boutons sauta.

– Oui ou non ?

Bimbo glissa encore un peu plus en arrière. Il était à genoux dans l'eau. Jimmy Sr avait envie de lui pétrir la tronche, à cet idiot. Il ôta une main de la chemise et le saisit par les cheveux.

– Laisse-moi me relever !

– Oui, oui. Mais écoute-moi !...

Il fallait que Jimmy Sr se calme. Il était tout près de pulvériser Bimbo. Si Bimbo disait une seule chose de travers, il le démolirait. Bimbo se tint tranquille.

– Bon... Ce bonhomme s'amène... ça n'a rien à voir avec moi, okay ? Je t'ai pas mouchardé...

Il ne voulait plus le tuer. Il recula d'un pas pour faire de la place à Bimbo. Il lui tendit la main pour l'aider à se relever. Bimbo la repoussa.

– Je me débrouille.

Il entendait Bimbo chercher à reprendre son souffle, comme s'il avait couru. Un bruit rauque se mêlait à sa respiration. Pareil pour Jimmy Sr

– Tu me crois ?

Bimbo commença à soulever le seau, puis le relâcha.

– Ouais, dit-il. Ouais, je te crois... Pardon... de...

– Laisse béton, laisse béton... Laisse béton.

Jimmy Sr était épuisé.

– On va arranger ça, t'en fais...

Jimmy Sr fut sonné avant de réaliser qu'il avait été frappé. Le coup n'avait pas été assez dur pour l'envoyer à la renverse contre le comptoir, mais il glissa avant de se rétablir. Bimbo lui avait flanqué un coup en pleine poitrine. Mais ça fit plus de bruit que de mal. Il allait le démolir à coups de poing.

C'était terrible. Ils en arrivaient au dernier acte. Jimmy Sr haleta quelques instants et se massa la poitrine. Il était près de pleurer et de démolir le van.

– Si..., commença Bimbo.

Il était comme Jimmy Sr, au bord des larmes.

– Si ç'avait pas été ce bonhomme, ç'aurait été autre chose.

– Qu'est-ce que c'est censé vouloir dire, ça ?

Bimbo ne répondit rien pendant un moment. Des lustres. Jimmy Sr l'entendait respirer, et s'entendait soi-même, et son cœur.

Une pierre heurta l'extérieur du van. Ils bondirent tous les deux.

– Putain...

Jimmy Sr essaya de rire mais seul un son rauque parvint à sortir.

Une autre pierre heurta la paroi derrière Bimbo.

– Tu m'aurais eu, de toute façon. Non ?

– Qu'est-ce tu veux dire ?

– D'une façon ou d'une autre.

Une autre pierre. Elle roula sur le toit.

– Tu m'aurais eu...

– Va te faire foutre, okay.

- Le syndicat...

– Va te faire foutre, nom de Dieu !

– Tout était bon pour m'avoir...

– La ferme.

– Même de répandre des rumeurs sur cette meuf et moi...

– La ferme, merde !

– Tu peux toujours courir...

Il entendit Bimbo se rapprocher de lui.

– J'ai rien dit sur toi.

– Si.

– Non.

– Tu es le seul qui m'as vu !

– Ben c'est pas moi, okay !

Bimbo s'était arrêté.

Ça valait mieux pour lui.

Il entendit Bimbo ricaner, en se forçant.

– Je suis aussi méchant que ça ?

On aurait dit que l'air était mouillé.

– Ouais, dit Jimmy Sr.

Il s'essuya le nez.

– Je te paye bien, non ?... Non, Jimmy ?

– Ouais, bien.

– Ben alors ?

Il l'implorait. Mais c'était trop tard.

– Quand on a commencé, dit Jimmy Sr, quand on...

Il essaya de se sécher le visage.

– Quand on a trouvé le van...

– Quand j'ai acheté le van, tu veux dire ? Quand j'ai acheté le van, c'est ça que tu veux dire ?

Il jubilait, ce con. Essayer d'expliquer, c'était perdre son temps.

Les jets de pierres avaient cessé.

– Laisse béton.

Gina entra dans le van. Sharon l'avait aidée à monter.

– Dehors !

Sharon était entrée.

– Sors-la, ajouta Bimbo.

– Ne parle pas comme ça...

Gina se mit à brailler.

Jimmy Sr était sur Bimbo. Il le tenait coincé. Il essaya de l'atteindre au visage, de lui flanquer un bon coup en pleine poire. Bimbo lui martelait les flancs, le cul. Il atteignit Jimmy Sr aux couilles, mais pas assez fort. Sharon et Gina étaient parties. Jimmy Sr cessa de jouer des poings et ouvrit la main. Il lui colla le pouce sur la figure et appuya. Bimbo gémit. Il saisit un paquet de graisse de Jimmy Sr par-dessus son pantalon et serra, enfonça ses ongles dedans. Nom de Dieu, c'était un supplice... Jimmy Sr lâcha prise et recula. Il tenta de lui donner des coups de pied mais ne put l'atteindre. Il glissa. Il s'écorcha le bras sur le comptoir en essayant de rester debout.

C'était fini. Plus moyen de réparer quoi que ce soit, maintenant.

– Je m'en vais.

Jimmy Sr sortit du van. Il faisait nuit. Ç'aurait pu être n'importe quelle heure de la nuit. Il s'essuya la figure. Il allait rentrer chez lui. Non, d'abord marcher un peu. Il aurait les yeux rouges. Il fallait d'abord qu'il retrouve sa respiration normale.

Il était content.

Il fit volte-face et se dirigea vers la route de la côte. Il fallait qu'il repasse devant le van. Il ne regarda pas.

Bimbo le rattrapa.

– Allez, reviens !

– Va te faire foutre !

– Allez...

– Va te faire foutre !

– Jimmy...

– Va te faire foutre !

Bimbo resta avec lui.

Il voulait seulement que Jimmy Sr revienne pour ne pas se sentir coupable. Il avait besoin de lui pour le travail. Mon cul..., pensait Jimmy.

Bimbo empoigna le bras de Jimmy Sr, pour tenter de l'arrêter. Jimmy Sr se retourna sur lui et ils se battirent encore, suffoquant avant d'avoir commencé, un vrai corps à corps. La tête de Bimbo heurta la bouche de Jimmy Sr.

– Pardon...

Ils se cramponnaient l'un à l'autre, haletants. Il y avait des gens qui arrivaient de l'arrêt de bus.

Bimbo prononça ces mots :

– Allons prendre une bière.
– Okay.

Ils burent les yeux dans les yeux. Ils avaient peur de parler. Puis ils détournèrent les yeux. Le nez dans leur bière. Ou ailleurs. Quand Jimmy Sr voyait Bimbo le regarder, il le regardait à son tour jusqu'à ce que Bimbo renonce.

Un employé de la grande salle s'approcha.

– Deux bières.

Jimmy Sr avait retrouvé sa voix. Il était à nouveau calme. Il se pencha pour glisser la main dans sa poche quand il vit le garçon poser les pintes sur son plateau et venir vers eux. Bimbo essaya d'aller plus vite que lui.

– Je vais...

– Pas question, déclara Jimmy Sr.

Il prit les pintes sur le plateau et en fit passer une à Bimbo.

– Tiens.

Il espérait que personne ne viendrait, Bertie ou Paddy. Bimbo avait fini sa première bière. Il leva celle que Jimmy Sr venait de commander.

– Santé.

Jimmy Sr attendait. Il se sentait bien maintenant. Il était presque heureux, tout en étant très malheureux. Il avait pris sa décision, ce qu'il aurait dû faire depuis des semaines. Il leva sa chope.

– Santé.

Le garçon repassa.

– Deux bières, dit Bimbo. Pourquoi pas ?

Jimmy Sr haussa les épaules.

– Très bien.

– Pour se rappeler le bon vieux temps.

– Va te faire foutre.

– Oh, Jimmy...

– Oh Jimmy rien du tout... Je reviendrai pas, tu sais.

– Ouais.

– C'est la seule façon.

– Mais... Non, t'as raison.

Le garçon déchargea son plateau.

– Je vais te payer tes indemnités de licenciement, alors. D'accord ?

– Mille mercis, putain !

Il pensa à autre chose.

– Je vais acheter une saloperie de van à frites avec ça.

Ils essayaient de ne pas avoir l'air de régler leurs problèmes en se regardant. Jimmy Sr toussa, s'éclaircit la gorge, se dit qu'il allait aller aux chiottes pour cracher. Il examina le dessus de sa bière.

– Qu'est-ce qui s'est passé, Jimmy ?

Jimmy Sr mit un certain temps à comprendre.

– Va te faire foutre, okay.

Ce qui s'était passé ne l'intéressait plus. C'était terminé. On en avait fini. Il n'avait plus de temps pour ce Qu'est-ce-qui-s'est-passé de merde.

– Deux pintes ! cria-t-il.

Cinq ou six bières plus tard – Jimmy Sr en avait perdu le compte – Bimbo avait l'air liquidé. Jimmy Sr tenait le coup, se dit-il. Crevé mais pas bourré. Il avait failli manquer la porte la dernière fois qu'il était allé aux chiottes, mais il était super. Il n'y avait toujours pas trace de Bertie ou de Paddy.

Bimbo était pathétique, s'enfonçant de plus en plus dans sa chaise, comme quelqu'un qui se dégonfle. Il léchait le cul de Jimmy Sr à présent, parce que la branlologie genre Pas-de-ressentiment avait échoué.

– Allez, Jim, allez.

Jimmy Sr laissait Bimbo garder la main tendue en

travers de la table, en attendant que Jimmy Sr la prenne. Bimbo ramena la main. Jimmy Sr n'éprouvait plus rien maintenant, mais il n'était pas particulièrement désireux de faire que Bimbo se sente un peu mieux. Ce connard avait mérité de souffrir. Il aurait dû simplement se lever et rentrer chez lui, en laissant Bimbo tout seul. Mais il ne pouvait pas.

Bimbo lui avait dit qu'il ne savait pas ce qu'il allait faire sans lui maintenant, que ce ne serait plus la même chose sans lui, que le soleil, la lune et ces putains d'étoiles rayonnaient de son sacré trou. Il voulait absolument que Jimmy Sr lui fasse savoir qu'il l'aimait toujours.

Bimbo tendit la main de nouveau, puis oublia ce qu'il était en train de faire. Cet homme était détruit.

Il vit Jimmy Sr.

– Le meilleur... putain... d'ouvrier au mon... au... dans ce putain de monde.

Jimmy Sr regarda autour de lui.

– Fifty-fifty, proposa Bimbo.

Il se redressa.

– Qu'est-ce t'en dis ?... Fifty-fifty.

– Qu'est-ce tu racontes, putain, mec ?

– Fifty-fifty. La moitié pour moi et... la moitié pour... Comme c'était avant...

– Non.

– Mais peut-être...

– Pas question.

– Allez. Associés...

– Laisse béton. Putain merde ! pas question.

La bière était devenue très chaude. Dégueu.

Bimbo tomba à la renverse. Il heurta la table avec les genoux quand il essaya de se relever. Les verres oscillèrent.

– Fais gaffe !

– Pa-pardon...

Il essaya de poser la main sur la jambe de Jimmy Sr. Il ne put l'atteindre.

– Jimmy... Tu es mon meilleur ami...
– Non, c'est pas vrai. Putain merde.
– Si...
– Laisse béton, mon vieux... J'ai retenu la leçon, putain merde.
Il s'envoya la pinte avant de se rappeler qu'elle était dégueulasse. Bimbo marmonnait. Jimmy Sr garda le verre aux lèvres : il craignait de ne pouvoir le reposer. Il avait sacrément besoin d'en avaler une glacée. Après, ça irait.
– Je vais le démolir.
– Quoi ? dit Jimmy Sr.
– C'te vérole de van.
Il se leva en titubant. Il titubait mais il tenait debout.
– Allez, viens, Jim. Viens.

Bimbo prit le volant. Il alla jusqu'au rond-point vers la route de la côte et il s'endormit à deux reprises, mais il amena le van à Dollymount, entre les dunes, sur le sable. Il traversa le sable mou. (On est coincés. Non... Avance, avance ! On bouge !) puis parvint au sable dur.
Ils sortirent. La brise était agréable. La marée, basse, très loin.
– Viens, Jim.
Bimbo se prépara à remonter.
– Attends ici, dit Jimmy Sr.
Il retint Bimbo par l'épaule.
– Qu'est-ce tu vas faire ?
Il savait ce que faisait Bimbo.
– Tu vas le regretter.
– Non, dit Bimbo. Pas moi.
Jimmy Sr remonta avec lui dans le van.
Il se dirigea vers l'eau. Il était difficile de voir où elle commençait. Il n'y avait pas de vagues, pas de vagues blanches. Puis Jimmy Sr entendit. Ils étaient

dans l'eau. Il la voyait éclairée devant le van, du côté de la fenêtre. Juste quelques centimètres. Bimbo continuait de rouler. Jimmy Sr n'avait pas peur. Ils s'arrêtèrent. Le van toussa et rendit l'âme. Bimbo tourna la clé. Jimmy Sr regarda par terre. Il avait de l'eau à ses pieds. Bimbo dut forcer sa portière pour qu'elle s'ouvre.

– Mission acc... accomplie. Allez, viens, Jim.

Il sauta. Jimmy Sr l'entendit éclabousser. Jimmy Sr en fit autant. Il atterrit (nom de Dieu !) dans cinquante centimètres d'eau. De l'eau glacée, saloperie ! Elle lui léchait presque les couilles.

– Aaahh ! nom de Dieu, meeeeerde !

Il ne s'était jamais senti plus dégrisé.

– Où t'es, putain de con ?

Il trouva Bimbo derrière le van, en train de le pousser pour le faire avancer plus loin dans l'eau, sans y parvenir.

– Donne-moi un coup de main !

Jimmy Sr le rejoignit en pataugeant : il mit ses bras autour de la taille de Bimbo et l'arracha au van.

– Allez.

Bimbo ne se débattit pas.

– Allez.

Ils barbotèrent, puis marchèrent jusqu'au rivage. Jimmy Sr regarda derrière lui. Ils n'avaient parcouru qu'une trentaine de mètres. Il voyait le haut des roues du van. L'eau atteignait seulement le bas du hamburger. Mais quand la marée monterait, il disparaîtrait.

Il se déchaussa.

– J'ai réussi.

Bimbo s'assit. Dans un demi-centimètre d'eau.

– J'ai réussi, Jim.

– Bravo ! Allez, viens, avant qu'on meure.

Bimbo se leva. Il rattrapa Jimmy Sr. Passa son bras autour des épaules de Jimmy Sr. Jimmy Sr secoua les épaules. Il revint à la charge. Jimmy Sr secoua de nouveau les épaules pour qu'il enlève son bras.

Quand ils parvinrent au sable sec, Jimmy Sr se retourna pour regarder. Bimbo était à dix mètres derrière lui. Il s'était retourné plus tôt. Le van semblait enfoncé plus profond dans l'eau.

– Tu pourras le récupérer quand la marée redescendra.

Bimbo ne répondit rien.

Jimmy Sr se retourna et se dirigea vers les dunes.

Veronica se réveilla alors qu'il retirait ses vêtements. Elle sentit l'odeur de la mer dans la chambre. Dehors, il commençait à faire jour. Il s'assit sur le lit à côté d'elle.

– Un câlin, Veronica, s'il te plaît... J'ai besoin d'un câlin.

Remerciements

Let's Twist Again (Mann/Appell), avec l'autorisation de Carlin Music Corporation et de Warner Chappell. Copyright international. Tous droits réservés.

Barbara Ann (Fassert), © Warner Chappell Music Ltd. Reproduit avec autorisation. Copyright international. Tous droits réservés.

Hippy Hippy Shake (Chan Romero), © 1959, Jonware Music Corp, USA. Reproduit avec l'autorisation de Ardmore and Beechwood Ltd. Copyright international. Tous droits réservés.

California Girls (Brian Wilson), © Irving Music Inc. Reproduit avec l'autorisation de Rondar Music Ltd et de Warner Chappell. Copyright international. Tous droits réservés.

Give It a Lash, Jack, reproduit avec l'autorisation de GOAL. Copyright international. Tous droits réservés.

Je remercie Declan Mc Cavanaqui m'a guidée, lors de notre « Promenade au phare », un jour d'hiver à Malakoff, dans *Le Van* de Roddy Doyle, François Brunet qui m'a fait rencontrer Declan, Catherine Vallée qui partage avec François (et moi) l'amour de Lalleyriat, et Betty Mialet qui, qui, qui.

Isabelle Py Balibar

Si vous désirez être régulièrement tenu au courant de nos publications, merci de bien vouloir remplir ce questionnaire et nous le retourner :

Éditions 10/18
c/o 01 Consultants
35, rue du Sergent Bauchat
75012 Paris

NOM : ------------------------

PRENOM : ------------------------

ADRESSE : ------------------------

CODE POSTAL : ------------------

VILLE : ------------------------

PAYS : ------------------------

AGE : ------------------------

PROFESSION : ------------------

TITRE de l'ouvrage dans lequel est insérée cette page :

Doyle - The van, n° 2882

IMPRIMÉ EN FRANCE PAR BRODARD ET TAUPIN
6317V - La Flèche (Sarthe)
N° d'édition : 2833
Dépôt légal : septembre 1997
Nouveau tirage : avril 1999